A Rainha dos Funerais

OBRAS DA AUTORA PUBLICADAS PELA EDITORA RECORD

Como Sophie Kinsella

Fiquei com o seu número
Lembra de mim?
A lua de mel
Mas tem que ser mesmo para sempre?
Menina de vinte
Minha vida (não tão) perfeita
Samantha Sweet, executiva do lar
O segredo de Emma Corrigan
Te devo uma

Juvenil
À procura de Audrey

Infantil
Fada Mamãe e eu

Da série Becky Bloom:
Becky Bloom — Delírios de consumo na 5ª Avenida
O chá de bebê de Becky Bloom
Os delírios de consumo de Becky Bloom
A irmã de Becky Bloom
As listas de casamento de Becky Bloom
Mini Becky Bloom
Becky Bloom em Hollywood
Becky Bloom ao resgate
Os delírios de Natal de Becky Bloom

Como Madeleine Wickham

Drinques para três
Louca para casar
Quem vai dormir com quem?
A rainha dos funerais

SOPHIE KINSELLA
escrevendo como
MADELEINE WICKHAM

A Rainha dos Funerais

Tradução de
Carolina Caires Coelho

1ª edição

EDITORA RECORD
RIO DE JANEIRO • SÃO PAULO
2021

EDITORA-EXECUTIVA
Renata Pettengill

SUBGERENTE EDITORIAL
Mariana Ferreira

ASSISTENTE EDITORIAL
Pedro de Lima

AUXILIAR EDITORIAL
Juliana Brandt

CAPA
Adaptada da original de Lucy Truman

DIAGRAMAÇÃO
Beatriz Carvalho
Ana Luiza Gonzaga

TÍTULO ORIGINAL
The Gatecrasher

CIP-BRASIL. CATALOGAÇÃO NA PUBLICAÇÃO
SINDICATO NACIONAL DOS EDITORES DE LIVROS, RJ

W627r

Wickham, Madeleine, 1969-
A rainha dos funerais / Madeleine Wickham; tradução de Carolina Caires Coelho. - 1. ed. - Rio de Janeiro Record, 2021.
Tradução de: The Gatecrasher
ISBN 978-65-55-87181-4

1. Ficção inglesa. I. Coelho, Carolina Caires. II. Título.

20-67756

CDD: 823
CDU: 82-3(410.1)

Meri Gleice Rodrigues de Souza - Bibliotecária - CRB-7/6439

Texto revisado segundo o novo Acordo Ortográfico da Língua Portuguesa.

Impresso no Brasil

ISBN 978-65-55-87181-4

Atendimento e venda direta ao leitor:
sac@record.com.br

Escrevi muitos livros nos últimos anos e provavelmente sou mais conhecida pelas comédias que publiquei como Sophie Kinsella. Porém, muito antes de criar a série *Becky Bloom* e outros títulos independentes, escrevi sete livros como Madeleine Wickham (meu nome verdadeiro).

Sempre me perguntam por que escrevo sob dois nomes distintos, e o motivo é que esses outros livros têm um estilo diferente dos que assino como Sophie Kinsella.

Apesar de eu não lançar novos títulos como Madeleine Wickham há muitos anos, tenho um carinho imenso por esses livros e espero que vocês amem este aqui!

Madeleine Wickham

Para Freddy

UM

Fleur Daxeny franziu o nariz. Mordeu o lábio, inclinou a cabeça para o lado e examinou seu reflexo por alguns segundos, em silêncio. Em seguida, deu uma gargalhada.

— Não consigo me decidir! — exclamou. — São todos maravilhosos.

A vendedora do Take Hat! e o jovem cabeleireiro sentado numa banqueta dourada no canto se entreolharam com ares fatigados. O cabeleireiro havia chegado à suíte de hotel de Fleur meia hora antes e aguardava desde então, já impaciente. Àquela altura, a vendedora começava a se perguntar se aquilo não seria uma grande perda de tempo.

— Adoro esse com o véu — disse Fleur, de repente, pegando um chapéu bem pequeno forrado de cetim preto, contendo um véu de tule. — Não é elegante?

— Muito elegante — disse a vendedora, lançando-se à frente a tempo de resgatar a cartola forrada de seda preta que Fleur lançava ao chão.

— Muito — ecoou o cabeleireiro no canto, dando uma olhada sorrateira em seu relógio de pulso. Tinha de estar de volta ao salão em quarenta minutos. Trevor não iria gostar nada daquilo. Talvez devesse telefonar lá para baixo e explicar a situação. Talvez...

— Pronto! — disse Fleur. — Decidi. — Ela levantou o véu e sorriu radiante para os outros no cômodo. — Vou usar esse hoje.

— Uma decisão muito sábia, madame — disse a vendedora, visivelmente aliviada. — É um chapéu magnífico.

— Magnífico — sussurrou o cabeleireiro.

— Então, se puder embalar os outros cinco para mim... — Fleur sorriu misteriosamente para seu reflexo e cobriu novamente o rosto com o tule preto.

A mulher do Take Hat! ficou boquiaberta.

— A senhora vai levar todos eles?

— Mas é claro que vou. Impossível escolher um só. São todos perfeitos demais. — Fleur virou-se para o cabeleireiro. — Agora você, docinho. Consegue fazer um penteado especial que combine com esse chapéu?

O jovem a encarou e sentiu o rubor subir pelo pescoço.

— Ah. Sim. Muito provavelmente. Quer dizer...

Mas Fleur já tinha se virado.

— Se puder colocar tudo na minha conta do hotel... — dizia ela à vendedora. — Não há problema algum, há?

— Problema nenhum, madame — respondeu a vendedora, avidamente. — Como hóspede do hotel, a senhora tem direito a um desconto de quinze por cento em todas as nossas peças.

— Que seja — disse Fleur e bocejou discretamente. — Desde que a cobrança possa ser incluída na conta do hotel.

— Providenciarei isso agora mesmo para a senhora.

— Ótimo — disse Fleur. Quando a vendedora deixou o cômodo, Fleur se voltou para o cabeleireiro e abriu um sorriso arrebatador. — Sou toda sua.

Sua voz soou baixa e melodiosa, e curiosamente sem sotaque. Na opinião do cabeleireiro, agora soava também um tanto provocativa, e ele corou de leve quando se deslocou até onde Fleur estava sentada. Ficou de pé atrás dela, segurou o comprimento dos cabelos com uma das mãos e deixou as mechas avermelhadas caírem num movimento pesado.

— Seus cabelos são muito bem cuidados — disse o jovem, timidamente.

— Não são lindos? — comentou Fleur, satisfeita. — Sempre tive cabelo sedoso. E pele também, claro. — Ela inclinou a cabeça, afastou para o lado o roupão do hotel e roçou o rosto de leve na pele alva e macia do ombro. — Quantos anos você diria que eu tenho? — acrescentou, de repente.

— Eu não... não me... — começou a gaguejar o rapaz.

— Tenho quarenta anos — disse ela devagar. Fechou os olhos. — Quarenta — repetiu ela, como se estivesse meditando. — É de se admirar, não?

— A senhora não parece... — começou o cabeleireiro, educado, mas envergonhado. Fleur abriu um dos olhos verdes cintilantes, que lembravam olhos de gato.

— Não parece que tenho quarenta anos? Então quantos anos pareço ter?

O cabeleireiro a encarou, sem jeito. Abriu a boca para falar e voltou a fechá-la. A verdade, pensou ele, de repente, é que essa mulher incrível não parecia ter uma idade definida. Parecia atemporal, inclassificável, indefinível. Quando seus olhos encontraram os dela, ele sentiu um arrepio percorrer o corpo; a convicção de que, de alguma forma, aquele momento era único. Com as mãos tremendo de leve, ele acariciou os cabelos dela, as mechas correndo como labaredas por seus dedos.

— A senhora tem a aparência dos anos que parece ter — sussurrou ele, depressa. — A idade não importa.

— Que amor — disse Fleur, como quem não quer nada. — Agora, meu docinho, antes de começar meu penteado, o que acha de pedir uma bela taça de champanhe para mim?

O cabeleireiro afastou as mãos, ligeiramente desapontado, e foi obedientemente até o telefone. Enquanto discava o número, a porta se abriu e a mulher do Take Hat! entrou de novo, carregando uma pilha de caixas de chapéus.

— Aqui estão! — exclamou ela, sem fôlego. — Se a senhora puder assinar aqui...

— Uma taça de champanhe, por favor — dizia o cabeleireiro. — Quarto 301.

— Eu estive pensando... — disse a vendedora a Fleur, com cautela. — A senhora tem certeza de que quer os seis chapéus na cor preta? Temos outras cores lindas nessa nova coleção. — Ela parou, pensativa. — Tem um verde-esmeralda magnífico que combinaria de um jeito deslumbrante com o seu cabelo...

— Pretos — falou Fleur, decidida. — Só me interesso por chapéus pretos.

Uma hora depois, Fleur se olhou no espelho, sorriu e fez que sim com a cabeça. Usava um *tailleur* preto básico, feito sob medida. Suas pernas exibiam uma meia-calça preta translúcida; os pés, enfiados em sapatos pretos de um modelo discreto, não chamavam muita atenção. Os cabelos tinham sido presos num coque muito bem-feito, no qual o chapeuzinho preto jazia perfeitamente acomodado.

O único quê de exuberância em seu *look* era um vislumbre de seda rosa-salmão sob o paletó. Uma das regras de Fleur era sempre acrescentar uma peça de cor chamativa, independentemente de quão sério fosse o traje ou a ocasião. Num mar de ternos pretos sem graça, um detalhe em rosa-salmão naturalmente atrairia o olhar das pessoas. As pessoas a notariam, mas não saberiam exatamente por quê. Do jeitinho que ela gostava.

Ainda observando seu reflexo, Fleur cobriu o rosto com o véu. A expressão toda cheia de si deu lugar à de uma tristeza imensa e inescrutável. Durante alguns segundos, ela ficou se olhando, calada. Pegou a bolsa de couro preta da Osprey e a segurou ao lado do corpo, séria. Assentiu lentamente algumas vezes, percebendo que o véu projetava sombras misteriosas na pele alva de seu rosto.

Então, de repente, o telefone tocou, e ela voltou à realidade.

— Alô?

— Fleur, onde você estava? Tentei te ligar antes. — A voz com forte sotaque grego era inconfundível.

Fleur franziu o cenho, irritada.

— Sakis! Querido, estou com um pouco de pressa...

— Aonde você vai?

— A nenhum lugar especial. Só vou fazer compras.

— Por que precisa fazer compras? Comprei roupas para você em Paris.

— Sei que comprou, querido. Mas queria surpreender você com algo novo hoje à noite. — Sua voz saiu murmurada, simulando um afeto convincente. — Algo elegante, sexy... — Enquanto falava, teve uma inspiração repentina. — E sabe de uma coisa, Sakis? — acrescentou, cautelosa. — Eu estava me perguntando se não seria uma boa ideia pagar em dinheiro, para conseguir um desconto. Posso sacar dinheiro do hotel, não posso? E colocar na sua conta?

— Uma certa quantia, sim. Até dez mil libras, acho.

— Não vou precisar *de tudo* isso! — Sua voz transbordou divertimento. — Só quero uma roupa! Quinhentos, no máximo.

— E, depois que acabar as compras, você voltará diretamente para o hotel.

— Claro, amado.

— Não tem nada de "claro". Dessa vez, Fleur, você não pode se atrasar. Entendeu? Não. Pode. Se. Atrasar. — As palavras foram ditas de modo incisivo, como uma ordem militar, e Fleur se retraiu, incomodada. — As instruções são simples. Leonidas buscará você às três horas. O helicóptero decolará às quatro. Nossos convidados chegarão às sete. Você precisa estar pronta para recebê-los. Não quero que se atrase como da última vez. Foi... foi inadequado. Está me ouvindo? Fleur?

— Claro que estou ouvindo! — disse Fleur. — Mas tem alguém batendo à porta. Vou ver quem é...

Ela esperou alguns segundos, e, com firmeza, botou o fone no gancho. Um instante depois, voltou a pegá-lo.

— Alô? Pode mandar alguém aqui para pegar minha bagagem, por favor?

No térreo, o lobby do hotel estava vazio e tranquilo. A mulher do Take Hat! viu Fleur passar pela loja e acenou discretamente, mas Fleur a ignorou.

— Quero fazer o *check-out* — disse ela, assim que chegou ao balcão da recepção. — E fazer um saque. A conta está no nome de Sakis Papandreous.

— Ah, sim. — A recepcionista de cabelos loiros e lisos digitou brevemente no teclado do computador, ergueu o olhar e sorriu para ela. — Quanto deseja sacar?

Fleur retribuiu o sorriso.

— Dez mil libras. E pode chamar dois táxis para mim?

A mulher a encarou, surpresa.

— Dois?

— Um para mim, outro para minha bagagem. Minha bagagem vai para Chelsea. — Fleur baixou o olhar sob o véu de tule. — Vou a uma missa fúnebre.

— Ah, eu sinto muito — disse a mulher, entregando a Fleur várias páginas de conta de hotel. — Alguém da sua família?

— Ainda não — disse Fleur, assinando a conta sem se dar ao trabalho de conferi-la. Ela observou enquanto o caixa separava grossos maços de notas e os enfiava em dois envelopes timbrados. Fleur os pegou com delicadeza, guardou-os em sua bolsa da Osprey, e a fechou. — Mas nunca se sabe.

Richard Favour estava sentado no banco da frente na igreja de Saint Anselm com os olhos fechados, ouvindo os sons das pessoas enchendo o ambiente — movimentações e sussurros abafados, o bater de saltos no piso ladrilhado, e "Jesus alegria dos homens" sendo tocada suavemente no órgão.

Ele sempre detestara "Jesus alegria dos homens"; a música tinha sido sugestão do organista na reunião que fizeram três semanas atrás, depois de ficar claro que Richard não conseguia citar uma música para órgão pela qual Emily parecesse ter tido alguma preferência. Um silêncio ligeiramente constrangedor havia se prolongado enquanto Richard vasculhava inutilmente a memória, e então o organista murmurara, hesitante: "'Jesus alegria dos homens' é sempre muito popular." Richard concordou rapidamente, aliviado.

Agora franzia o cenho, insatisfeito. É claro que poderia ter pensado em algo mais especial do que aquela música padrão e extremamente batida, não poderia? Emily sempre adorou música, sempre ia a concertos e a recitais quando sua saúde permitia. Será que ela nunca havia se virado para ele, com os olhos brilhando, e dito "adoro essa música"? Ele estreitou os olhos e tentou se lembrar. Mas a única visão que lhe ocorreu foi a de Emily deitada na cama, olhos desfocados, pálida e fraca, resignada. Ele sentiu um arrepio de culpa percorrer o corpo. Por que nunca havia perguntado à esposa qual era sua música preferida? Em trinta e três anos de casados, ele nunca havia perguntado isso a ela. E, agora, era tarde demais. Agora, ele nunca saberia.

Richard passou a mão na testa, amuado, e olhou para o folheto da missa no colo. As palavras saltaram aos olhos. *Missa em Memória e de Ação de Graças pela Vida de Emily Millicent Favour*. Letras pretas e simples, papel-cartão branco e liso. Ele havia resistido a todas as tentativas das gráficas de incluir detalhes especiais, como borda prateada ou anjos em relevo. Isso, pensou ele, Emily teria aprovado. Pelo menos... imaginava que ela teria.

Só depois de vários anos de vida conjugal foi que Richard se deu conta de que não conhecia Emily direito; e só depois de vários outros anos foi que ele percebeu que nunca a conheceria direito. No começo, a atitude serenamente reservada dela o atraiu, juntamente com o lindo rosto que parecia uma porcelana e o torneado corpo juvenil que ela mantinha escondido da mesma forma resoluta com que escondia seus pensamentos mais íntimos. Quanto mais ela se fechava, mais atraído Richard ficava; ele havia chegado ao dia do casamento com um desejo que beirava o desespero. Finalmente, Richard havia pensado, ele e Emily poderiam revelar seus lados ocultos um ao outro. Ele ansiava por explorar não apenas o corpo dela, mas também sua mente, sua personalidade; descobrir seus medos e sonhos mais profundos; tornar-se sua alma gêmea por toda a vida.

Eles haviam se casado em um dia claro, de muito vento, em um pequeno vilarejo em Kent. Ao longo de toda a cerimônia, Emily tinha mantido um semblante sereno e uma atitude contida; Richard havia presumido que aquilo significava apenas que ela era melhor que ele em disfarçar o nervosismo da expectativa que certamente a consumia por dentro com tanta intensidade quanto a ele — uma expectativa que havia aumentado com o passar do dia e com a aproximação do instante que marcaria o início de sua vida a dois.

Agora, de olhos fechados, ele recordava aqueles primeiros segundos ansiosos, quando a porta foi fechada pelo funcionário que os havia ajudado com as malas, e ele ficou sozinho com a esposa pela primeira vez na suíte do hotel em Eastbourne. Richard tinha ficado olhando para Emily enquanto ela tirava o chapéu com os movimentos suaves e precisos de sempre, uma parte de si desejando que ela jogasse a porcaria do acessório no chão e se lançasse em seus braços, a outra parte desejando que aquela espera incerta e deliciosa durasse para sempre. A impressão que deu foi que Emily estava retardando, de propósito, o momento da união dos dois; provocando-o com seus trejeitos lentos e com sua atitude blasé, como se soubesse exatamente o que se passava na mente dele.

E, então, por fim, ela havia se virado e o encarado. Richard havia respirado fundo, sem saber exatamente por onde começar; sem saber qual dos pensamentos reprimidos liberar primeiro. E ela tinha olhado diretamente para ele com seus olhos azuis distantes e perguntado: "A que horas é o jantar?"

Mesmo naquele momento, ele havia achado que Emily continuava de provocação. Pensado que ela estivesse prolongando propositalmente a expectativa, que estivesse contendo as emoções deliberadamente, até que elas se tornassem fortes demais para controlar, até que se tornassem uma enorme torrente e se encontrassem e se misturassem às dele. E, então, pacientemente, encantado com o aparente autocontrole dela, ele havia esperado. Esperado pela torrente; pelo rompimento das barreiras; pelas lágrimas e pela entrega.

Mas isso nunca aconteceu. O amor de Emily por ele nunca se manifestou de um jeito diferente de um lento gotejar de afeição; ela havia reagido a todos os seus carinhos, a todas as suas investidas, com a mesma falta de interesse. Quando tentava despertar uma reação mais intensa nela, primeiro era recebido com falta de compreensão, e, depois, conforme se tornava mais incisivo, com uma resistência quase assustada.

Por fim, ele desistiu de tentar. E, aos poucos, quase sem perceber, seu amor por ela passou a mudar de natureza. Ao longo dos anos, suas emoções pararam de ferver à superfície de sua alma como uma onda quente e se retraíram e solidificaram em algo firme, seco e sensato. E Richard também se tornou firme, seco e sensato. Havia aprendido a guardar para si suas intenções, a organizar os pensamentos calmamente e a dizer apenas metade do que realmente pensava. Tinha aprendido a sorrir quando queria rir, a estalar a língua quando queria gritar de frustração; a conter a si mesmo e a seus pensamentos disparatados o máximo possível.

Agora, esperando que a missa fúnebre dela começasse, Richard se sentia grato a Emily por todas aquelas lições de autocontrole. Porque, se não fosse por sua capacidade de se conter, as lágrimas quentes e sentimentais que fervilhavam no fundo de seus olhos estariam rolando sem controle por seu rosto, e as mãos que calmamente seguravam o folheto da missa estariam cobrindo seu rosto desfigurado pelo choro, e ele teria sido tomado por um pesar desesperado e imoderado.

A igreja estava quase cheia quando Fleur chegou. Ela permaneceu nos fundos por alguns instantes, observando os rostos, as roupas e as vozes à sua frente; analisando a qualidade dos arranjos de flores; verificando os bancos à procura de alguém que pudesse olhar para ela e reconhecê-la.

Mas as pessoas que via eram todas desconhecidas. Homens de ternos sem graça; mulheres de chapéus sem personalidade. Uma centelha de dúvida passou pela cabeça de Fleur. Será que Johnny tinha se enganado? Será que havia dinheiro espreitando em algum lugar no meio desse bando de gente enfadonha?

— Aceita um folheto? — Ela ergueu o olhar e viu um homem de pernas compridas atravessando o chão de mármore em sua direção. — Já vai começar — acrescentou ele, o cenho franzido.

— Certamente — murmurou Fleur. Ela estendeu a mão de pele alva e perfumada. — Fleur Daxeny. É um prazer conhecê-lo... Perdão, mas esqueci seu nome...

— Lambert.

— Lambert. Claro. Lembrei agora. — Ela fez uma pausa e olhou bem no rosto dele, que ainda franzia o cenho de modo arrogante. — Você é o inteligente da família.

— Pode-se dizer que sim — disse Lambert, dando de ombros.

Inteligente ou sexy, pensou Fleur. Todos os homens queriam ser uma coisa ou outra — ou as duas. Ela voltou a olhar para Lambert. Suas feições eram exageradas e "borrachentas", de modo que, mesmo em repouso, ele parecia estar fazendo uma careta. Melhor parar na inteligência, pensou ela.

— Bem, é melhor eu me sentar — disse ela. — Suponho que nos veremos depois.

— Há muito espaço aqui nos fundos — disse Lambert, quando ela se virou.

Mas Fleur pareceu não ter ouvido. Olhando para o folheto da missa com uma expressão absorta e solene, ela caminhou depressa para a parte da frente da igreja.

— Com licença — disse ela, parando na terceira fileira. — Há algum lugar aqui? Está um pouco cheio lá atrás.

Ela esperou impassível enquanto as dez pessoas que ocupavam a fileira se ajeitavam para abrir espaço; e, então, com um movimento elegante, ela se sentou. Baixou a cabeça por um instante, e, em seguida, ergueu o olhar com uma expressão séria e determinada.

— Pobre Emily — disse Fleur. — Pobrezinha da Emily.

— Quem era aquela? — sussurrou Philippa Chester quando seu marido voltou para o assento ao seu lado.

— Não sei — disse Lambert. — Uma das amigas da sua mãe, acho. Ela parecia me conhecer bem.

— Não tenho nenhuma lembrança dessa pessoa — comentou Philippa. — Qual é o nome dela?

— Fleur. Fleur alguma coisa.

— Fleur. Nunca ouvi falar dela.

— Talvez as duas tenham estudado juntas ou algo assim.

— Ah, é — disse Philippa. — Pode ser. Como aquela outra. Joan. Lembra? Aquela que apareceu para nos visitar, assim, do nada.

— Não — disse Lambert.

— Lembra, sim. *Joan*. Ela deu aquela tigela de vidro horrorosa para a mamãe. — Philippa virou-se para Fleur de novo, os olhos semicerrados. — Só que essa parece jovem demais. Gostei do chapéu dela. Queria poder usar chapéus pequenos assim. Mas minha cabeça é muito grande. Ou meu cabelo não ajuda. Ou sei lá.

Ela parou de falar. Lambert olhava para o folheto e murmurava. Philippa olhou ao redor da igreja mais uma vez. Tantas pessoas. Todas ali por sua mãe. Ela quase sentiu vontade de chorar.

— Como está o meu chapéu? — perguntou ela, de repente.

— Está ótimo — disse Lambert, sem erguer o olhar.

— Custou uma fortuna. Não acreditei quando vi o preço. Mas, quando o coloquei hoje cedo, pensei...

— Philippa! — sibilou Lambert. — Dá para calar a boca? Preciso me concentrar na minha leitura!

— Ah, sim. Sim, claro que você precisa.

Philippa olhou para baixo, em silêncio. E, de novo, sentiu uma pontada de dor. Ninguém havia pedido que ela fizesse uma das leituras. Lambert faria uma, assim como o irmão mais novo dela, Antony, mas ela só tinha de ficar sentada ali, com seu chapéu. E nem isso conseguia fazer direito.

— Quando eu morrer — disse ela, de repente —, quero que *todo mundo* faça uma leitura na minha missa fúnebre. Você, Antony, Gillian, e todos os nossos filhos.

— Se tivermos algum — disse Lambert, sem olhar para ela.

— Se tivermos algum — repetiu Philippa, melancolicamente. Olhou ao redor, para o mar de chapéus pretos. — Pode ser que eu morra antes de termos filhos, não é? Quer dizer, nós não sabemos quando vamos morrer, não é mesmo? Pode ser que eu morra amanhã. — Ela parou de falar, assombrada pela imagem de si mesma num caixão, a pele parecendo cera, frágil, cercada por enlutados chorosos. Seus olhos começaram a arder. — Posso morrer amanhã. E então seria...

— Silêncio — disse Lambert, guardando o folheto. Ele esticou o braço para baixo, fora do alcance da visão, e discretamente segurou entre o indicador e o polegar um pedaço da panturrilha carnuda de Philippa. — Você está falando besteira — murmurou ele. — Que conversa é essa?

Philippa se calou. Gradualmente, os dedos de Lambert foram apertando sua pele, até que, de repente, beliscaram tão forte que Philippa puxou o ar depressa.

— Estou falando besteira — disse ela de pronto, baixinho.

— Boa menina — disse Lambert. E afastou os dedos. — Agora, estique o corpo e controle-se.

— Perdão — disse ela, ofegante. — Isso tudo é um pouco... estressante. Tem tanta gente aqui. Não sabia que mamãe tinha tantos amigos assim.

— Sua mãe era uma dama muito popular — disse Lambert. — Todos a amavam.

E ninguém me ama, Philippa sentiu vontade de dizer. Mas, em vez disso, ajeitou o chapéu e puxou algumas mechas dos cabelos finos por baixo da aba preta, o que fez com que sua aparência estivesse ainda pior quando se levantou para o primeiro cântico.

DOIS

"O dia que Tu nos deste, Senhor, chegou ao fim", cantou Fleur. Ela se forçou a olhar para baixo, para o folheto de cânticos, e fingir que lia a letra. Como se não a soubesse de cor e salteado; como se não a tivesse cantado em tantos funerais e missas fúnebres que já tinha até perdido a conta. Por que as pessoas escolhiam sempre os cânticos mais tenebrosos para essas ocasiões?, ela se perguntou. Será que elas não se davam conta de que isso tornava as coisas bem entediantes para os penetras de funerais?

A primeira vez que Fleur entrou de penetra num funeral foi sem querer. Ao seguir por uma ruazinha secundária em Kensington, numa manhã qualquer, se perguntando se conseguiria um emprego numa galeria de arte chique, ela viu um grupo de pessoas vestidas com roupas elegantes na calçada diante de uma pequena, mas distinta, igreja católica. Um tanto curiosa, ela diminuiu o passo ao chegar a elas; diminuiu o passo e, então, parou. Permaneceu em pé, meio fora e meio dentro do grupo, e escutou o máximo de conversas que conseguiu. Aos poucos, ao ouvir papos sobre inventários, diamantes de família e ilhas escocesas, percebeu que aquelas pessoas tinham dinheiro. Muito dinheiro.

Então, de repente, a garoa se transformou em chuva forte, e as pessoas na calçada abriram vinte e cinco guarda-chuvas ao mesmo tempo, como um bando de graúnas batendo em revoada. Pareceu totalmente natural, para Fleur, escolher um senhor com cara de bonzinho, olhar nos olhos dele de modo tímido, e então se abrigar sob seu guarda-chuva preto de seda da marca Swaine Adeney Brigg, com um sorriso grato. Não dava para conversar direito, por causa da chuva, do barulho e dos carros que passavam, por isso eles só sorriram e assentiram com a cabeça. Quando o coral acabou o ensaio e as portas da igreja se abriram, os dois pareciam velhos amigos. Ele a levou para dentro da igreja, entregou a ela um folheto da missa e os dois se sentaram juntos perto do fundo.

— Eu não conhecia o Benjy muito bem — disse o senhor, quando eles se sentaram. — Mas ele era um grande amigo da minha falecida esposa.

— Ele era amigo do meu pai — respondeu Fleur, olhando para o folheto da missa e rapidamente memorizando o nome "Benjamin Saint John Gregory". — Eu não o conhecia. Mas é de bom tom prestar minha homenagem.

— Concordo — disse o velho, sorrindo para ela e estendendo a mão. — Agora, permita que eu me apresente. Meu nome é Maurice Snowfield.

Maurice Snowfield durou três meses. Ele não era tão rico quanto Fleur havia imaginado, e seu jeito delicado e distraído quase a enlouqueceu. Mas, quando ela saiu da casa dele em Wiltshire, tinha dinheiro suficiente para pagar adiantado dois semestres da escola de sua filha, Zara, e um guarda-roupa novinho em folha de *tailleurs* pretos.

— "...até todas as Tuas criaturas ganharem o céu". — Ouviu-se um ruído de papéis pela igreja quando todos fecharam o folheto de cânticos, sentaram-se e recorreram ao folheto da missa.

Fleur aproveitou a deixa para abrir a bolsa e olhar de novo o bilhetinho que Johnny havia enviado a ela, preso por um clipe a um recorte do obituário do jornal. O anúncio era da missa em homenagem a Emily Favour na igreja de Saint Anselm, no dia 20 de abril. "Uma bela oportunidade", Johnny havia anotado. "Richard Favour é muito rico, muito reservado."

Fleur observou atentamente o banco da frente. Viu o homem de rosto borrachento, que havia feito a primeira leitura, e, ao lado dele, uma mulher de cabelo loiro-escuro com um chapéu horroroso. Em seguida, viu um adolescente e uma mulher mais velha com um chapéu ainda mais abominável... Os olhos de Fleur passearam depressa e então pararam. Na outra ponta do banco havia um homem grisalho e reservado. Ele estava inclinado para a frente, os ombros curvados, a cabeça encostada no painel de madeira diante dele.

Ela o avaliou por alguns segundos. Não, ele não estava fingindo — havia amado mesmo a esposa. Sentia falta dela. E, a julgar pela linguagem corporal, não falava com a família sobre o assunto.

Isso tornava as coisas mais fáceis. Os pesarosos de verdade eram os alvos mais vulneráveis — homens que não conseguiam conceber a ideia de que voltariam a se apaixonar; que juravam permanecer fiéis à esposa falecida. Pela experiência de Fleur, isso significava que, ao se apaixonarem por ela, tornavam-se convictos de que era amor de verdade.

Haviam perguntado a Richard se ele gostaria de fazer o discurso fúnebre.

— Você deve estar acostumado a falar em público — tinha dito o vigário. — Palestras de negócios. Isso é mais ou menos a mesma coisa: só a descrição da personalidade de sua esposa, talvez uma ou outra história, menção às instituições de caridade com as quais ela estava envolvida, qualquer coisa que faça a congregação se lembrar de quem era a verdadeira Emily... — Ele havia parado de falar ao ver a expressão repentinamente triste de Richard, e acrescentado, com delicadeza: — Não se sinta obrigado a isso... se achar que vai ser muito difícil para você.

E Richard havia assentido.

— Acho que vai ser muito difícil para mim — murmurara ele.

— É compreensível — dissera o vigário depressa. — Você não está sozinho.

Mas ele *estava* sozinho, sim, pensou Richard. Estava sozinho em sua tristeza; isolado na constatação de que sua esposa havia morrido e que ninguém além dele perceberia quão pouco ele a conhecia. A solidão que ele havia sentido ao longo da vida conjugal parecia agora insuportavelmente pior; destilada em uma amargura que não era muito diferente de raiva. A verdadeira Emily!, ele sentiu vontade de gritar. O que eu conheci da verdadeira Emily?

Sendo assim, a responsabilidade pelo discurso fúnebre passou diretamente ao velho amigo da família, Alec Kershaw. Richard se endireitou no banco quando Alec se aproximou do púlpito, juntou os cartões brancos à sua frente e olhou para a congregação por cima dos óculos meia-lua sem aros.

— Emily Favour era uma mulher corajosa, charmosa e generosa — começou ele, de modo formal, projetando a voz. — Seu senso de dever só se igualava ao seu senso de compaixão e à sua devoção em ajudar os outros.

Alec fez uma pausa e olhou para Richard. Quando viu a expressão de Alec, Richard foi atingido por um raio de revelação. Alec também não havia conhecido Emily de verdade. Aquelas eram palavras vazias, genéricas — feitas para cumprir um dever, não para dizer a verdade.

Richard começou a se sentir ridiculamente alarmado — uma sensação de pânico, quase. Assim que o discurso fúnebre fosse ouvido, assim que a missa terminasse e as pessoas saíssem da igreja, tudo estaria acabado. Aquela seria para sempre a versão oficial da personalidade de Emily Favour. Fim da história; caso encerrado; nada mais a descobrir. Será que ele aguentaria? Será que toleraria viver com o fato de a avaliação final de sua esposa não passar de uma série de clichés bem intencionados?

— Seu trabalho de caridade era incomparável, principalmente o trabalho que realizava com o Rainbow Fund e com o Lar de Idosos Saint Bride. Acho que muitos de nós nos lembraremos do primeiro leilão de Natal do Clube de Golfe Greyworth, um evento que se tornou fixo em nosso calendário.

Fleur sentiu que estava prestes a bocejar. Será que aquele homem não pararia de falar nunca mais?

— E, claro, falar do Clube de Golfe Greyworth nos leva a outro aspecto muito importante da vida de Emily Favour. O que alguns podem descrever como um passatempo... um jogo. Obviamente, o restante de nós sabe que esse é um assunto *muito* sério.

Vários membros da congregação deram uma risadinha contida, e Fleur ergueu o olhar. Sobre o que ele estava falando?

— Quando se casou com Richard, Emily teve a opção de se colocar no papel de "viúva" de jogador de golfe ou no de parceira de golfe. E ela se tornou parceira de golfe. Apesar de seus problemas de saúde, ela desenvolveu uma maneira muito firme e invejável de jogar, como podemos atestar todos os que fomos testemunhas de seu belo desempenho no Quarteto das Damas.

"Viúva" de jogador de golfe ou parceira de golfe, pensou Fleur. Viúva ou parceira. Bem, essa era fácil — a viúva sempre vence.

Depois da missa, Richard foi até a porta da igreja, como o vigário havia sugerido, para cumprimentar amigos e familiares. "As pessoas gostam de prestar condolências pessoalmente", dissera o vigário. Agora Richard se perguntava se isso de fato era verdade. A maioria das pessoas passava por ele lançando frases de condolências apressadas e difíceis de entender, como se rogassem pragas. Algumas paravam, olhavam diretamente em seus olhos, apertavam sua mão; até o abraçavam. Mas essas eram, com frequência surpreendente, as pessoas que ele mal conhecia: os representantes de empresas de advocacia e bancos privados; as esposas de conhecidos do mundo dos negócios.

— Vamos ao Lanesborough — dizia Lambert de modo pomposo do lado de fora. — Drinques no Lanesborough.

Uma mulher elegante com cabelos avermelhados parou diante de Richard e estendeu a mão branca como neve. Cansado de apertar mãos, Richard a segurou.

— A verdade — disse a mulher, como se continuasse uma conversa já iniciada — é que a solidão não vai durar para sempre.

Richard se sobressaltou de leve, e sentiu as pálpebras pesadas de sua mente se abrirem de supetão.

— O que você disse? — começou ele. Mas a mulher já havia sumido. Richard virou-se para o filho de quinze anos, Antony, de pé ao lado dele. — Quem era aquela? — perguntou.

Antony deu de ombros.

— Sei lá. Lambert e Philippa estavam falando dela. Acho que deve ter conhecido a mamãe na escola.

— Como ela sabia... — Richard começou e parou. Ele pretendia dizer: "Como ela sabia que eu me sinto solitário?" Mas, em vez disso, virou-se, sorriu para Antony e falou: — Você leu muito bem.

Antony deu de ombros.

— Pode ser, sei lá.

No movimento inconsciente que ele repetia a cada três minutos, mais ou menos, Antony levou a mão ao rosto e coçou a sobrancelha; e, por alguns instantes, a marca de nascença vermelho-escura que havia sobre seu olho, parecendo um pequeno lagarto, foi mascarada. A cada três minutos de sua vida, mesmo sem se dar conta, Antony escondia a marca de nascença da vista das pessoas. Até onde Richard sabia, nunca haviam zombado dele, ou implicado com ele, por causa da marca; em casa, pelo menos, todo mundo sempre havia se comportado como se ela não existisse. Mesmo assim, a mão de Antony subia até o rosto com uma regularidade quase desesperada, e, às vezes, permanecia ali por mais tempo, horas e horas, protegendo dos olhos curiosos dos outros, como um anjo da guarda atento, o pequeno lagarto vermelho.

— Bem — disse Richard.

— Bem — disse Antony.

— Acho melhor irmos.

— É.

E foi isso. Assunto encerrado. Quando ele havia parado de conversar com Antony?, Richard se perguntou. Como aqueles solilóquios adoráveis e sem reservas dirigidos a seu filho acabaram se tornando, com o passar dos anos, um bate-papo superficial e em público como esse?

— Certo — disse Richard. — Bem, vamos, então.

O Salão Belgravia do hotel cinco estrelas Lanesborough estava quase cheio quando Fleur chegou. Ela aceitou uma taça de *buck's fizz* de um garçom australiano com a pele queimada de sol e seguiu diretamente para Richard Favour. Quando se aproximou, mudou a trajetória de leve, como se fosse passar por ele.

— Com licença. — A voz de Richard soou às costas de Fleur, e ela sentiu uma pontada de triunfo. Às vezes, chegava a passar meia hora andando de um lado para o outro até que seu alvo fosse falar com ela.

Fleur se virou o mais rápido que pôde sem parecer muito ávida, e abriu para Richard Favour o sorriso mais largo e caloroso que conseguiu. Ela já havia concluído que bancar a difícil com viúvos era perda de tempo. A alguns faltava energia para a caçada; a outros faltava confiança; alguns começavam a ficar desconfiados durante o processo de conquista em si. Era melhor entrar de vez na vida deles; tornar-se parte do status quo o mais rápido possível.

— Oi de novo — disse Fleur.

Ela tomou um gole da bebida e esperou que ele falasse. Se algum integrante curioso da família os estivesse observando, veria que ele havia puxado conversa com ela, não o contrário.

— Queria lhe agradecer por suas doces palavras — disse Richard. — Você falou como se soubesse como é passar por isso.

Fleur lançou um olhar terno para a bebida em sua mão por alguns instantes, decidindo que história escolher. Por fim, ergueu o olhar e abriu um sorriso corajoso.

— Eu sei. Já passei por isso. Há um tempinho.

— E sobreviveu.

— Sobrevivi — repetiu ela. — Mas não foi fácil. É difícil saber com quem conversar. Em geral, os familiares são próximos demais.

— Ou de menos — disse Richard, pensando, entristecido, em Antony.

— Exatamente — disse Fleur. — Não são próximos o suficiente para entender direito pelo que estamos passando; não são próximos o suficiente para... para compartilhar o luto. — Ela tomou mais um gole da bebida e olhou para Richard. De repente, ele parecia desolado.

Droga, pensou ela. Será que fui longe demais?

— Richard? — Fleur ergueu o olhar. O homem de rosto borrachento avançava sobre eles. — Derek Cowley acabou de chegar. Você se lembra... Ele é o diretor de software da Graylows.

— Eu o vi na igreja — disse Richard. — Quem o convidou, pelo amor de Deus?

— Eu o convidei — disse Lambert. — Ele é um contato importante.

— Entendi. — O rosto de Richard ficou tenso.

— Conversei com ele — continuou Lambert —, mas ele quer falar com você também. Pode trocar uma palavrinha com o Derek? Ainda não mencionei nada sobre o contrato... — Ele fez uma pausa, como se percebesse a presença de Fleur pela primeira vez.

Já entendi tudo, pensou Fleur, estreitando os olhos. As mulheres não têm nenhuma importância para ele.

— Ah, oi — disse Lambert. — Perdão, como é mesmo o seu nome?

— Fleur — respondeu ela. — Fleur Daxeny.

— Certo. E você é... o quê? Amiga da Emily da época de escola?

— Ah, não. — Fleur sorriu graciosamente.

— Imaginei que fosse um pouco jovem para isso — disse Lambert. — Então, como conheceu Emily?

— Bem, é uma história interessante — disse Fleur, e tomou mais um gole da bebida, pensativa.

Era surpreendente como tomar um gole de bebida ou comer um petisco tinha o poder de adiar a resposta de uma pergunta complicada. Com bastante frequência, durante esse silêncio, alguém que passava via que a conversa havia parado temporariamente e, assim, aproveitava a oportunidade para se juntar ao grupo — e a resposta dela era convenientemente esquecida.

Mas, hoje, ninguém a interrompeu, e Lambert ainda olhava para ela com intensa curiosidade.

— É interessante — disse Fleur mais uma vez, olhando para Richard. — Só vi sua esposa duas vezes. Mas, nas duas ocasiões, ela me causou grande impacto.

— Onde vocês se conheceram? — perguntou Lambert.

— Em um almoço — disse Fleur. — Um almoço de um grande evento de caridade. Estávamos sentadas à mesma mesa. Eu reclamei da comida, e Emily disse que concordava comigo, mas que não era o tipo de pessoa que reclamava. E, então, começamos a conversar.

— Sobre o que vocês conversaram? — Richard olhou para Fleur.

— Sobre tudo — disse Fleur. Ela olhou para Richard; notou a ânsia em seu olhar. — Eu confidenciei várias coisas a ela — disse devagar, baixando o volume da voz para fazer com que Richard, inconscientemente, se inclinasse para a frente. — E ela me confidenciou coisas também. Conversamos sobre nossas vidas... e famílias... e as escolhas que fizemos...

— O que ela disse? — A pergunta de Richard saiu de repente, sem que ele conseguisse se controlar.

Fleur deu de ombros.

— Faz muito tempo. Nem sei se me lembro direito. — Ela sorriu. — Não foi nada de mais, na verdade. Acho que Emily já devia ter se esquecido de mim há muito tempo. Mas eu... eu sempre me lembrava dela. E quando vi o anúncio da missa, não pude deixar de vir. — Fleur olhou para baixo. — Foi meio presunçoso de minha parte. Espero que não se incomode.

— Claro que não me incomodo — disse Richard. — Qualquer amiga da Emily é totalmente bem-vinda.

— Engraçado ela nunca ter falado de você — disse Lambert, encarando-a com um olhar crítico.

— Eu ficaria surpresa se ela tivesse falado de mim — respondeu Fleur, sorrindo para ele. — Não foi nada importante, mesmo. Umas duas longas conversas, muitos anos atrás.

— Queria... queria saber o que ela disse a você. — Richard deu uma risadinha constrangida. — Mas se você não se lembra...

— Eu me lembro de algumas partes. — Fleur sorriu de modo sedutor para ele. — Pedacinhos. Algumas das coisas que ela disse foram bem surpreendentes. E outras foram bem... pessoais. — Ela fez uma pausa e olhou para Lambert de canto de olho.

— Lambert, vá conversar com Derek Cowley — disse Richard, de repente. — Pode ser que eu fale com ele mais tarde. Mas, agora, eu... eu gostaria de conversar um pouco mais com a Sra. Daxeny.

Quinze minutos depois, Fleur saiu do Lanesborough e entrou num táxi. No bolso, levava o número de telefone de Richard Favour, e, na agenda, um almoço com ele marcado para o dia seguinte.

Tinha sido muito fácil. Ficou bem claro que o coitado estava desesperado para ouvir o que ela tinha a dizer sobre a esposa — mas foi educado demais para interrompê-la quando ela mudou para outros assuntos, como quem não quer nada. Ela o alimentou com algumas frases inócuas, e, então, de repente, olhou para o relógio e exclamou que precisava partir. Ele pareceu desanimado e, por alguns segundos, passou a impressão de que estava resignado com o fato de terminarem a conversa ali. Porém, quando Fleur já estava quase desistindo dele, Richard pegou a agenda e, com a voz um tanto vacilante, perguntou se Fleur gostaria de almoçar com ele. Fleur suspeitou que marcar almoços com mulheres desconhecidas não era algo que Richard Favour fazia com muita frequência. O que, por ela, tudo bem.

Quando o táxi parou diante do prédio em Chelsea onde moravam Johnny e Felix, ela havia anotado em uma folha de papel todos os fatos de que conseguia se lembrar a respeito de Emily Favour. "Saúde debilitada", ela sublinhou. "Golfe", sublinhou duas vezes. Era uma pena que não tivesse nenhuma noção da aparência de Emily. Uma fotografia teria sido útil. Mas, na verdade, não pretendia falar de Emily Favour por muito tempo. Pela sua experiência, o melhor era deixar as esposas falecidas descansarem.

Ao sair do táxi, ela viu Johnny na calçada em frente ao prédio histórico de tijolos vermelhos, observando atentamente enquanto algo era descarregado de uma van. Johnny era um homem elegante de quase sessenta anos, os cabelos castanho-escuros e a pele permanentemente queimada de sol. Fleur o conhecia há vinte anos; ele era a única pessoa para quem ela nunca havia mentido.

— Querido! — gritou Fleur. — Johnn-ee! Você recebeu minha bagagem?

Ele se virou ao ouvir seu nome sendo chamado, franzindo o cenho de modo petulante por causa da interrupção. Mas, quando viu que era Fleur, a cara feia desapareceu.

— Querida! — exclamou ele. — Venha ver uma coisa.

— O quê?

— Nosso novo *epergne*. Felix o comprou num leilão ontem. Uma bagatela, na nossa opinião. Cuidado! — disse ele, de repente. — Não deixe cair!

— Felix está em casa?

— Está. Suba. Eu disse para tomar cuidado, seu idiota!

Enquanto subia a escada em direção ao primeiro andar do prédio, Fleur ouviu Wagner, alto e persistente, vindo do apartamento de Johnny; quando entrou, o volume pareceu ficar duas vezes mais alto.

— Felix! — gritou ela. Mas ele não a ouviu.

Fleur adentrou a sala de estar e encontrou Felix diante do espelho, um homem de meia-idade atarracado, acompanhando a personagem Brunilda em seu canto operístico de soprano, num falsete agudo.

Da primeira vez que Fleur ouviu a voz de flauta de Felix, suspeitou que houvesse algo muito errado com ele. Mas logo descobriu que ele ganhava a vida com aquele som peculiar, cantando em corais de igrejas e catedrais. Às vezes, ela e Johnny iam à Catedral de Saint Paul ou à Abadia de Westminster para ouvir Felix cantar nas missas noturnas, e o viam se movimentando solenemente em sua beca branca. Com menor frequência, iam vê-lo de fraque, cantando numa apresentação do *Messias*, de Händel, ou da *Paixão Segundo São Mateus*, de Bach.

Fleur não gostava do som da voz de Felix, e considerava o oratório *Paixão Segundo São Mateus* uma peça musical sem graça. Mas ela sempre se sentava na primeira fileira e aplaudia vigorosamente, acompanhando Johnny nos gritos de "Bravo!", porque devia muito a Felix. Sobre as missas fúnebres, ela podia descobrir lendo o jornal — mas era Felix quem sempre tinha informações sobre os funerais. Quando não cantava em um deles, sabia quem cantaria. E era sempre nos funerais mais íntimos e menores que Fleur costumava obter mais sucesso.

Quando Felix viu o reflexo dela, sobressaltou-se e parou de cantar.

— Não é para o meu tipo de voz — gritou ele acima da música. — Um pouco grave para mim. Como foi a missa fúnebre?

— Foi boa! — gritou Fleur. Ela se aproximou do CD *player* e diminuiu o volume. — Boa — repetiu. — Promissora. Vou almoçar com o Sr. Favour amanhã.

— Ah, muito bem! — disse Felix. — Eu ia te contar sobre um funeral que vamos fazer amanhã. Bem bacana; pediram para cantarmos "Hear My Prayer", do Mendelssohn. Mas se você já tem compromisso...

— Melhor me contar mesmo assim — disse Fleur. — Não estou totalmente convencida a respeito dessa família Favour. Não sei se o dinheiro ali é tão abundante como parece.

— Ah, sério?

— Uns chapéus horrorosos.

— Hum. Chapéus não são tudo.

— Não.

— O que o Johnny disse sobre eles?

— O que o Johnny disse sobre quem? — Ouviram a voz alta de Johnny entrando pela porta. — Cuidado, seu imbecil! Aqui dentro. Isso. Em cima da mesa.

Um homem de macacão entrou na sala e colocou um objeto grande na mesa, enrolado em papel pardo.

— Quero ver! — exclamou Johnny.

Ele começou a rasgar o papel em tiras.

— Um candelabro — disse Fleur. — Que lindo.

— É um *epergne* — corrigiu Johnny. — Um centro de mesa. Não é lindo?

— Muito sagaz de minha parte, encontrar uma peça tão incrível dessas — falou Felix.

— Aposto que custou uma fortuna — disse Fleur, amuada. — Você poderia ter dado o dinheiro para uma boa causa, não poderia?

— Uma boa causa como você? Nada disso. — Johnny pegou um lenço e começou a polir o centro de mesa. — Se quer dinheiro tanto assim, por que abandonou o adorável Sakis?

— Ele não era adorável. Era um valentão arrogante. Ele me dava ordens e gritava comigo...

— ...e comprava *tailleurs* Givenchy para você.

— Eu sei — disse Fleur, arrependida. — Mas eu não conseguiria aguentá-lo nem mais um segundo. Além disso, Sakis não me deu, e nem nunca ia me dar, um cartão de crédito Gold. — Ela deu de ombros. — Era só perda de tempo.

— O motivo que leva qualquer um desses homens a te dar um cartão de crédito vai muito além da minha compreensão — disse Felix.

— Entendo — disse Fleur. — Você não faria o mesmo, não é?

— *Touché* — disse Felix, fazendo graça.

— Mas você saiu no lucro com ele, não saiu? — perguntou Johnny.

— Mais ou menos. Saquei alguma coisa. Mas não o suficiente. — Fleur suspirou e acendeu um cigarro. — Que merda.

— Ponha agora mesmo uma libra esterlina na caixinha do palavrão, senhora, muito obrigado — disse Felix, sem titubear.

Fleur revirou os olhos e enfiou a mão na bolsa para pegar a carteira. Ergueu o olhar.

— Tem troco para uma nota de cinquenta libras?

— Provavelmente — disse Felix. — Deixe-me olhar na caixa.

— Sabe de uma coisa, Fleur? — perguntou Johnny, ainda polindo o centro de mesa. — Seu "mais ou menos" provavelmente se somou a uma quantia que muitas pessoas chamariam de fortuna.

— Não chamariam, não — disse Fleur.

— Quanto você já tem nas suas economias?

— Não o suficiente.

— E quanto é suficiente?

— Ah, Johnny, pare de me interrogar! — disse Fleur, irritada. — É tudo culpa sua. Você me disse que com Sakis seria moleza.

— Eu não disse nada disso. Só disse que, de acordo com minhas fontes, ele era multimilionário e emocionalmente vulnerável. O que acabou sendo a mais pura verdade.

— Ele vai ficar ainda mais vulnerável hoje à noite quando se der conta de que você deu o fora — disse Felix, colocando a nota de cinquenta libras de Fleur em uma lata grande, decorada com querubins cor-de-rosa.

— Não comece a sentir pena dele! — exclamou Fleur.

— Ah, eu não sinto! Qualquer homem que se deixa enganar por você merece tudo o que recebe em troca.

Fleur suspirou.

— Eu me diverti no iate dele, pelo menos. — Ela soprou uma nuvem de fumaça. — É uma pena, mesmo.

— Uma grande pena — disse Johnny, dando um passo atrás para admirar o *epergne*. — Agora, acho que precisamos encontrar outro homem para você.

— E não precisa esperar outro grego rico — disse Felix. — Não costumo ser chamado para cantar em cerimônias ortodoxas com frequência.

— Você foi à missa da Emily Favour?

— Fui, sim — disse Fleur, batendo as cinzas de seu cigarro. — Mas não fiquei impressionada. Será que eles têm dinheiro mesmo?

— Têm, *sim* — disse Johnny, erguendo o olhar. — Pelo menos, deveriam ter. Meu amigo do Rouchets me contou que Richard Favour tem uma fortuna de milhões. E ainda há a empresa da família. Devem ter muito dinheiro.

— Bem, vou almoçar com ele amanhã. Vou tentar descobrir.

Fleur se aproximou da cornija da lareira e começou a mexer nos cartões decorados endereçados a Johnny e a Felix.

— Olha, talvez você devesse diminuir um pouco suas expectativas — sugeriu Felix. — E se contentar com um milionário velho e comum de vez em quando.

— Nada disso. Com um milhão não se vai a lugar nenhum hoje em dia — disse Fleur. — Nenhum! Você sabe disso tão bem quanto eu. E eu preciso de segurança financeira. — Ela olhou para um porta-retratos prateado com a foto de uma menininha de cabelos loiros e sedosos, com a luz do sol parecendo uma auréola acima de sua cabeça. — *Zara* precisa de segurança financeira — acrescentou.

— A querida Zara — disse Johnny. — Há algum tempo não temos notícias dela. Como está sua menina?

— Bem — disse Fleur, vagamente. — Na escola.

— A propósito — disse Johnny, olhando para Felix. — Você contou para ela?

— O quê? Ah, aquilo? Não — disse Felix.

— O que foi? — perguntou Fleur, desconfiada.

— Alguém ligou para cá na semana passada.

— Quem?

— Hal Winters.

Os três ficaram em silêncio por um instante.

— O que ele queria? — perguntou Fleur, por fim.

— Você. Ele queria entrar em contato com você.

— E vocês disseram a ele...

— Nada. Dissemos que não sabíamos onde você estava.

— Ótimo. — Fleur soltou o ar devagar.

Ela encarou Johnny e rapidamente desviou o olhar.

— Fleur — disse Johnny, sério —, você não acha que deveria ligar para ele?

— Não — disse Fleur.

— Bem, eu acho.

— Bem, eu não acho! Johnny, eu já disse isso antes. Nós não falamos sobre ele.

— Mas...

— Você entendeu? — exclamou ela, irada. — Nós não falamos sobre ele!

E, antes que ele pudesse dizer mais alguma coisa, ela pegou a bolsa, jogou os cabelos para trás e saiu depressa da sala.

TRÊS

Lambert botou o fone no gancho e olhou para o aparelho por alguns segundos. Em seguida, virou-se para Philippa.

— Seu pai é um tolo — exclamou ele. — Um tolo de marca maior!

— O que ele fez? — perguntou Philippa, nervosa.

— Ele se envolveu com uma mulher aí, só isso. Quer dizer, na idade dele!

— E tão pouco tempo depois da morte da mamãe — acrescentou Philippa.

— Exatamente — disse Lambert. — Exatamente. — Ele lançou a Philippa um olhar de aprovação, e ela sentiu uma onda de prazer se espalhar pelo pescoço. Não era sempre que Lambert olhava para ela daquele jeito. — Era seu pai ao telefone, avisando que vai levar uma mulher ao almoço de hoje. Ele parecia estar... — Lambert fez uma careta enquanto pensava, e Philippa desviou o olhar depressa, para não correr o risco de acabar elaborando a conclusão de que era casada com um homem extremamente feio. — Ele parecia estar inebriado — Lambert concluiu.

— A essa hora da manhã?

— Não inebriado de *álcool* — disse Lambert, impaciente. — Inebriado de... — Parou de falar, e, por alguns segundos, ele e Philippa se entreolharam.

— De felicidade — disse Philippa, por fim.

— Bem, sim — disse Lambert, contrariado. — Imagino que deva ser isso.

Philippa se inclinou para o espelho e começou a aplicar o delineador líquido com a mão trêmula.

— Quem é ela? — perguntou Philippa. — Qual é o nome dela?

— Fleur.

— Fleur? Aquela da missa? Aquela do chapéu bonito?

— Pelo amor de Deus, Philippa! Você acha que eu perguntei a ele sobre o chapéu dela? Agora se arrume depressa. — E, sem esperar resposta, Lambert saiu do quarto.

Philippa analisou o próprio reflexo em silêncio; os olhos azuis, o cabelo castanho-claro, as bochechas levemente coradas. Por sua mente, corria uma torrente de palavras imaginárias; palavras que Lambert poderia ter dito se fosse outro homem. Ele poderia ter dito: "Sim, querida, creio que seja aquela mesma"... ou então: "Philippa, meu amor, eu só tinha olhos para você durante a missa"... ou poderia, ainda, ter dito: "Aquela do chapéu bonito? Seu chapéu era o mais lindo de todos." Em seguida, ela teria dito com o tom confiante e provocante que nunca conseguia recriar na vida real: "Ora, querido, até mesmo você deve ter notado aquele chapéu!" Ao que ele teria dito: "Ah, *aquele* chapéu!" E os dois teriam dado risada. E depois... depois ele a teria beijado na testa, e depois...

— Philippa! — A voz de Lambert atravessou o apartamento, alta e incisiva. — Você está pronta?

Philippa deu um pulo.

— Estarei pronta em cinco minutos! — respondeu ela, ouvindo o tremor em sua voz e odiando aquilo.

— Bem, ande logo!

Philippa começou a procurar na nécessaire de maquiagem, atordoada, o batom da cor certa. Se Lambert fosse outra pessoa, talvez tivesse respondido "não se apresse" ou "vá com calma, meu amor", ou talvez tivesse voltado para o quarto, sorrido para ela e mexido em seus cabelos. E ela teria dado risada e dito "você está fazendo com que eu me atrase", e ele teria falado "é mais forte que eu, porque você é linda", e então ele teria beijado seus dedos... e depois...

No canto do quarto, o telefone começou a tocar um som eletrônico abafado. Perdida no mundo dos sonhos, Philippa nem ouviu.

No escritório, Lambert atendeu o telefone.

— Aqui é Lambert Chester.

— Bom dia, Sr. Chester. Aqui é Erica Fortescue, do First Bank. Eu poderia dar uma palavrinha com o senhor?

— Estou de saída. É importante?

— É sobre o saldo negativo na sua conta, Sr. Chester.

— Ah. — Lambert olhou hesitante para a porta do escritório. E, então, só por precaução, empurrou-a com o pé para fechá-la. — Qual é o problema?

— O senhor ultrapassou seu limite. É uma quantia substancial.

— Que bobagem. — Lambert se inclinou para trás, levou a mão à boca e começou a cutucar os dentes.

— O saldo atual da conta está negativo em mais de trezentas mil libras. Quando, na verdade, o limite estabelecido foi de duzentos e cinquenta.

— Você poderá constatar que o limite foi aumentado novamente no mês passado. Para trezentos e cinquenta mil — afirmou Lambert.

— Isso foi confirmado por escrito?

— Larry Collins fez essa alteração para mim.

— Larry Collins não trabalha mais no banco. — A voz de Erica Fortescue soou suave do outro lado da linha.

Merda, pensou Lambert. Larry foi demitido. Que imbecil imprestável.

— Bem, ele confirmou por escrito antes de sair — disse ele, depressa.

Lambert poderia facilmente forjar uma carta.

— Não há nada em nossos arquivos.

— Bem, imagino que ele tenha se esquecido de arquivar. — Lambert parou e seu rosto se contorceu em um sorriso de escárnio.

— Talvez ele também tenha se esquecido de contar que, daqui a dois anos, eu vou ganhar mais dinheiro do que vocês dois já viram na vida.

Isso vai calar a sua boca, pensou ele, sua vaca idiota e enxerida.

— O fundo fiduciário de sua esposa? Sim, ele mencionou isso para mim. Foi confirmado?

— Claro que sim. Está tudo certo.

— Entendo.

— E você ainda está preocupada com o meu pequeno e patético saldo negativo?

— Sim, Sr. Chester, estou. Não costumamos aceitar bens de cônjuges como garantia em contas individuais. — Lambert olhou para o telefone com raiva. Quem aquela imbecil achava que era? — Outra coisa...

— O quê? — Ele estava começando a se irritar.

— Fiquei intrigada por não ver nada relacionado ao fundo fiduciário no arquivo de sua esposa aqui. Só em seu arquivo. Algum motivo para isso?

— Tem, sim — disse Lambert, baixando a guarda. — Não está registrado no arquivo da minha esposa porque ela não sabe nada sobre ele.

As pastas estavam vazias. Totalmente vazias. Fleur olhou para elas sem acreditar, abrindo algumas delas, procurando documentos soltos, extratos bancários, qualquer coisa. E, então, quando ouviu um barulho, rapidamente fechou as gavetas do arquivo de metal e correu para a janela. Quando Richard entrou no cômodo, ela estava inclinada para fora, respirando, extasiada, o ar londrino.

— Que linda vista! — exclamou ela. — Eu amo o Regent's Park. Você costuma ir ao zoológico?

— Nunca — disse Richard, rindo. — Nunca mais fui, desde que Antony era pequeno.

— Precisamos ir — falou Fleur. — Enquanto você ainda está em Londres.

— Talvez hoje à tarde?

— Hoje à tarde, iremos ao Hyde Park — disse Fleur, convicta. — Já está tudo organizado.

— Você é quem sabe... — Richard abriu um sorriso largo. — Mas agora é melhor irmos se não quisermos nos atrasar para o almoço com Philippa e Lambert.

— Tudo bem. — Fleur sorriu com charme para Richard e permitiu-se ser conduzida para fora do cômodo.

Na porta, ela olhou rapidamente ao redor, perguntando-se se teria deixado de procurar em algum lugar. Mas o único móvel que parecia ter a ver com o armazenamento de documentos era o arquivo-armário. Não havia mesa. Não havia escrivaninha. A papelada dele devia estar em algum outro lugar. No trabalho dele. Ou na casa em Surrey.

A caminho do restaurante, Fleur deixou a mão escorregar suavemente para a de Richard, e, quando seus dedos se entrelaçaram, ela viu um pequeno rubor se espalhar pelo pescoço dele. Richard era o típico cavalheiro inglês, todo certinho, pensou ela, tentando não rir. Depois de quatro semanas, ele não havia feito nada além de beijá-la com "selinhos", e ainda por cima com lábios secos, tímidos, inexperientes. Nada parecido com o bruto do Sakis, que a havia arrastado para um quarto de hotel depois do primeiro almoço juntos. Fleur se retraiu ao se lembrar das coxas grossas e peludas de Sakis; de suas ordens dadas aos berros. As coisas estavam bem melhores agora. E, para sua surpresa, ela descobriu que gostava de ser tratada como uma adolescente virgem. Andou ao lado de Richard com um sorriso no rosto, sentindo-se envolvida, protegida e toda cheia de si, como se realmente tivesse uma virtude para proteger; como se estivesse se guardando para aquele momento especial.

Se ela conseguiria esperar por muito tempo eram outros quinhentos. Quatro semanas de almoços, jantares, filmes e galerias de arte — e ela ainda não tinha provas concretas de que Richard Favour possuía muito dinheiro. Ele tinha alguns ternos chiques; um apartamento em Londres; uma mansão em Surrey; uma fama de rico. Essas coisas não significavam nada. As casas podiam estar hipotecadas. Ele podia estar em vias de decretar falência. Talvez estivesse prestes a pedir dinheiro emprestado *para ela*. Já tinha acontecido com ela antes e, desde então, Fleur ficava muito atenta. Sem conseguir encontrar evidências claras de muito dinheiro, estava perdendo tempo. Sério, já era para ela ter partido para outra. Para o próximo funeral; a próxima vítima. Mas...

Fleur deu uma pausa em seus pensamentos, e prendeu o braço de Richard com mais firmeza embaixo do seu. Para ser sincera, tinha de admitir que havia perdido um pouco de sua autoconfiança desde que deixara Sakis. Nas últimas semanas, ela tinha ido a três funerais e cinco missas fúnebres — mas, até aquele momento, Richard Favour parecia ser sua única aposta promissora. Enquanto isso, Johnny e Felix, por mais amáveis que fossem, começavam a se incomodar ao ver a bagagem dela amontoada no quarto de hóspedes deles. Fleur não costumava passar muito tempo entre um homem e outro ("descansando", como Felix dizia); normalmente, era questão de sair de uma cama e entrar em outra.

Se, ao menos, pensou Fleur, ela pudesse acelerar as coisas com Richard um pouco: garantir um lugar em sua cama; morar em sua casa. Desse jeito, poderia avaliar direito a questão das finanças dele e, ao mesmo tempo, resolver o problema de um lugar para ficar. Caso contrário — se as coisas não se resolvessem logo —, ela seria forçada a tomar medidas às quais prometera nunca se submeter. Teria que procurar um apartamento para si. Talvez até procurar um emprego. Fleur sentiu um calafrio e, em seguida, contraiu a mandíbula, determinada. Teria que levar Richard para a cama. Quando isso acontecesse, tudo ficaria mais fácil.

Quando viraram na Great Portland Street, Richard sentiu Fleur cutucá-lo.

— Veja! — disse ela, baixinho. — Veja aquilo!

Richard virou a cabeça. Do outro lado da rua, havia duas freiras na calçada, aparentemente tendo uma discussão feia.

— Nunca vi freiras discutindo — disse Fleur, rindo.

— Acho que eu também não.

— Vou falar com elas — disse Fleur, de repente. — Fique aqui.

Richard observou atônito enquanto Fleur atravessava a rua. Durante alguns minutos, ela ficou parada na outra calçada, uma figura chamativa de casaco vermelho, conversando com freiras de hábitos pretos. Elas pareciam estar assentindo e sorrindo. Então, de repente, ela atravessou a rua de novo na direção dele, e as freiras se afastaram num clima aparentemente harmonioso.

— O que aconteceu? — perguntou Richard. — O que você disse, minha nossa?

— Disse a elas que a Virgem Maria Santíssima não gosta de discórdia. — Fleur sorriu ao ver a expressão incrédula de Richard. — Na verdade, expliquei a elas como chegar ao metrô.

Richard riu, de repente.

— Você é uma mulher formidável! — disse ele.

— Eu sei — disse Fleur, satisfeita.

Ela entrelaçou o braço no dele de novo, e os dois começaram a andar.

Richard olhou para a luz pálida do sol de primavera iluminando a calçada, e sentiu uma alegria radiante invadir seu corpo. Ele conhecia aquela mulher havia apenas quatro semanas, e já não conseguia imaginar a vida sem sua presença. Quando estava com ela, acontecimentos corriqueiros e comuns pareciam se transformar numa série de momentos incríveis; quando não estava com ela, desejava estar. Fleur parecia transformar a vida numa brincadeira — não no labirinto de regras e convenções ao qual Emily se apegava incansavelmente —, mas uma brincadeira do acaso; de quem se arrisca a vencer. Ele se via esperando com uma animação infantil para saber o que ela diria em seguida; o que ela faria para surpreendê-lo. Ele conhecera mais de Londres nas últimas quatro semanas do que na vida toda; rira mais do que nunca; gastara dinheiro como havia muito não fazia.

Com frequência, ele se lembrava de Emily e sentia uma pontada de culpa — culpa por estar passando muito tempo com Fleur, por estar se divertindo tanto, por tê-la beijado. E culpa porque seu motivo original para procurar Fleur — descobrir o máximo que pudesse a respeito da personalidade contida de Emily — parecia ter ficado em segundo plano; quando o primeiro plano era simplesmente estar com Fleur. Às vezes, em seus sonhos, ele via o rosto de Emily, pálido e reprovador; acordava no meio da noite, encolhido de tristeza e suando de vergonha. Mas, pela manhã, a imagem de Emily sempre desaparecia, e ele só conseguia pensar em Fleur.

— Ela é deslumbrante! — disse Lambert, a voz alterada.

— Eu te *disse*! — falou Philippa. — Você não reparou nela durante a missa fúnebre?

Lambert deu de ombros.

— Lembro que a achei atraente. Mas... olhe para ela!

"Olhe para ela ao lado do seu pai" era o que ele queria dizer.

Eles assistiram em silêncio a Fleur tirar o casaco vermelho. Por baixo, ela exibia um vestido preto justo; ela se ajeitou, alisando o vestido na altura do quadril. Lambert sentiu uma repentina pontada de desejo e revolta. O que raios uma mulher como aquela fazia com Richard, enquanto ele estava preso a Philippa?

— Eles estão vindo — disse Philippa. — Oi, papai!

— Oi, querida — respondeu Richard, beijando-a. — Lambert.

— Richard.

— E essa é a Fleur. — Richard não conseguiu conter o sorriso orgulhoso, que tomou conta de seu rosto.

— É um prazer conhecê-la — disse Fleur, sorrindo de modo caloroso para Philippa, estendendo a mão para ela. Depois de uma breve hesitação, Philippa a apertou. — E Lambert, claro, já conheci.

— Muito rapidamente — disse Lambert, de um jeito desanimado.

Fleur lançou a ele um olhar curioso, e então sorriu de novo para Philippa. Levemente incomodada, Philippa retribuiu o sorriso.

— Sinto muito por estarmos um pouco atrasados — disse Richard, balançando o guardanapo. — Nós... hum... tivemos um contratempo com duas freiras. Freiras malucas. — Ele olhou para Fleur e, de repente, os dois começaram a rir.

Philippa olhou para Lambert sem saber como agir, e o marido arqueou as sobrancelhas.

— Perdão — disse Richard, ainda rindo. — É uma história comprida demais para explicar. Mas foi muito engraçado.

— Imagino que sim — disse Lambert. — Vocês pediram bebidas?

— Vou querer um Manhattan — disse Richard.

— Um o quê? — perguntou Philippa, sem entender.

— Um Manhattan — repetiu ele. — Você sabe o que é o drinque Manhattan, não sabe?

— Richard nunca tinha experimentado um Manhattan, até semana passada — disse Fleur. — Eu amo coquetéis. Vocês não?

— Não sei — disse Philippa. — Acho que sim. — Ela tomou um gole da água com gás e tentou se lembrar da última vez em que havia tomado um coquetel. E, então, para seu espanto, viu o pai esconder a mão sob a mesa para segurar a de Fleur. Ela virou para Lambert; ele estava assistindo, vidrado, à mesma cena.

— Vou querer um também — disse Fleur, toda animada.

— Acho melhor eu tomar um gin — disse Philippa.

Sentia-se levemente atordoada. Aquele era seu pai mesmo? De mãos dadas com outra mulher? Ela não conseguia acreditar. Nunca nem sequer o vira de mãos dadas com sua própria mãe. Mas ali estava ele, sorrindo à vontade como se sua mãe nunca tivesse existido. Ele não estava se comportando como seu pai, pensou ela. Estava se comportando como se fosse... como se fosse um homem normal.

Lambert era o mais complicado de todos, Fleur pensou. Era ele quem não parava de olhar para ela com desconfiança; que não parava de fazer perguntas sobre seu passado e a testava para saber até que ponto havia conhecido Emily. Ela quase conseguia ver as palavras "golpe do baú" se formando na cabeça dele. Isso era bom se significasse que havia de fato algum dinheiro a embolsar, mas não se significasse que Lambert iria desmascará-la. Ela teria que amaciá-lo.

Então, quando as sobremesas chegaram, ela se virou para Lambert e adotou uma expressão atenciosa, quase admirada.

— Richard me contou que você é o especialista em computadores da empresa dele.

— Isso mesmo — disse Lambert, parecendo entediado.

— Que incrível! Não sei nada sobre computadores.

— A maioria das pessoas não sabe.

— Lambert desenvolve softwares para a empresa — disse Richard —, e os vende para outras empresas. É uma atividade paralela bem lucrativa.

— Então, você será o novo Bill Gates?

— Na verdade, minha abordagem é totalmente diferente da de Gates — respondeu Lambert, com frieza.

Fleur olhou para Lambert para ver se estava brincando, mas os olhos dele estavam sérios, frios. Minha nossa, pensou ela, tentando não rir. Nunca subestime a vaidade de um homem.

— Mas você ainda poderá ganhar bilhões?

Lambert deu de ombros.

— Dinheiro não me interessa.

— Lambert não se importa muito com dinheiro — interrompeu Philippa, dando uma risadinha hesitante. — Sou eu que cuido das nossas finanças.

— Uma tarefa adequada para a mente feminina — disse Lambert.

— Espere um pouco, Lambert — protestou Richard. — Acho que isso não é muito justo.

— Pode não ser justo — disse Lambert, enfiando uma colher na mousse de chocolate —, mas é verdade. Os homens criam, as mulheres administram.

— As mulheres criam bebês — disse Fleur.

— As mulheres *produzem* bebês — disse Lambert. — Os homens os criam. A mulher é a parceira passiva. E quem determina o sexo do bebê? O homem ou a mulher?

— A clínica — disse Fleur.

Lambert pareceu não gostar.

— Você parece não estar entendendo o cerne da questão — começou ele. — É bem simples... — Mas, antes de prosseguir, foi interrompido por uma voz feminina e estridente.

— Nossa, que surpresa! A família Favour *en masse*!

Fleur ergueu o olhar. Uma mulher loira com um casaco verde-esmeralda se aproximava deles. Seu olhar passou de Richard a Fleur, depois a Lambert, Philippa e de volta a Fleur, que a encarou. Por que essas mulheres têm de usar tanta maquiagem?, pensou Fleur. As pálpebras da mulher estavam cobertas por uma camada azul brilhante; os cílios esticados pareciam espinhos; em um de seus dentes havia uma manchinha de batom.

— Eleanor! — disse Richard. — Como é bom revê-la! Você veio com o Geoffrey?

— Não — disse Eleanor. — Vim almoçar com uma amiga; depois, vamos à Scotch House. — Ela passou a alça dourada da bolsa de um ombro ao outro. — Na verdade, dia desses Geoffrey comentou que não tem visto você no clube. — Na voz dela havia um tom de questionamento; mais uma vez, olhou para Fleur.

— Deixe-me fazer as devidas apresentações — disse Richard. — Essa é uma amiga minha, Fleur Daxeny. Fleur, essa é Eleanor Forrester. O marido dela é capitão do Clube de Golfe em Greyworth.

— Muito prazer em conhecê-la — murmurou Fleur, levantando--se um pouquinho da cadeira para cumprimentá-la.

A mão de Eleanor Forrester era firme e áspera; quase masculina, não fossem as unhas pintadas de vermelho. Outra jogadora de golfe.

— Você é uma velha amiga de Richard? — perguntou Eleanor.

— Na verdade, não — disse Fleur. — Conheci Richard há quatro semanas.

— Entendi — disse Eleanor. Seus cílios pontudos desceram e subiram algumas vezes. — Entendi — repetiu. — Bem, acho melhor eu ir. Algum de vocês vai jogar no Encontro de Primavera?

— Eu vou, com certeza — disse Lambert.

— Ah, eu espero jogar também — disse Richard. — Mas, quem sabe?

— Quem sabe — repetiu Eleanor. Ela olhou de novo para Fleur, contraindo os lábios. — Muito prazer em conhecê-la, Fleur. Muito interessante, mesmo.

Eles observaram em silêncio enquanto ela se afastava depressa, os cabelos loiros açoitando a gola do paletó.

— Bem — disse Lambert assim que ela ficou fora do alcance auditivo. — Todo mundo no clube vai ficar sabendo disso amanhã.

— Eleanor era uma grande amiga da mamãe — disse Philippa a Fleur, justificando o ocorrido. — Eia provavelmente pensou... — Philippa parou de falar, de um jeito estranho.

— Sabe, você vai ter que ficar atento — disse Lambert a Richard. — Vai voltar a Greyworth e descobrir que todo mundo tem falado de você.

— Que bom — disse Richard, sorrindo para Fleur — ser o centro das atenções.

— Pode parecer engraçado agora — disse Lambert. — Mas se eu fosse você...

— Sim, Lambert? O que você faria?

O tom de voz de Richard ficou sério, e Philippa lançou a Lambert um olhar de advertência. Mas Lambert continuou.

— Eu tomaria um certo cuidado, Richard. Sinceramente, é melhor que as pessoas não pensem a coisa errada. Você não vai querer que fiquem fofocando pelas suas costas.

— E por que elas ficariam fofocando pelas minhas costas?

— Bem, é óbvio, não é? Olhe, Fleur, eu não quero ofendê-la, mas você entende, não? Todo mundo gostava muito da Emily. E quando as pessoas souberem de você...

— Não só elas ficarão sabendo de Fleur — disse Richard, em alto e bom tom —, como também irão conhecê-la, já que ela vai se hospedar em Greyworth muito em breve. E se você tiver algum problema com isso, Lambert, sugiro que mantenha distância.

— Eu só quis dizer... — começou Lambert.

— Sei o que você quis dizer — disse Richard. — Sei muito bem o que você quis dizer. E, com isso, caiu muito no meu conceito. Venha, Fleur, vamos embora daqui.

Na calçada, Richard segurou o braço de Fleur.

— Sinto muito por isso — disse ele. — Lambert sabe ser desagradável.

— Está tudo bem — disse Fleur, baixinho.

Meu Deus, pensou Fleur, já vi gente muito mais desagradável que ele. Teve uma filha que tentou arrancar meu cabelo, uma vizinha que me chamou de vadia...

— E você passaria uns dias em Greyworth? Perdão, eu deveria ter perguntado antes. — Richard olhou para ela, ansioso. — Mas prometo que você vai gostar de lá. Podemos fazer longas caminhadas, e você vai poder conhecer o restante da família...

— E aprender a jogar golfe?

— Se você quiser. — Ele sorriu. — Não é obrigatório. — Ele fez uma pausa, sem jeito. — E, claro, você... você teria seu próprio quarto. Não iria querer que... que...

— Você não? — perguntou Fleur, baixinho. — Eu sim.

Ela ficou na ponta dos pés e encostou os lábios nos de Richard. Depois de um segundo, deslizou a língua para dentro da boca dele. Imediatamente, o corpo dele se retesou. De choque? De desejo? Como quem não quer nada, ela desceu a mão pela nuca dele e esperou para descobrir.

Richard ficou completamente imóvel, a boca de Fleur aberta na dele, as palavras dela ecoando em sua cabeça, tentando controlar os pensamentos, mas sem sucesso. Ele se sentiu repentinamente rígido, quase paralisado de excitação. Depois de alguns instantes, Fleur moveu os lábios lentamente para o canto da boca de Richard, e ele sentiu a pele explodir com uma sensação deliciosa. Era como deveria ter sido com Emily, pensou, meio atordoado, tentando não cair duro de tão inebriado. Era para ter sido desta forma com sua amada esposa. Mas Emily nunca o havia excitado como aquela mulher — aquela mulher sedutora que ele conhecia havia apenas quatro semanas. Ele nunca tinha sentido um desejo tão grande como esse. Nunca havia sentido vontade de... de *comer* uma mulher antes.

— Vamos pegar um táxi — disse ele, a voz alterada, afastando-se de Fleur. — Vamos voltar para o apartamento.

Ele mal conseguia falar. Cada palavra parecia macular o momento; parecia estragar a convicção dentro dele de que estava prestes a viver uma experiência perfeita. Mas era preciso quebrar o silêncio. Era preciso, de alguma forma, sair da rua.

— E o Hyde Park?

Richard teve a sensação de que Fleur o estava torturando.

— Outro dia — disse ele. — Vamos. Vamos!

Ele fez sinal para um táxi, acomodou-a dentro dele, resmungou um endereço ao taxista e virou-se para Fleur. Diante daquela visão, seu coração quase parou. Fleur havia se recostado no banco de couro preto do táxi, e seu vestido havia misteriosamente subido, até que a parte de cima de uma de suas meias-calças pretas ficou visível.

— Ai, meu Deus — disse ele, indistintamente, olhando para a renda preta e transparente. Emily nunca havia usado meias de seda com renda preta.

E, então, de repente, uma onda fria de medo tomou conta de seu corpo. O que estava prestes a fazer? O que havia acontecido com ele? Imagens de Emily espoucavam como flashes em sua mente. O sorriso meigo dela; a sensação de seus cabelos entre os dedos dele. As pernas esguias; as nádegas pequenas. Momentos confortáveis, calmos; noites de ternura.

— Richard — disse Fleur, a voz rouca, passando um dedo com delicadeza pela coxa dele.

Richard se retraiu em pânico. Sentiu pavor. O que havia parecido tão certo na calçada agora parecia manchado pelas lembranças que não saíam de sua mente; por uma culpa que se elevava, comprimindo sua garganta até ele quase não conseguir respirar. De repente, ele se viu à beira das lágrimas. Não podia fazer aquilo. Não faria aquilo. Mas, ainda assim, o desejo por Fleur percorria seu corpo como uma tormenta.

— Richard? — repetiu Fleur.

— Eu ainda sou casado — disse ele. — Não posso fazer isso. Ainda sou casado com Emily. — Richard olhou para Fleur, esperando obter algum alívio para seu sofrimento; alguma confirmação de que estava fazendo a coisa certa. Mas não obteve nada. Ele foi tomado por emoções conflituosas, por necessidades físicas, por angústia mental. Nenhuma direção parecia ser a certa.

— Você não é mais casado, de verdade, com a Emily — disse Fleur, lenta e delicadamente. — Não é mesmo? — Ela levantou uma das mãos e começou a acariciar o rosto dele, mas ele se afastou.

— Eu não posso! — O rosto de Richard estava pálido. Ele se inclinou para a frente com o rosto tenso e os olhos marejados de lágrimas. — Você não entende. Emily era minha esposa. Emily é a única... — A voz dele falhou e ele desviou o olhar.

Fleur pensou por um segundo e rapidamente ajeitou o vestido. Quando Richard recuperou o autocontrole e olhou para ela, as meias de renda tinham desaparecido sob um monte de lã preta decente. Ele olhou para ela sem nada dizer.

— Devo ser uma grande decepção para você — disse ele, por fim. — Eu entenderia se você decidisse... — Ele deu de ombros.

— Decidisse o quê?

— Que não quer mais me ver.

— Richard, não seja bobo! — A voz de Fleur soou baixa, compassiva, com um toque de bom humor. — Você não acha que estou com você apenas com essa intenção, acha? — Ela abriu um sorrisinho, e, depois de alguns segundos, Richard sorriu também. — Nós estamos nos divertindo tanto juntos — continuou ela. — Detestaria que um de nós se sentisse pressionado...

Enquanto falava, Fleur olhou de relance o rosto do taxista pelo espelho retrovisor. Ele olhava para os dois evidentemente atônito, e Fleur sentiu vontade de rir. Mas, em vez disso, virou-se para Richard com a voz mais contida e disse:

— Eu adoraria passar uns dias em Greyworth e ficaria muito feliz se tivesse um quarto só para mim. E se as coisas progredirem... progrediram.

Richard olhou para ela por alguns instantes e, de repente, pegou sua mão.

— Você é uma mulher maravilhosa — disse ele, a voz rouca. — Eu me sinto... — Ele apertou a mão dela ainda mais. — De repente, estou me sentindo muito conectado a você. — Fleur olhou para ele em silêncio por um momento, e de modo recatado, olhou para baixo.

Maldita Emily, pensou Fleur. Sempre atrapalhando. Mas não disse nada e deixou a mão de Richard segurar a sua durante todo o trajeto de volta ao Regent's Park.

QUATRO

Duas semanas depois, Antony Favour estava na casa da família — batizada como Maples —, observando enquanto sua tia Gillian batia claras em neve na cozinha. Ela batia à mão, com uma expressão séria, e parecia contrair mais os lábios a cada movimento do batedor manual. Antony tinha certeza de que dentro de um dos armários da cozinha havia um batedor elétrico; ele já o havia usado para fazer panquecas. Mas Gillian sempre batia as claras em neve à mão. Fazia a maioria das coisas manualmente. Gillian morava na casa deles desde antes do nascimento de Antony, e, desde quando ele conseguia se lembrar, ela preparava todas as refeições, dizia à faxineira o que fazer, e andava pela casa depois de a faxineira ir embora, com a testa franzida, limpando de novo as superfícies que já pareciam perfeitamente limpas. A mãe dele nunca havia feito nada disso. Por algum tempo, esteve doente demais para cozinhar, e, no restante do tempo, ocupada demais jogando golfe.

Antony pensou na mãe. Pequena e magra, o cabelo loiro-acinzentado e a calça xadrez. Ele se lembrava dos olhos azul-acinzentados dela; dos óculos sem armação e de marca; de seu leve perfume floral. Sua mãe vivia toda arrumada; sempre de cinza e azul. Antony olhou sorrateiramente para Gillian. Seus cabelos grisalhos e sem viço tinham sido divididos em duas partes volumosas; suas faces eram bastante coradas; os ombros jaziam curvados dentro do cardigã cor de malva. Gillian tinha os mesmos olhos azul-acinzentados da mãe dele, mas, tirando isso, pensou Antony, era difícil acreditar que as duas eram irmãs.

Ele olhou de novo para a expressão tensa de Gillian. Desde que seu pai havia ligado para dizer que levaria aquela mulher para passar uns dias com eles, Gillian andava mais séria que o normal. Não dissera nada; mas ela nunca dizia muita coisa mesmo. Gillian nunca emitia opinião; nunca dizia quando estava irritada. Era preciso adivinhar. E, agora, Antony achava que ela estava muito irritada.

Antony mesmo não sabia como se sentia em relação àquela mulher. Ele havia ido dormir na noite anterior pensando na mãe, no pai e naquela nova mulher, esperando que seus instintos se manifestassem; que o fizessem sentir alguma emoção que o direcionasse para o rumo certo. Mas nada. Ele não sentiu emoção negativa nenhuma, nem positiva, só uma espécie de tomada de consciência meio perplexa de que aquilo estava acontecendo; que seu pai estava saindo com outra mulher. Às vezes, ele se lembrava disso durante alguma atividade, e sentia um choque tão grande a ponto de precisar olhar para a frente, respirar fundo e piscar diversas vezes para que seus olhos não ficassem marejados de lágrimas, pelo amor de Deus. Mas, em outros momentos, aquilo parecia totalmente natural; quase algo que ele esperava que acontecesse.

Ele já havia se acostumado a dizer às pessoas que sua mãe havia falecido; talvez dizer que seu pai estava namorando fosse apenas o próximo passo. Às vezes, ele sentia até vontade de rir disso.

Gillian havia terminado de bater as claras. Ela sacudiu o batedor manual e o jogou dentro da pia, sem lambê-lo. Em seguida, suspirou profundamente e esfregou a mão na testa.

— Vai ter pavlova hoje? — perguntou Antony.

— Vai — disse Gillian. — Com kiwi. — Ela deu de ombros. — Não sei se é o que seu pai quer. Mas vai ter que servir.

— Vai ficar ótimo, tenho certeza — disse Antony. — Todo mundo adora pavlova.

— Bem, vai ter que servir — repetiu Gillian.

Seus olhos cansados percorreram a cozinha, e Antony seguiu seu olhar. Ele adorava a cozinha; era seu cômodo preferido. Cerca de cinco anos antes, seus pais a haviam reformado para que se parecesse com uma cozinha enorme de fazenda, com azulejos de terracota por todos os lados e um fogão a lenha, além de uma mesa de madeira enorme com cadeiras bem confortáveis. Eles tinham comprado cinco milhões de panelas, vasilhas e coisas do gênero, tudo de catálogos de lojas caras, penduraram réstias de alho nas paredes e chamaram uma mulher para colocar arranjos de flores desidratadas por todos os lados.

Antony seria capaz de passar o dia todo na cozinha, na verdade, e, agora que eles tinham instalado uma televisão na parede, era o que fazia com frequência. Mas Gillian parecia detestar a nova cozinha. Ela costumava detestar como era antes — "toda branca e asséptica", segundo ela — e continuava detestando agora, apesar de ter sido a pessoa que escolheu os azulejos e que disse ao decorador onde cada coisa deveria ser colocada. Antony não entendia.

— Posso ajudar? — perguntou ele. — Posso descascar as batatas ou algo do tipo?

— Não vamos comer batatas — disse Gillian, impaciente, como se ele tivesse a obrigação de saber. — Vamos comer arroz selvagem. — Ela franziu o cenho. — Espero que não seja muito difícil de preparar.

— Sei que vai ficar uma delícia — disse Antony. — Por que não usa a panela de arroz?

Seus pais tinham dado uma panela de arroz elétrica para Gillian de presente de Natal três anos antes. No ano anterior, deram uma centrífuga de sucos; desde então, deram um picador de temperos elétrico, um fatiador de pães e uma máquina de fazer sorvete. Até onde Antony sabia, ela nunca havia usado nenhum desses aparelhos.

— Vou me virar — disse Gillian. — Por que não dá um pulinho lá fora? Ou por que não vai estudar?

— Sinceramente, eu não me incomodo em ajudar — comentou Antony.

— É mais rápido se eu fizer sozinha. — Gillian suspirou forte de novo e pegou um livro de receitas.

Antony olhou para ela em silêncio por alguns instantes, deu de ombros e saiu. O dia estava bonito e ele gostou de se expor ao sol. Andou pelo acesso de veículos da Maples e seguiu em direção ao clube. Todas as ruas no terreno de Greyworth eram privativas, e era preciso ter um cartão de acesso para entrar; sendo assim, na maior parte do tempo, quase não havia carros; só as pessoas que eram proprietárias de casas no terreno ou que eram sócias do Clube de Golfe.

Talvez, pensou Antony enquanto andava, houvesse tempo para uma partidinha de golfe antes de seu pai chegar. Deveria estar estudando para as provas essa semana; era por isso que estava ali. Uma semana de estudos em casa o esperava. Mas Antony não precisava estudar — ele sabia todas as coisas que iam perguntar. Sua ideia era passar os dias descansando, jogando golfe, talvez um pouco de tênis. Dependeria de quem estivesse na área. Seu melhor amigo, Will, estava num colégio interno, assim como ele, mas a escola de Will não previa períodos de estudo em casa. "Seu sortudo desgraçado", Will tinha escrito. "Não me culpe se você for mal em todas as provas." Antony era obrigado a concordar. Aquilo era muita sorte. Seu pai não ficou muito impressionado. "Para que pagamos a escola se eles sempre te mandam para casa?", exclamara ele. Antony não sabia. Não se importava. Não era problema dele.

A rua que levava ao clube era uma ladeira, ladeada por grama, árvores e pelos portões das casas das outras pessoas. Antony olhava para as entradas das casas ao passar, avaliando, pela presença de carros, quem estava e quem não estava. Os Forrester tinham um novo jipe branco, ele percebeu, ao parar em frente ao portão deles. Bem bonito.

— Oi, Antony! Gostou do meu jipe?

Antony se sobressaltou e ergueu o olhar. Sentados na grama a cerca de cinquenta metros adiante na ladeira estavam Xanthe Forrester e Mex Taylor. Vestindo calças Levis 501, os dois estavam sentados com as pernas entrelaçadas, e fumavam. Antony lutou contra a vontade de dar meia-volta e fingir que não tinha ouvido. Xanthe tinha mais ou menos a idade dele; ele a conhecia há muito tempo. Ela sempre tinha sido uma criancinha desagradável; agora, era uma adolescente desagradável. Sempre dava um jeito de fazer com que ele se sentisse burro, esquisito e feio. Mex Taylor era novo em Greyworth. Antony só sabia que ele estava no último ano do ensino médio na Eton, jogava golfe, e todas as meninas achavam que ele era demais. O que já era suficiente.

Ele desceu a ladeira devagar em direção a eles, tentando não se apressar, tentando manter a respiração calma, tentando pensar em algo inteligente para dizer. E, então, quando Antony se aproximou deles, Xanthe apagou o cigarro de repente e começou a beijar Mex, segurando a cabeça dele e se contorcendo toda como se estivesse em algum filme idiota. Antony disse a si mesmo, furioso, que ela só estava se exibindo. Ela provavelmente achava que ele sentia ciúme. Ela provavelmente achava que ele nunca tinha ficado com ninguém na vida. Ah, se ela soubesse. No colégio interno, aconteciam festas quase todo fim de semana, e Antony sempre saía delas com alguns chupões no pescoço e um número de telefone, fácil, fácil. Mas isso era na escola, onde suas histórias de infância não eram de conhecimento público; onde as pessoas o viam como ele era. Mas Xanthe Forrester e Fifi Tilling — aquela panelinha toda — ainda o viam como o bom e velho Antony Favour, perfeito para uma partida de golfe, mas nada muito além disso.

De repente, Xanthe se desvencilhou de Mex.

— Meu telefone! Está vibrando! — Ela lançou um olhar provocante a Mex, olhou para Antony e então tirou o celular da pochete de couro vermelho que levava na cintura.

Antony olhou para Mex de um jeito esquisito e, mesmo sem perceber, sentiu a mão indo em direção ao olho, cobrindo a marca de nascença.

— Oi? Fifi! Sim, estou com o Mex! — A voz de Xanthe era triunfante.

— Quer fumar? — perguntou Mex a Antony, de modo casual.

Antony pensou um pouco. Se dissesse sim, teria de ficar conversando com eles. E talvez alguém o visse e contasse ao seu pai, o que seria bem ruim. Mas, se dissesse não, achariam que era careta.

— Quero.

Xanthe ainda estava tagarelando ao telefone, mas, quando Antony acendeu o cigarro, ela parou e disse, rindo:

— Antony! Fumando! Isso é meio ousado para você, não?

Mex olhou para Antony, achando graça, e Antony se sentiu corar.

— Que maneiro! — disse Xanthe, guardando o telefone. — Os pais da Fifi vão ficar fora de casa até sexta. Vamos nos reunir na casa dela hoje à noite — disse ela a Mex. — Você, eu, a Fifi e a Tania. A Tania tem uns lances aí.

— Beleza — disse Mex. — Mas e... — Ele meneou a cabeça em direção a Antony. Xanthe fez uma leve careta a Mex, e então se virou para Antony.

— Quer se juntar com a gente, Antony? Vamos assistir a *Betty Blue* no *laser disc* da Fifi.

— Não posso, infelizmente — disse Antony. — Meu pai... — Ele fez uma pausa. Não diria a Xanthe que o pai estava namorando. — Meu pai vem para casa — disse ele, baixinho.

— Seu pai vem para casa? — perguntou Xanthe, sem acreditar. — Não pode sair porque seu pai vem para casa?

— Eu acho isso muito legal — disse Mex, sendo gentil. — Eu queria ter uma ligação forte assim com meu pai. — Mex sorriu para Xanthe. — Já ajudaria se eu não odiasse ele.

Xanthe começou a rir muito.

— Eu queria ter uma ligação mais forte com meu pai — disse ela. — Assim, talvez, ele me desse um Jaguar em vez de um Jeep. — Ela acendeu outro cigarro.

— Por que você tem um Jeep? — perguntou Antony. — Ainda não tem idade para dirigir. Só tem quinze anos.

— Posso dirigir em ruas privativas — respondeu Xanthe. — O Mex está me ensinando. Não é, Mex? — Ela se deitou na grama e passou os dedos pelos cachos loiros. — E não é só isso que ele está me ensinando. Sabe? — Ela soprou um círculo de fumaça no ar. — Acho que você não sabe, não. — Ela piscou para Mex. — Não quero chocar o Antony. Ele ainda beija de boca fechada.

Antony olhou para Xanthe, envergonhado e furioso, tentando pensar em alguma resposta boa para constrangê-la. Mas a coordenação entre seu cérebro e sua boca parecia ter desaparecido.

— Seu pai — disse Xanthe, pensativa. — Seu pai. O que me disseram sobre ele um dia desses? — Ela se sentou, de repente. — Ah, sim! Que ele está andando com uma vadia, né?

— Não está, não!

— Está, sim! Meus pais estavam falando sobre isso. Uma mulher de Londres. Parece que é bem bonita. Minha mãe viu os dois almoçando.

— É só uma amiga — disse Antony, desesperado.

Toda a serenidade dele havia desaparecido. De repente, passou a odiar o pai; odiou até a mãe, por ter morrido. Por que as coisas não podiam ter continuado como eram?

— Fiquei sabendo da sua mãe — disse Mex. — Foda.

Você não sabe nada de nada!, Antony queria gritar. Mas só amassou o cigarro com o pé desajeitadamente, e disse:

— Tenho que ir.

— Que pena — disse Xanthe. — Você estava me excitando, aí com essa calça sexy. Onde comprou? Num brechó?

— Até mais — disse Mex. — Boa diversão com o seu pai.

Quando Antony começou a se afastar, ouviu uma risadinha abafada, mas só olhou para trás quando chegou à esquina. Ele se permitiu dar uma olhada rápida. Xanthe e Mex estavam se beijando de novo.

Depressa, ele dobrou a esquina e se sentou numa mureta. Em sua mente, passavam todas as frases que ele ouvira dos adultos ao longo dos anos. *As pessoas que riem de você são imaturas... Não dê atenção, assim elas param... Se eles dão mais valor a sua aparência do que a sua personalidade, não vale a pena tê-los como amigos.*

Então, o que ele tinha de fazer? Ignorar todo mundo, menos Will? Acabar sem amigos? Pelo modo como via as coisas, ele tinha duas opções. Podia ser solitário ou ser igual a todo mundo. Antony suspirou. Para os adultos, era tudo muito fácil. Eles não sabiam como eram as coisas. Quando foi a última vez que alguém tinha sido desagradável com seu pai? Provavelmente nunca. Os adultos não eram desagradáveis uns com os outros. Eles apenas não eram. Na verdade, pensou Antony melancolicamente, os adultos deveriam parar de reclamar. Era tudo muito fácil para eles.

Gillian se sentou à enorme mesa de madeira na cozinha de sua falecida irmã, olhando inexpressivamente para uma pilha de vagem. Ela se sentia cansada, quase cansada demais para conseguir levantar a faca. Desde a morte de Emily, ela vinha sentindo uma apatia que a deixava assustada e confusa. Ela não sabia como lidar com isso de outra forma que não se dedicando integralmente às tarefas domésticas que ocupavam seu dia. Mas, quanto mais trabalhava, menos energia parecia ter. Quando se sentou para uma pausa, teve vontade de parar para sempre.

Ela se inclinou para a frente, apoiada nos cotovelos, sentindo-se letárgica e pesada. Conseguia sentir o próprio peso pressionando a cadeira, a massa de seu corpo sólido e nada bonito. Seios grandes sustentados por um sutiã fino, pernas grossas escondidas sob uma saia. Seu cardigã era grosso e pesado; até seus cabelos pareciam pesados naquele dia.

Por alguns minutos, ela olhou fixamente para a mesa, passando o dedo pelas fibras da madeira, tentando se distrair com as voltas e os redemoinhos na superfície, tentando fingir que se sentia normal. Mas, quando seu dedo chegou a um nó escurecido, ela parou. Não havia motivo para fingir para si mesma. Não se sentia apenas pesada. Não se sentia só apática. Sentia medo.

O telefonema de Richard tinha sido breve. Nenhuma explicação além do fato de ele estar levando uma mulher chamada Fleur para ficar com eles. Gillian olhou para a ponta do dedo grosso e áspero e mordeu o lábio. Deveria ter se dado conta de que aquilo aconteceria; que, mais cedo ou mais tarde, Richard encontraria uma... companhia feminina. Mas, de algum modo, ela havia achado que as coisas continuariam normais: Richard, Antony e ela. Não tão diferente de quando Emily estava viva — como todas as vezes que os três tinham jantado juntos, com Emily no andar de cima, na cama.

Ela era uma boba. Claro que as coisas não poderiam ter continuado daquele modo para sempre. Primeiro, Antony já era quase adulto. Em pouco tempo, ele terminaria o ensino médio e iria para a faculdade. E ela esperava continuar morando na Maples quando isso acontecesse? Só ela e Richard? Não fazia ideia do que Richard achava dela. Será que ele a via como alguma coisa a mais, além de a irmã da Emily? Ele a considerava uma amiga? Parte da família? Ou será que esperava que ela fosse embora agora que Emily havia morrido? Ela não fazia a menor ideia. Em todos os anos que vivera na casa, raramente conversava com Richard. A comunicação entre eles sempre tinha sido realizada através de Emily. E, agora que Emily havia partido, eles simplesmente não se comunicavam. Nos meses desde a morte dela, eles não tinham conversado sobre nada mais importante do que preparativos para refeições. Gillian não havia questionado sua posição; nem Richard.

Mas, agora, a coisa mudara de figura. Agora, havia uma mulher chamada Fleur. Uma mulher sobre quem ela não sabia nada.

"Você vai *amar* a Fleur", acrescentara Richard antes de desligar o telefone. Disso, Gillian duvidava. Claro que ele havia dito "amar" no sentido casual e moderno da palavra. Ela já havia ouvido esse uso feito pelas mulheres no bar do clube: "*Amei* o seu vestido... *Amou* esse perfume?" Amar, amar, amar. Como se não significasse nada; como se não fosse uma palavra sagrada, preciosa, para ser usada com moderação. Gillian amava seres humanos, não bolsas. Sabia, com grande certeza, a quem amava, a quem tinha amado, a quem sempre amaria. Mas, na vida adulta, nunca dissera a palavra em voz alta.

Do lado de fora, uma nuvem se movia, e um raio de luz do sol pousou na mesa.

— O dia está lindo — disse Gillian, ouvindo sua voz ecoar no silêncio total da cozinha.

Ela vinha falando sozinha cada vez mais, ultimamente. Às vezes, com Richard em Londres e Antony na escola, ela ficava sozinha na casa por vários dias seguidos. Dias vazios, solitários. Ela não tinha amigos em Greyworth; quando o restante da família saía, o telefone logo parava de tocar. Muitos dos amigos de Emily passaram a ter a impressão, ao longo dos anos, de que Gillian era mais uma governanta da casa do que integrante da família — uma impressão que Emily nunca se deu ao trabalho de desfazer.

Emily. Os pensamentos de Gillian foram interrompidos. Sua irmãzinha Emily estava morta. Ela fechou os olhos e levou as mãos à cabeça. Que mundo era esse no qual uma irmã mais nova morria antes da mais velha? Um mundo no qual o corpo frágil de uma irmã casada podia ser quase destruído por abortos consecutivos, enquanto o corpo forte da irmã solteirona nunca era posto à prova? Gillian havia ajudado Emily depois de cada aborto, havia cuidado dela quando Philippa nasceu e — muito depois, Antony. Ela observara o corpo de Emily desistir aos poucos; observara tudo se esvair. E, agora, estava sozinha, vivendo em uma família que não era dela de verdade, esperando pela chegada da substituta de sua irmã.

Talvez estivesse na hora de partir e dar início a uma vida nova. Depois da generosa herança de Emily, ela estava agora financeiramente independente. Podia ir a qualquer lugar, fazer qualquer coisa. Uma série de visões passou por sua mente, como as imagens de um folheto de plano de aposentadoria. Ela poderia comprar uma casa à beira da praia. Poderia aprender jardinagem. Poderia viajar.

Na mente de Gillian, surgiu a lembrança de uma oferta de muitos anos antes, uma oferta que a havia empolgado a ponto de ir correndo contar a Emily, na mesma hora. Uma viagem ao redor do mundo com Verity Standish.

"Você se lembra da Verity", tinha dito Gillian, empolgada, à Emily, que estava perto da lareira, mexendo em uma peça de porcelana. "Ela vai viajar! Está indo para o Cairo em outubro e para outros lugares depois de lá. Ela quer que eu vá também! Não é o máximo?"

E ela havia esperado que Emily sorrisse, fizesse perguntas, acolhesse a alegria de Gillian de modo sincero, como a irmã havia acolhido as muitas alegrias de Emily ao longo dos anos. Mas Emily havia se virado, e, sem titubear, dito: "Estou grávida. Quatro meses."

Gillian prendera a respiração e olhara para Emily, os olhos marejados de lágrimas de alegria. Ela achava — todo mundo achava — que Emily nunca teria outro filho. Cada uma de suas gestações desde Philippa havia terminado em aborto antes de doze semanas; parecia improvável que ela fosse conseguir levar outra gestação a termo.

Ela havia corrido até Emily e segurado suas mãos com muita alegria.

"Quatro meses? Ah, Emily!"

Mas os olhos azuis de Emily se prolongaram nos de Gillian de modo repreensivo.

"O que quer dizer que o bebê nasce em dezembro."

De repente, Gillian percebeu o que ela queria dizer. E, pela primeira vez na vida, tentou resistir ao domínio de Emily.

"Você não se importa se eu viajar mesmo assim?" Ela adotou uma voz feliz e tranquila. "Richard vai te dar muito apoio, tenho certeza. E eu volto em janeiro. Poderei assumir as rédeas assim que chegar." Ela havia começado a hesitar. "É só que vai ser tão incrível..."

"Ah, você tem que ir!", Emily havia exclamado com a voz fina. "Posso muito bem contratar alguém que me ajude com o recém-nascido. E uma babá para Philippa. Vai ficar tudo bem." Ela abrira um sorrisinho para Gillian, e Gillian olhara para ela com um certo desânimo. Conhecia aquele joguinho de Emily; sabia que era lenta demais para prever o próximo passo. "E provavelmente ficarei com a babá quando você voltar." A voz fria de Emily tinha atravessado a sala e se alojado como um doloroso estilhaço no peito de Gillian. "Ela pode ficar no seu quarto. Você não vai se importar, não é? Até lá, é provável que você já esteja morando em outro lugar."

Ela deveria ter ido embora. Deveria ter desafiado Emily e partido com Verity. Poderia ter viajado por alguns meses, voltado e se unido à família de novo. Emily não teria rejeitado a ajuda. Ela tinha certeza disso agora. *Deveria ter ido, sim*. As palavras ecoavam de modo amargo em sua mente e ela sentiu o corpo todo ficar tenso conforme os arrependimentos de quinze anos o percorriam como sangue envenenado.

Mas ela não tinha ido. Havia cedido, como sempre cedia a Emily, e ficara para o nascimento de Antony. E foi depois do nascimento dele que ela percebeu que nunca conseguiria partir; nunca poderia sair da casa por vontade própria. Porque Emily não amava o pequeno Antony. Mas Gillian o amava mais do que qualquer coisa no mundo.

— E, então, fale-me sobre Gillian — disse Fleur, recostando-se confortavelmente no assento.

— Gillian? — perguntou Richard, distraído. Levantou o dedo indicador. — Vamos, me deixe passar, idiota.

— Isso, Gillian — disse Fleur, quando o carro mudou de pista. — Há quanto tempo ela mora com vocês?

— Ah, faz muitos anos. Desde... não sei, desde que a Philippa nasceu, talvez.

— E você se dá bem com ela?

— Sim, claro.

Fleur olhou para Richard. O rosto dele estava inexpressivo e desinteressado. Não estava nem aí para Gillian.

— E Antony — disse ela. — Eu ainda não o conheci também.

— Ah, você vai gostar do Antony — disse Richard. Um entusiasmo repentino se fez notar em seu rosto. — Ele é um bom menino. Joga golfe em campos de doze buracos, o que é impressionante para a idade dele.

— Maravilha — disse Fleur, polidamente.

Quanto mais tempo passava com Richard, mais claro ficava que teria de aprender aquele jogo pavoroso. Ela tentou se imaginar com sapatos de golfe, com franjas de couro e spikes na sola, e sentiu um arrepio.

— Os campos aqui são lindos — disse ela, olhando pela janela. — Eu não sabia que havia ovelhas em Surrey.

— Uma ou outra ovelha — disse Richard. — Uma ou outra vaca também. — Ele fez uma pausa e seus lábios se contraíram esboçando um sorriso. Fleur esperou. Contrair os lábios era sinal de que ele faria uma piada. — Você vai conhecer algumas das melhores vacas de Surrey no Clube de Golfe — disse Richard, por fim, e deu uma risada.

Fleur riu junto, mais por causa da risada dele do que pela piada. Aquele era o mesmo homem tenso e enfadonho que ela havia conhecido seis semanas antes? Fleur quase não conseguia acreditar. Richard parecia ter mergulhado numa vida de alegria, com uma determinação quase fervorosa. Agora, era ele quem telefonava para ela com sugestões peculiares, que fazia piadas, que planejava passeios e diversões.

Em parte, ele estava tentando compensar, assim ela imaginava, a falta de intimidade física no relacionamento; uma falta que ele claramente acreditava afligir a ela tanto quanto a ele. Fleur havia dito a ele uma ou duas vezes que aquilo não importava — mas de um modo não muito convincente; de um modo lisonjeiro. E, assim, para aliviar a frustração dos dois, ele havia começado a preencher as noites deles com "substitutos". Se não podia entretê-la na cama, podia entretê-la em teatros, bares e casas noturnas. Toda manhã, ele telefonava para ela às dez com uma ideia para a noite. Para sua surpresa, Fleur havia começado a esperar ansiosamente pelas ligações.

— Sheringham Saint Martin! — exclamou ela, de repente, observando uma placa ao olhar pela janela.

— Sim, é um vilarejo bonito — disse Richard.

— É onde Xavier Formby abriu seu novo restaurante. Eu estava lendo sobre ele. The Pumpkin House. Parece que é maravilhoso. Precisamos ir um dia.

— Vamos agora mesmo — disse Richard, sem pensar. — Vamos jantar lá. Perfeito! Vou ligar para eles e ver se têm mesa.

Sem parar, ele pegou o celular e digitou o número do serviço de consulta à lista telefônica. Fleur olhou para ele atentamente. Havia algum motivo para ela dizer que aquela tal de Gillian provavelmente já havia preparado o jantar para eles? Richard não parecia se importar — na verdade, ele parecia quase alheio à existência de Gillian. Em algumas famílias, valia muito a pena conquistar a simpatia do mulherio — mas será que isso fazia sentido aqui? Seria melhor fazer o que Richard queria. Afinal, era ele o dono do dinheiro. E se ele quisesse sair para jantar, quem era ela para convencê-lo do contrário?

— Vocês tem? — dizia ele. — Bem, estaremos aí logo, logo.

Fleur sorriu para ele.

— Você é tão esperto.

— *Carpe diem* — disse Richard. — Aproveite o dia. — Ele sorriu para Fleur. — Quando eu era pequeno, não entendia essa frase. Pensei que fosse "aprovei teu dia", não "aproveite o dia". Nunca fez sentido para mim.

— Mas faz sentido agora? — perguntou Fleur.

— Ah, sim — disse Richard. — Faz cada vez mais sentido.

O telefone tocou às sete horas, quando Antony havia acabado de arrumar a mesa. Enquanto Gillian atendia, ele deu um passo atrás e admirou a mesa. Havia um vaso de lírios, guardanapos brancos de seda, velas esperando que as acendessem e, da cozinha, vinha um cheiro delicioso de carneiro assado. Hora de um gin, pensou Antony. Ele olhou no relógio. Certamente o pai chegaria logo.

De repente, Gillian apareceu na porta da sala de jantar com o vestido azul que ela sempre usava em ocasiões especiais. Seu rosto estava sério, mas isso não necessariamente significava alguma coisa.

— Era o seu pai — disse ela. — Ele só vem mais tarde.

— Ah. A que horas ele vai chegar? — Antony endireitou uma faca.

— Umas dez, segundo ele. Ele e aquela mulher vão comer fora.

Antony levantou a cabeça, de supetão.

— Comer fora? Mas eles não podem!

— Eles estão no restaurante agora.

— Mas você fez o jantar. Disse isso para ele? Disse que tinha um carneiro assado no forno?

Gillian deu de ombros. Ela exibia a expressão resignada e cansada que Antony detestava.

— Seu pai pode comer fora, se quiser — disse ela.

— Você deveria ter dito alguma coisa! — gritou Antony.

— Não cabe a mim dizer ao seu pai o que fazer.

— Mas se ele soubesse, tenho certeza... — Antony parou de falar e olhou para Gillian, frustrado.

Por que diabos ela não tinha dito nada ao pai dele? Quando ele chegasse e visse o que tinha feito, se sentiria péssimo.

— Bem, é tarde demais agora. Ele não disse em qual restaurante estava.

Ela parecia quase contente, pensou Antony, como se sentisse alguma satisfação em ver todos os seus esforços indo por água abaixo.

— Então, vamos comer tudo sozinhos? — Ele falava de modo agressivo, percebeu, mas não se importava.

— Acho que sim. — Gillian olhou para si mesma. — Vou tirar esse vestido — disse ela.

— Por que não fica com ele? — perguntou Antony, desesperado para tentar salvar a ocasião de alguma forma. — Você está bonita.

— Ele vai ficar todo cheio de vincos. Não há por que amassá-lo.

Ela se virou e caminhou em direção à escada.

Bem, que se dane, pensou Antony. Se você não quer se esforçar, eu também não quero. Ele se lembrou de Xanthe Forrester e de Mex Taylor naquela manhã. Eles o haviam convidado para um programa, não? Talvez não fossem tão ruins assim, afinal.

— Acho que vou sair, então — disse ele. — Já que não vamos ter um grande jantar em família nem nada.

— Tudo bem — disse Gillian, sem olhar para trás.

Antony foi até o telefone e discou o número de Fifi Tilling.

— Alô? — A voz de Fifi estava descontraída; ele ouviu música tocando ao fundo.

— Oi, é o Antony. Antony Favour.

— Ah, sim. Oi, Antony. Pessoal — disse ela —, é o Antony. — Ao fundo, ele acreditou ter ouvido risadinhas.

— Eu não ia estar livre hoje — disse ele, sem jeito —, mas agora estou. Então, posso ir aí, sei lá. Xanthe disse que todo mundo ia se encontrar.

— Ah, sim. — Uma pausa. — Na verdade, estamos quase saindo para ir a uma boate.

— Ótimo. Bem, estou dentro. — Ele parecia simpático e tranquilo, ou ansioso e desesperado? Não sabia ao certo.

— O problema é que o carro está cheio.

— Ah, tudo bem. — Antony olhou para o telefone sem entender. Será que ela estava tentando dizer...

— Desculpa.

Sim, estava.

— Não tem problema. — Ele tentou parecer tranquilo. Descontraído, até. — Quem sabe outro dia.

— Ah, sim, claro. — Fifi pareceu vaga. Nem estava ouvindo o que ele dizia.

— Bem, tchau — disse Antony.

— Tchau, Antony, a gente se vê.

Antony desligou o telefone e sentiu uma onda de humilhação tomar conta de si. Eles teriam arrumado um espaço para ele se quisessem. Antony olhou para as mãos e percebeu que tremiam. Sentiu o rosto quente de vergonha, apesar de estar sozinho no quarto.

Era tudo culpa do seu maldito pai — se ele tivesse chegado na hora certa, aquele telefonema não teria acontecido. Antony se recostou na cadeira. Achou aquele pensamento muito gratificante. Sim, era culpa do seu pai. Um ressentimento revigorante começou a tomar conta dele. E era culpa de Gillian também. Qual era o problema dela? Por que não havia repreendido seu pai e dito para ele ir para casa?

Durante alguns minutos, permaneceu sentado, mexendo num guardanapo, pensando na raiva que estava sentindo dos dois, e olhando para a mesa que havia arrumado. Tanto esforço para nada. Bem, ia ficar tudo ali. Ele não ia guardar nada.

Então, ele pensou que Gillian poderia aparecer e sugerir que ele fizesse exatamente aquilo; sendo assim, antes que ela se manifestasse, ele se levantou e entrou na cozinha. O carneiro ainda estava assando no forno e, majestosamente sobre a mesa, estava a pavlova, coberta por chantilly e decorada com fatias de kiwi. Antony olhou para ela. Se não jantariam juntos, então não haveria problema nenhum se ele comesse um pouco, certo? Ele puxou uma cadeira, pegou o controle remoto e mudou de canal. Quando a cozinha foi tomada pelo barulho de um game show, ele pegou uma colher, enfiou-a no merengue brilhante e começou a comer.

CINCO

O café da manhã havia sido servido no solário.

— Que lindo espaço — disse Fleur, educadamente, olhando para o rosto de Gillian, buscando contato visual.

Mas Gillian mirava o prato. Ela ainda não tinha encarado Fleur desde que chegara com Richard, na noite anterior.

— Gostamos muito daqui — comentou Richard, animado. — Principalmente na primavera. No verão, às vezes fica quente demais.

Fez-se um novo silêncio. Antony pousou a xícara de chá e todo mundo pareceu ficar prestando atenção no tilintar gerado pelo movimento.

— Construímos o solário há cerca de... dez anos — continuou Richard. — Não foi isso, Gillian?

— Acho que sim — disse ela. — Alguém quer mais chá?

— Sim, por favor — respondeu Fleur.

— Certo. Vou preparar mais um bule — disse Gillian, e foi para a cozinha.

Fleur deu uma mordida na torrada. As coisas estavam indo bem, pensou ela, apesar do carneiro assado e da pavlova que não comeram. Tinha sido o garoto, Antony, quem os havia confrontado na noite anterior, quase no mesmo instante em que entraram na casa, e informado que Gillian havia passado o dia todo cozinhando. Richard ficara petrificado, e Fleur conseguira demonstrar de forma convincente estar muito consternada. Felizmente, ninguém pareceu culpá-la. Felizmente também, ficou óbvio naquela manhã que ninguém mais voltaria a tocar no assunto.

— Aqui está. — Gillian havia voltado com o bule.

— Perfeito — disse Fleur, sorrindo para a expressão facial nada receptiva de Gillian.

Isso vai ser fácil, pensou Fleur, se o único desafio for enfrentar silêncios desconfortáveis e olhares penetrantes. Esses olhares não a incomodavam nem um pouco; muito menos sobrancelhas arqueadas; nem comentários atravessados. Era essa a vantagem de escolher como alvo a reservada classe média britânica, pensou Fleur, bebericando o chá. As pessoas pareciam não falar abertamente umas com as outras; nunca queriam mudar o *status quo*; pareciam quase mais dispostas a perder todo o dinheiro que tinham a se submeter ao constrangimento de um confronto direto. O que significava que, para uma pessoa como ela, o caminho estava livre.

Fleur olhou para Gillian com curiosidade. Para alguém que supostamente tinha recursos financeiros, Gillian usava roupas horrendas. Calça verde-escura — pantalona, Fleur imaginou que deveria ser esse o nome correto — e uma camisa de algodão com bordado azul de mangas curtas, dobradas em estilo operário. Quando Gillian se inclinou para a frente com o bule, Fleur olhou para os braços dela — placas sólidas de pele branca, opaca, quase morta.

As roupas de Antony eram um pouco melhores. Calça jeans padrão e uma camisa vermelha bem bonita até. Uma pena que tivesse aquela marca de nascença. Será que não tinham conseguido tratá-la? Provavelmente não, porque se estendia por cima do olho. Ele poderia escondê-la com maquiagem, se quisesse... Mas, tirando isso, pensou Fleur, ele era um rapaz bonito. Tinha puxado ao pai.

O olhar de Fleur voou preguiçosamente para Richard. Ele estava recostado na poltrona, admirando o jardim pelo vidro do solário com uma expressão de aparente satisfação no rosto, como se estivesse no primeiro dia de férias. Quando sentiu que ela o observava, ergueu o olhar e sorriu. Fleur fez o mesmo. Era fácil sorrir para Richard, pensou ela. Era um homem bom, gentil e atencioso, e não tão enfadonho quanto ela havia temido no início. Aquelas últimas semanas tinham sido divertidas.

Mas era de dinheiro que ela precisava, não de diversão. Não havia perseverado tanto para acabar com uma renda limitada e férias em Majorca. Fleur deu um suspiro discreto e tomou mais um gole de chá. Às vezes, o esforço de ir atrás de dinheiro a deixava exaurida; às vezes, começava a achar que Majorca não seria uma ideia tão ruim assim, no fim das contas. Mas isso era fraquejar. Ela não tinha ido tão longe simplesmente para desistir. Alcançaria seu objetivo. Tinha de alcançá-lo. Além do mais, era o único objetivo que possuía na vida.

Ela olhou para Richard e sorriu.

— Essa aqui é a maior casa de Greyworth?

— Acho que não — disse Richard. — Uma das maiores, acredito eu.

— Os Tilling têm oito quartos — disse Antony. — E um salão de jogos com uma mesa de sinuca.

— Pronto — disse Richard, sorrindo. — Antony sabe das coisas.

Antony não disse nada. Ele achava perturbadora a visão de Fleur sentada à sua frente, do outro lado da mesa. Aquela mulher estava mesmo saindo com seu pai? Ela era linda. Linda! E fazia seu pai parecer diferente. Quando os dois chegaram na noite anterior, elegantes e glamorosos, pareciam vir de outra família. Seu pai não se parecia com seu pai. E Fleur não se parecia com a mãe de ninguém. Mas também não era uma vadia, pensou Antony. Não era bonitinha e cabeça de vento. Era só... bonita.

Ao pegar sua xícara, Richard testemunhou Antony olhando fixamente para Fleur, sem esconder a admiração. Instintivamente, ele sentiu uma pontinha de orgulho. Isso mesmo, meu menino, teve vontade de dizer. A vida ainda não acabou para mim. Lá no fundo, pensamentos cheios de culpa corriam por sua mente como um trem: lembranças de Emily sentada exatamente onde Fleur estava agora; memórias de cafés da manhã em família com a risada alegre de Emily abafando a conversa. Mas ele as reprimia sempre que vinham à tona; recusava-se a permitir que aquele sentimentalismo tomasse conta dele. A vida era para ser vivida; a felicidade era para ser aproveitada; Fleur era uma mulher incrível. Sentada à luz forte do sol, parecia não haver nada além daquilo.

Depois do café da manhã, Richard se retirou para se preparar para o golfe. Como havia explicado a Fleur, aquele era o dia da Copa Banting. Se fosse qualquer outro sábado, ele teria deixado o golfe de lado para fazer um tour pelo local com ela. Mas a Copa Banting...

— Não se preocupe — dissera Fleur, sem pestanejar. — Vou ficar bem.

— Podemos nos encontrar para beber alguma coisa mais tarde — acrescentara Richard. — Gillian levará você à sede do clube. — Ele parara, franzindo a testa. — Você se incomoda?

— Claro que não — dissera Fleur, rindo. — Vou aproveitar a manhã sozinha.

— Você não vai ficar sozinha! — dissera Richard. — Gillian vai cuidar de você.

Agora, Fleur olhava para Gillian de modo pensativo. Ela estava retirando pratos limpos da lava-louça e organizando-os em uma pilha. Sempre que se abaixava, soltava um suspiro baixo; sempre que se levantava, parecia que o esforço a mataria.

— Que pratos lindos — disse Fleur, levantando-se. — Simplesmente lindos. Você que escolheu?

— O quê? Esses aqui? — disse Gillian. Ela olhou para o prato que segurava como se o detestasse. — Ah, não. A Emily escolheu. A mulher do Richard. — Ela fez uma pausa, e sua voz ficou mais séria. — Ela era minha irmã.

— Entendi — disse Fleur.

Bem, não havia demorado muito para chegar a esse assunto, ela pensou. A esposa falecida e sem culpa de nada. Talvez ela tivesse subestimado essa Gillian. Talvez o ataque fosse começar naquele momento. Os lábios contraídos, as ameaças sussurradas. *Você não é bem-vinda na minha cozinha.* Ela ficou ali, observando Gillian e esperando. Mas o rosto de Gillian permanecia impassível; pálido e flácido como uma broa mal assada.

— Você joga golfe? — perguntou Fleur, por fim.

— Um pouco.

— Eu não sei jogar, na verdade. Preciso tentar aprender.

Gillian não respondeu. Ela havia começado a colocar os pratos de volta no armário. Eram pratos de cerâmica pintada à mão, cada um deles decorado com um animal de fazenda diferente. Se era para serem expostos, pensou Fleur, que pelo menos os animais ficassem virados para cima. Mas Gillian não parecia reparar nisso. Cada prato voltou ao armário com um barulho, até a prateleira de cima e metade da segunda serem tomadas por animais em ângulos diferentes. Então, de repente, os animais acabaram e ela começou a encher o restante das prateleiras com pratos de cerâmica com desenhos azuis e brancos. Não!, Fleur sentiu vontade de exclamar. Não está vendo que assim fica horrível? Levaria dois minutos para deixar tudo bonito.

— Que adorável — disse ela, enquanto Gillian terminava. — Gosto muito de cozinhas no estilo fazenda.

— São difíceis de manter limpas — disse Gillian, de modo taciturno. — Todos esses azulejos. Quando picamos legumes, pedacinhos ficam grudados entre eles.

Fleur olhou ao redor devagar, tentando pensar em algo a dizer sobre o assunto dos legumes picados. O lugar trazia a ela a desconfortável lembrança de uma cozinha na Escócia na qual havia ficado tremendo de frio durante toda uma temporada de caça, para, no fim, descobrir que o nobre anfitrião, além de estar afundado em dívidas, a traía desde o início. Malditos homens de classe alta, pensou ela, revoltada. Um bando de fracassados que só a faziam perder tempo.

— Com licença — disse Gillian. — Preciso abrir esse armário.

Ela se abaixou, passando por Fleur, e surgiu com um ralador.

— Deixe-me ajudar — disse Fleur. — Tenho certeza de que há algo que eu possa fazer.

— Vai ser mais fácil se eu fizer sozinha. — Os ombros de Gillian estavam encurvados e ela se recusava a olhar nos olhos de Fleur, que resolveu não insistir.

— Tudo bem — disse Fleur. — Bem, acho melhor eu subir e dar um jeito numa coisinha aqui e outra ali. A que horas vamos à sede do clube?

— Ao meio-dia — disse Gillian, sem erguer o olhar.

Teria tempo suficiente, pensou Fleur, ao subir a escada. Sem Richard e sem Antony na casa e com Gillian ralando coisas na cozinha, agora era a oportunidade perfeita para investigar o que precisava. Ela atravessou o corredor devagar, avaliando o preço de tudo mentalmente. O papel de parede era sem graça, mas caro; os quadros eram sem graça e baratos. Todos os quadros bons obviamente tinham sido expostos na sala de estar, no andar de baixo, onde as visitas podiam vê-los. Emily Favour provavelmente tinha sido o tipo de mulher que usava vestidos caros e lingeries baratas, pensou Fleur.

Fleur passou direto pela porta do quarto dela e desceu um pequeno lance de escada. O lado bom de se estar numa casa pela primeira vez era que a pessoa sempre poderia alegar estar perdida. Principalmente porque o tour guiado da noite anterior tinha sido muito vago. "Ali embaixo fica meu escritório", dissera Richard, apontando para a escada. E Fleur não titubeou, apenas bocejou discretamente e disse: "Aquele vinho que tomamos me deixou com sono!"

Agora, ela descia o lance de escada, determinada. Até que enfim estava entrando em ação. Dentro daquele cômodo, poderia descobrir o tamanho do potencial de Richard — saberia se ele valeria o esforço e quanto poderia tirar dele. Poderia concluir logo se valia a pena esperar por um determinado momento no ano; se havia fatores específicos que ela deveria levar em consideração. Fleur desconfiava que não. A vida financeira da maioria dos homens era bem parecida. Eram os homens em si que se diferenciavam.

O foco nesse projeto a encheu de uma animação súbita, e ela sentiu o coração bater mais forte ao levar a mão à maçaneta. Mas a porta não abriu. Ela tentou de novo — mas não teve jeito. A porta do escritório estava trancada.

Durante alguns segundos, Fleur olhou com raiva para os painéis brancos e lustrosos da porta. Que tipo de homem trancava a porta do escritório na própria casa? Ela tentou abrir mais uma vez. Estava mesmo trancada. Fleur sentiu vontade de chutá-la. E, então, o autocontrole imperou. Não havia motivo para se demorar ali e correr o risco de ser vista. Mais que depressa, ela se virou, subiu os degraus, atravessou o corredor e entrou no quarto. Sentou-se na cama e olhou contrariada para o reflexo no espelho. O que faria agora? Aquela porta estava entre ela e todos os detalhes de que precisava. Como poderia prosseguir sem a informação correta?

— Raios me partam — disse ela em voz alta. — Partam-me os raios. Raios me partam.

Por fim, o som da própria voz a animou. Não era tão ruim assim. Ela daria um jeito. Richard não poderia manter o escritório trancado o tempo todo — e, se mantivesse, ela só precisaria encontrar a chave. Enquanto isso... Fleur passou a mão distraidamente pelos cabelos. Enquanto isso, ela poderia tomar um belo e demorado banho de banheira e lavar os cabelos.

Às onze e meia, Gillian veio subindo os degraus. Fleur pensou por um instante, e, então, ainda de roupão, foi até o patamar da escada. Gillian seria uma distração, na pior das hipóteses.

— Gillian, o que devo usar para ir à sede do clube? — perguntou ela. Tentou atrair o olhar de Gillian para si. — Diga-me o que devo vestir.

Gillian deu de ombros.

— Não há regras. Qualquer traje elegante serve, acho.

— Isso é muito vago! Você vai ter que vir me ajudar a decidir. Venha! — Fleur voltou para dentro do quarto e, depois de um segundo de hesitação, Gillian a seguiu. — Minhas roupas mais elegantes são todas pretas — disse Fleur. — Alguém no Clube de Golfe usa preto?

— Não — disse Gillian.

— Imaginei que não. — Fleur suspirou de um modo um pouco dramático. — Eu não queria destoar do restante do pessoal. Posso ver o que você vai usar?

— Não vou usar nada especial — disse Gillian com uma certa aspereza. — Só um vestido azul.

— Azul! Espere aí... — Fleur vasculhou uma de suas malas. — Quer isso emprestado? — Ela pegou uma longa echarpe de seda azul e a posicionou sobre os ombros de Gillian. — Um tolo me deu isso. E eu lá tenho cara de quem usa azul? — Ela revirou os olhos para Gillian e passou a falar mais baixo. — Ele também parecia achar que eu vestia 38 e que gostava de lingerie vermelha. — Fleur deu de ombros. — Fazer o quê?

Gillian olhou para Fleur sentindo o rosto corar. Algo que não lhe era muito familiar estava acontecendo no fundo de sua garganta. A sensação era um pouco como a de uma risada.

— Mas deve ficar perfeito em você — disse Fleur. — É da cor exata dos seus olhos. Como eu queria ter olhos azuis! — Ela encarou Gillian, que começou a sentir calor.

— Obrigada — disse Gillian, abruptamente. Olhou para a seda azul. — Vou experimentar. Mas não sei se vai combinar com o vestido.

— Quer que eu vá te ajudar? Sei como arrumar essas coisas.

— Não! — Gillian quase gritou. Fleur a estava sufocando. Precisava sair dali. — Vou lá trocar de roupa. E ver como fica. — Ela saiu apressada do quarto.

Na segurança do próprio quarto, Gillian parou. Pegou a ponta da echarpe e esfregou o tecido macio no rosto. Tinha um cheiro adocicado. Como Fleur. Doce, macio e vibrante.

Gillian se sentou à penteadeira. A voz de Fleur ressoava em seus ouvidos. Uma bolha de risada ainda ocupava o fundo de sua garganta. Sentia-se animada; sem fôlego, quase "possuída". Isso é charme, pensou, de repente. A efusividade e os beijos das mulheres frias no Clube de Golfe não eram charme de verdade. Emily tinha sido considerada uma mulher charmosa, mas seus olhos eram frios e seu riso tilintante era piegas e sem graça. Os olhos de Fleur eram calorosos e receptivos, e, quando ela ria, fazia todo mundo querer rir também. Isso era charme de verdade. É claro que Fleur não estava falando sério. Não queria ter olhos azuis, de verdade; não precisava do conselho de Gillian, na verdade. Tampouco — Gillian tinha certeza — não queria não destoar do restante do pessoal no clube de golfe. Mas, apenas por alguns segundos, ela havia feito Gillian se sentir bem, querida e incluída. Ela nunca havia se sentido incluída.

A sede do clube em Greyworth tinha sido construída em estilo colonial americano, com uma varanda de madeira grande que dava vista para o campo de golfe de dezoito buracos.

— Esse é o bar? — perguntou Fleur, quando as duas chegaram.

Fleur olhou para as mesas e cadeiras; para os gins; para os rostos corados e alegres.

— O bar fica ali dentro. Mas, no verão, todo mundo se senta do lado de fora. É muito difícil conseguir uma mesa. — Gillian perscrutou o ambiente, os olhos semicerrados. — Acho que todas estão ocupadas. — Ela suspirou. — O que você gostaria de beber?

— Um Manhattan — disse Fleur.

Gillian olhou para ela, confusa.

— O que é isso?

— Eles vão saber.

— Bem... tudo bem, então.

— Espere um pouco — disse Fleur. Ela estendeu a mão para Gillian e puxou as pontas da echarpe azul. — Você precisa ajeitar direito. Assim. Não deixe que ela fique toda enrugada. Está bem?

Gillian deu de ombros.

— É tanto detalhe.

— Os detalhes tornam a coisa divertida — disse Fleur. — Como a risca atrás da meia-calça. Você precisa verificá-la a cada cinco minutos.

A expressão facial de Gillian ficou ainda mais melancólica.

— Bem, vou pegar as bebidas — disse ela. — A fila deve estar enorme.

— Quer ajuda? — perguntou Fleur.

— Não, é melhor você ficar aqui fora e esperar alguma mesa vagar.

Ela começou a andar em direção às portas de vidro que levavam ao bar. Ao se aproximar delas, Gillian diminuiu um pouco o passo, levou as mãos às pontas da echarpe e as ajeitou, discretamente.

Fleur abriu um sorrisinho. E, então, com movimentos lentos, ela se virou e percorreu a varanda com o olhar. Estava ciente de que tinha começado a atrair alguns olhares interessados. Golfistas do sexo masculino, de rosto vermelho, inclinavam-se em direção aos amigos; golfistas do sexo feminino, de olhar aguçado, cutucavam umas às outras.

Rapidamente, Fleur avaliou as mesas na varanda. Algumas tinham vista para o campo de golfe, outras, não. Algumas tinham guarda-sóis, outras não. A melhor delas ficava no canto, ela decidiu. Era grande e redonda, e só havia dois homens sentados lá. Sem hesitar, Fleur se aproximou e sorriu para o mais rechonchudo dos dois. Ele usava uma camisa de time, de um amarelo bem forte, e já havia bebido metade da cerveja de sua caneca de prata.

— Oi — disse ela. — Vocês dois estão sozinhos?

O homem rechonchudo ficou um pouco mais corado e pigarreou.

— Nossas esposas estão para chegar.

— Ah, sim. — Fleur começou a contar as cadeiras. — Será que ainda teria lugar para mim e uma amiga? Ela só foi pegar nossas bebidas.

Os homens se entreolharam.

— A questão — continuou Fleur — é que eu gostaria muito de olhar para o campo de golfe. — Ela começou a se inclinar em direção à mesa. — É lindo, não é?

— Um dos melhores de Surrey — disse o homem mais magro, rispidamente.

— Vejam só essas árvores! — disse Fleur, apontando. Os dois acompanharam o olhar dela. Quando se viraram, ela já estava sentada em uma das cadeiras vazias. — Vocês jogaram hoje? — perguntou ela.

— Veja bem — disse um dos homens, sem jeito. — Eu não quero parecer...

— Vocês jogaram a Copa Banting? O que exatamente *é* a Copa Banting?

— Você é sócia nova? Porque se for...

— Não sou sócia, não — disse Fleur.

— Não é sócia? Está com crachá de visitante?

— Não sei — disse Fleur vagamente.

— Isso é bem típico — disse o mais magro para o de camisa de time amarela. — Não existe segurança nesse lugar. — Ele se virou para Fleur. — Agora, veja bem, jovem, terei de pedir que...

— Jovem? — disse Fleur, sorrindo para ele. — Que gentil de sua parte.

Ele se levantou, irritado.

— Você está ciente de que esse é um clube particular e que invasores serão processados? Agora, acho que o melhor a fazer é você e sua amiga...

— Ah, lá vem a Gillian — interrompeu Fleur. — Oi, Gillian. Esses simpáticos senhores nos deixaram sentar à mesa deles.

— Oi, George — disse Gillian. — Aconteceu alguma coisa?

O silêncio imperou por um instante, durante o qual Fleur se virou despreocupadamente. Uma conversa confusa e constrangida teve início atrás dela. Os homens não tinham se dado conta de que a amiga de Fleur era Gillian! Não tinham a menor ideia. Acharam que... Não, é claro que não tinham achado. Bem, de qualquer modo... que mundo pequeno, não? Que mundo pequeno. E ali estavam as bebidas.

— O meu é o Manhattan — disse Fleur, virando-se. — Meu nome é Fleur Daxeny. Muito prazer.

— Alistair Lennox.

— George Tilling.

— Achei meu crachá de visitante — disse Fleur. — Querem ver? Os dois começaram a murmurar, sem jeito.

— Qualquer amiga de Gillian... — começou um deles.

— Na verdade, sou mais amiga do Richard — disse Fleur.

— Uma amiga de longa data?

— Não, uma amiga recente.

Houve uma pausa, durante a qual um brilho de reconhecimento ficou evidente nos olhos de George Tilling. Agora você se lembra, pensou Fleur. Sou aquela fofoca que sua esposa estava tentando te contar enquanto você lia o jornal. Agora se arrepende por não ter ouvido o que ela dizia com mais atenção, não é mesmo? E abriu um sorrisinho para ele.

— Você sabia que tem sido alvo de muita fofoca? — perguntou Alec, quando chegaram ao décimo sétimo buraco.

Richard sorriu discretamente e pegou o taco.

— Fiquei sabendo. — Ele olhou para o velho amigo; todo compreensivo e preocupado. — O que você não percebe é que ser alvo de fofoca é bem divertido, na verdade.

— Isso não é brincadeira — disse Alec. Seu sotaque escocês ficava cada vez mais pronunciado, como sempre acontecia quando estava ansioso. — Estão dizendo... — Ele parou de falar.

— O que estão dizendo? — Richard ergueu a mão. — Deixe-me jogar primeiro.

Sem hesitar, ele bateu com o taco de golfe na bola, que entrou num buraco a três metros de distância.

— Bela tacada — disse Alec, automaticamente. — Você está jogando bem hoje.

— O que estão dizendo? Vamos, Alec, desembuche.

Alec fez uma pausa. Uma expressão de pesar tomou conta de seu rosto.

— Estão dizendo que se você continuar com essa mulher, pode ser que não seja indicado para capitão, no fim das contas.

Richard comprimiu os lábios.

— Compreendo — disse ele. — E alguma dessas pessoas chegou a conhecer de fato "essa mulher", como você disse de modo tão charmoso?

— Acho que Eleanor tem dito...

— Eleanor viu Fleur uma vez, brevemente, num restaurante de Londres. Não é certo que ela...

— Certo e errado não entram nessa equação. Você sabe disso. Se o clube se opuser a Fleur...

— E por que se oporiam?

— Bem... Ela é bem diferente da Emily, não é?

Richard conhecia Alec desde os sete anos e nunca tinha sentido vontade de agredi-lo. Mas, agora, sentia vontade de partir para cima dele; de todos eles. Observou, em silêncio, enquanto Alec segurava o taco, sentindo as mãos se fecharem e a mandíbula se contrair. Quando a bola entrou no buraco, finalmente, Alec olhou para cima e encontrou o olhar tenso de Richard.

— Veja — disse ele, em tom de desculpa. — Pode ser que você não se importe com o que o clube pensa. Mas... bem, não é só o clube. Estou preocupado por você. Admita: Fleur parece ter tomado conta da sua vida. — Ele recolocou a bandeira e os dois começaram a caminhar lentamente em direção ao décimo oitavo buraco.

— Você está preocupado por mim — repetiu Richard. — E com o que exatamente está preocupado? Com a possibilidade de eu estar me divertindo demais? Com a possibilidade de eu estar mais feliz agora do que em qualquer outro momento da minha vida?

— Richard...

— Bem, o que é, então?

— Acho que só tenho medo que você se machuque. — Alec desviou o olhar, constrangido.

— Meu Deus — disse Richard. — Estamos começando a ser francos um com o outro.

— Você sabe o que eu quero dizer.

— Tudo que sei é que estou feliz, Fleur está feliz, e o resto de vocês deveria cuidar da própria vida.

— Mas você mergulhou de cabeça...

— Sim, mergulhei de cabeça. E sabe de uma coisa? Descobri que mergulhar de cabeça é a melhor maneira de se viver.

Eles tinham chegado ao pino. Richard tirou a bola do bolso e olhou diretamente para Alec.

— Você já mergulhou de cabeça em alguma coisa na vida? — Alec ficou em silêncio. — Foi o que pensei. Bem, sabe, talvez devesse tentar.

Richard colocou a bola no pino e, com a mandíbula tensa, ensaiou alguns movimentos com o taco. O décimo oitavo buraco era distante e difícil, contornando um pequeno lago à direita. Richard e Alec sempre concordaram que era mais seguro jogar ao redor do lago do que arriscar perder uma bola na água. Mas, hoje, sem olhar para Alec, Richard bateu na bola com firmeza para a direita, bem em direção ao lago. Os dois observaram em silêncio quando a bolinha sobrevoou a superfície da água e pousou com segurança na parte lisa do campo.

— Acho... que você conseguiu — disse Alec, baixinho.

— Sim — disse Richard. Não parecia surpreso. — Consegui. Você provavelmente conseguiria também.

— Acho que eu não tentaria.

— Pois bem — disse Richard. — Talvez essa seja a diferença entre nós.

SEIS

Para espanto de Fleur, quatro semanas já haviam se passado. O sol de julho invadia o solário todas as manhãs, Antony estava em casa de férias da escola e os antebraços de Richard ficavam a cada dia mais queimados de sol. A conversa no clube só girava em torno de viagens, casas de campo e governantas.

Fleur agora era figurinha fácil na sede do clube. Pela manhã, depois de Richard ter saído para o trabalho, Gillian e ela haviam adotado a rotina de caminhar até a academia de ginástica de Greyworth — cujo título temporário de sócia Richard havia comprado para Fleur. Elas nadavam um pouco, ficavam na jacuzzi por um tempo, bebiam um copo de suco de maracujá batido na hora e caminhavam de volta para casa. Era uma rotina agradável e tranquila, da qual até Gillian parecia gostar agora — apesar da resistência inicial. A primeira tentativa de Fleur de convencer Gillian a acompanhá-la tinha sido quase infrutífera, e Fleur só obteve sucesso após apelar para o senso de dever de Gillian como anfitriã. Pelo que parecia, grande parte da vida de Gillian era governada por um senso de dever — um conceito totalmente estranho a Fleur.

Ela tomou um gole de café e fechou os olhos, sentindo o sol no rosto. O café da manhã havia terminado, e ela estava sozinha no solário. Richard havia ido a uma reunião com seu advogado; voltaria mais tarde para uma partida de golfe com Lambert e um ou outro contato de trabalho. Antony estava fora de casa em algum lugar fazendo, ela supunha, coisas de adolescente. Gillian estava no andar de cima supervisionando a faxineira. Supervisão — outro conceito totalmente estranho para Fleur. Ou uma pessoa realizava ela mesma uma tarefa, pensava Fleur, ou deixava que outro a fizesse, sem nem tomar ciência. Mas a verdade é que ela sempre tinha sido preguiçosa. E estava se tornando ainda mais. Preguiçosa demais.

Uma pontada de autocensura a atingiu. Ela vinha morando na casa de Richard Favour há quatro semanas. Quatro semanas! E o que havia conseguido durante esse tempo? Nada. Depois da tentativa inicial no escritório dele, havia comodamente permitido que o assunto "dinheiro" saísse de sua cabeça; deixou-se levar por uma vida tranquila e ensolarada na qual um dia se fundia ao outro e, de repente, estava quatro semanas mais velha. Quatro semanas mais velha e nem um centavo mais rica. Ela sequer havia chegado perto do escritório dele de novo. Até onde Fleur sabia, ele estava destrancado e cheio de barras de ouro.

— Um centavo por seus pensamentos — disse Gillian, aparecendo na porta no solário.

— Meus pensamentos valem mais que um centavo — respondeu Fleur, animadamente. — Muito mais.

Fleur olhou para a roupa de Gillian com uma expressão zombeteira. Gillian usava um vestido cor de laranja com uma gola espalhafatosa e, por cima dela, a echarpe azul. Não passava um dia sem que Gillian usasse aquela echarpe, sempre do jeito exato como Fleur havia mostrado — independentemente da roupa que estivesse usando. Fleur supôs que deveria se sentir lisonjeada, mas, em vez disso, estava começando a se irritar. Ela se perguntava se a única saída seria dar à mulher uma echarpe de cada cor.

— Melhor irmos daqui a pouco — disse Gillian. — Não sei o que manda a etiqueta. Talvez todo mundo chegue depois da hora marcada. Elegantemente atrasado. — Ela arriscou uma risadinha.

— Esse conceito de "atraso elegante" está fora de moda — disse Fleur, meio blasé. — Embora, supostamente, ainda possa estar na moda em Surrey.

Hoje à tarde, ela pensou. Tentaria de novo essa tarde. Talvez enquanto Richard estivesse no campo de golfe. Poderia manter Gillian na cozinha sugerindo que fizesse um bolo. E talvez conseguisse um motivo para pegar emprestada a chave de Richard. Fleur entraria e sairia antes que qualquer um sequer se perguntasse onde ela estava.

— Não sei quem vai estar lá — dizia Gillian. — Nunca fui a esse tipo de evento antes.

Gillian estava estranhamente falante, pensou Fleur. Ela ergueu o olhar e Gillian a encarou com uma expressão de súplica. Meu Deus, ela está nervosa, pensou Fleur. Sou eu a impostora aqui e é ela quem está nervosa.

As duas estavam prestes a ir até a casa de Eleanor Forrester para um *brunch* e para olhar as bijuterias que Eleanor vendia com entusiasmo sempre que tinha chance. Aparentemente, Gillian nunca tinha ido a uma das manhãs de *brunch* de Eleanor. Lendo nas entrelinhas, pensou Fleur, Gillian nunca tinha sido convidada antes.

Ao ser convidada por Eleanor, a primeira coisa que passara pela cabeça de Fleur tinha sido recusar o convite. Mas ela vira o sorriso de satisfação de Richard, e se lembrara de seu próprio princípio orientador. Se um homem sorrir, faça mais uma vez; se ele sorrir de novo, não pare.

— Claro — dissera ela, lançando um olhar para o rosto sério de Gillian. — Nós adoraríamos ir, não é mesmo, Gillian? — Depois disso, ela não soube de qual dessas duas coisas desfrutar mais: a expressão constrangida no rosto de Gillian ou a desconcertada no de Eleanor Forrester.

Gillian alternava o peso entre um pé e o outro e enrolava a ponta da echarpe em dedos ansiosos. Ainda que fosse só para proteger a integridade da echarpe, Fleur se levantou.

— Certo — disse ela. — Vamos ver as bugigangas dessa mulher.

O jardim de Eleanor era grande e em ligeiro declive, contendo caramanchões, pérgolas e bancos de ferro forjado. Duas mesas de cavaletes tinham sido montadas no gramado: uma coberta de comida; a outra, de bijuterias.

— Tomem uns *buck's fizz*! — exclamou Eleanor quando elas chegaram. — Não preciso perguntar se estão dirigindo, não é mesmo? Vocês souberam do coitado do James Morrell? — acrescentou ela, falando mais baixo. — Banido por um ano. A esposa dele está *furiosa*. Agora, vão e sentem-se. Muitas das meninas já estão aqui.

As "meninas" tinham entre trinta e cinco e sessenta e cinco anos. Eram todas queimadas de sol, estavam em boa forma física e eram muito animadas. Muitas usavam roupas coloridas com o que pareciam ser bordados extremamente caros. Pequenos jogadores de tênis eram sacudidos acima de seios; jogadores de golfe em miniatura dançavam para cima e para baixo em braços, dando intermináveis tacadas em bolinhas de golfe feitas de contas.

— Não são uma graça? — disse uma mulher ao perceber o olhar de Fleur. — A Foxy é quem vende essas roupas! Tem camisas polo, calças, tudo, na verdade. Foxy Harris. Tenho certeza de que ela vai te contar tudo sobre elas assim que chegar.

— Decerto que sim — murmurou Fleur.

— Emily tinha uma bela coleção de roupas da Foxy — disse outra mulher, vestida de rosa-choque da cabeça aos pés. — Emily sempre ficava linda com elas!

Fleur não disse nada.

— Você era amiga da Emily, Fleur? — perguntou a mulher de rosa-choque.

— Não exatamente — disse Fleur.

— Não. Imaginei que não pudesse ter sido — disse a mulher. — Acho que eu a conhecia melhor do que todo mundo aqui. Ela teria falado de mim. Tricia Tilling.

Fleur fez um gesto vago com a mão.

— Todos sentimos saudade dela — disse Tricia. Ela fez uma pausa como se estivesse perdida em lembranças. — E, claro, Richard era devotado a ela. Eu costumava pensar que nunca veria um casal tão apaixonado quanto Richard e Emily Favour. — Fleur estava ciente de Gillian se remexendo de modo estranho ao lado dela. — Eles *nasceram* um para o outro — continuou Tricia. — Como... gin e tônica.

— Que bela comparação — disse Fleur.

Os olhos de Tricia encontraram os dela de forma avaliadora.

— Que relógio lindo, Fleur — disse ela. — Richard o comprou para você? — Ela deu uma risadinha. — George está sempre me comprando coisinhas aqui e ali.

— É mesmo? — perguntou Fleur. Ela tocou o relógio indolentemente e não disse mais nada. Pelo canto do olho, percebeu a cara de satisfação de Tricia.

— Então — disse Tricia, como se estivesse puxando outro assunto —, o coitado do Graham Loosemore se meteu em uma grande enrascada. Vocês se lembram do Graham? — Houve murmúrios de concordância. — Bem, ele foi para as Filipinas de férias... e se casou com uma moça de lá! Dezoito anos. Eles estão morando juntos em Dorking! — Uma onda de perplexidade se seguiu. — Ela está atrás do dinheiro dele, obviamente. — Tricia fez uma careta. — Ela vai ter um filho, para poder garantir seu sustento, e depois se separar. Provavelmente vai ficar com... metade da casa? São duzentas mil libras! E tudo isso por um erro bobo. Que tolo!

— Talvez ele não seja um tolo — disse Fleur, bem blasé, e piscou para Gillian.

— O quê? — perguntou Tricia.

— Quanto você pagaria a um filipino jovem e musculoso para fazer amor com você toda noite? — Fleur sorriu para Tricia. — Eu pagaria muito.

Tricia arregalou os olhos para Fleur.

— O que você está querendo dizer exatamente? — sussurrou ela, num tom de voz preparado para reagir com assombro depois.

— O que estou querendo dizer é que... talvez essa garota valha a pena.

— Valha a pena?

— Talvez ela valha duzentas mil libras. Para ele, pelo menos.

Tricia olhou para Fleur como se desconfiasse de que aquilo era uma brincadeira.

— Esses viúvos ricos têm que ter muito cuidado — disse ela, por fim. — Eles são extremamente vulneráveis.

— Assim como as viúvas ricas — disse Fleur de maneira descontraída. — Eu mesma preciso ficar o tempo todo alerta.

Tricia se retesou toda. Mas, antes que pudesse falar, a voz de Eleanor Forrester interrompeu o grupo.

— Mais *buck's fizz*? Depois disso, vou começar a apresentação. Eu contei a vocês sobre o coitado do James Morrell? — acrescentou ela, entregando copos. — Banido por um ano! E ele só tinha ultrapassado um pouco o limite de velocidade! Afinal, quem de nós nunca passou um pouco da velocidade permitida?

— Eu — disse Fleur, pousando o copo na grama sem beber. — Eu não dirijo.

Um burburinho se iniciou ao redor dela. Como era possível Fleur não dirigir? Como ela fazia? E a ida e a volta da escola? As compras?

A voz de Tricia Tilling se destacou truculentamente acima das outras.

— Imagino que você tenha motorista, certo, Fleur?

— Às vezes — respondeu ela.

De repente, do nada, ela se lembrou de uma ocasião em que estava sentada no banco atrás do motorista do carro do pai em Dubai, com a cabeça para fora da janela, olhando para a rua quente e poeirenta, recebendo ordens em árabe para se aquietar. Eles estavam passando pelo *gold souk*, o mercado de ouros e joias. Para onde estavam indo? Fleur não conseguia se lembrar.

— Então, todas prontas? — A voz de Eleanor invadiu a consciência de Fleur. — Vou começar com os broches. Não são uma graça?

Ela segurou uma tartaruga dourada e uma aranha de diamante artificial e começou a falar. Fleur ficou olhando para a frente, por educação, mas as palavras entravam por um ouvido e saíam pelo outro. As lembranças invadiam sua mente sem parar. Ela estava sentada com Nura el Hassan e as duas riam. Nura usava roupas de seda em tons pastel; suas mãozinhas seguravam um colar de contas. Tinha ganhado de presente no aniversário de 9 anos. Ela havia colocado o colar no pescoço de Fleur e as duas riram. Fleur não havia expressado sua admiração pelas contas em voz alta. Se tivesse feito isso, Nura teria sido obrigada a dar o colar a Fleur, conforme manda a tradição. Sendo assim, Fleur apenas sorrira para Nura e para as contas, a fim de mostrar a ela que as achava lindas. Fleur sabia mais sobre os costumes de Nura que sobre os seus. Não havia conhecido nada além daquilo.

Fleur havia nascido em Dubai, de uma mãe que seis meses depois fugiu para a África do Sul com o amante e de um pai um tanto idoso que acreditava que criar uma criança era jogar dinheiro em cima dela. No mundo inconstante e sem raízes dos expatriados de Dubai, Fleur aprendeu a perder amigos com a mesma facilidade com que os fazia, a dar boas-vindas a novos alunos na Escola Britânica no começo de cada ano e a se despedir deles no fim; a usar as pessoas pelo breve período em que as tinha — e então descartá-las antes que ela mesma fosse descartada. Durante todo esse tempo, apenas Nura havia permanecido uma constante. Muitas famílias islâmicas não permitiam que a cristã — na verdade, pagã — Fleur brincasse com os filhos deles. Mas a mãe de Nura admirava a bonita e insolente ruivinha; sentia pena do homem de negócios que estava tendo de criar uma filha e ainda dar conta de um trabalho que exigia muito dele.

E, então, quando Fleur tinha apenas dezesseis anos, seu pai sofrera uma insuficiência renal aguda repentina. Morrera deixando para Fleur uma quantia surpreendentemente pequena: não o suficiente para que ela continuasse morando no apartamento de luxo; não o suficiente para que ela seguisse estudando na Escola Britânica. A família el Hassan generosamente levara Fleur para morar com eles enquanto o futuro dela era decidido. Durante alguns meses, ela e Nura dormiram em quartos adjacentes. Elas tinham se tornado mais íntimas do que nunca; tinham discutido e se comparado sem parar. Aos dezesseis anos, Nura foi considerada pronta para se casar; seus pais estavam procurando um marido para ela. Fleur sentia-se ao mesmo tempo horrorizada e fascinada com aquela ideia.

— Como você pode aceitar isso? — exclamava ela. — Se casar com um homem que só vai mandar em você?

Nura sempre só dava de ombros e sorria. Ela era uma moça bem bonita, com pele macia, olhos alegres e traços arredondados que já beiravam a corpulência.

— Se ele for muito mandão, não vou me casar com ele — disse ela, uma vez.

— Seus pais não vão te obrigar?

— Claro que não. Eles vão deixar que eu o conheça e depois conversaremos sobre isso.

Fleur ficou olhando para ela. De repente, sentiu inveja. A vida de Nura estava sendo confortavelmente planejada para ela, enquanto a de Fleur oscilava de modo incerto à sua frente, como uma teia de aranha avariada.

— Talvez eu possa me casar, como a Nura — disse ela no dia seguinte à mãe de Nura, Fatima, que deu uma risadinha, como se Fleur estivesse brincando, mas esta encarou Fatima com seriedade.

— Tenho certeza de que você vai se casar — disse Fatima. — Vai conhecer um belo inglês.

— Talvez eu possa me casar com um árabe — disse Fleur.

Fatima riu.

— Você se converteria ao islamismo?

— Talvez — disse Fleur, desesperadamente —, se precisasse.

Fatima ergueu o olhar.

— Está falando sério?

Fleur deu de ombros.

— Você poderia... me arranjar alguém.

— Fleur. — Fatima se levantou e segurou as mãos de Fleur. — Você sabe que não seria uma noiva adequada para um árabe. Não é só por você não ser islâmica. Você acabaria achando a vida difícil demais. Seu marido não permitiria que você respondesse a ele como nós permitimos. Você não poderia sair sem a permissão dele. Meu marido é muito liberal. A maioria dos homens não é.

— Você vai encontrar um homem liberal para a Nura?

— Esperamos que sim, claro. E você também vai encontrar um homem, Fleur. Mas não aqui.

Dois dias depois, o noivado foi anunciado. Nura se casaria com Mohammed Abduraman, um jovem de uma das famílias mais abastadas dos Emirados Árabes. Na opinião geral de todos, ela havia se dado muito bem.

— Mas você o ama? — perguntou Fleur naquela noite.

— Claro que eu o amo — disse Nura. Mas seus olhos estavam distantes, e ela não disse mais nada.

Imediatamente, a família iniciou os preparativos. Fleur andava de um lado para o outro, sem ser notada, observando incrédula a quantidade de dinheiro que estava sendo gasta no casamento. Os rolos de seda, a comida, os presentes para todos os convidados. Nura foi levada embora em um redemoinho de véus e de óleos perfumados. Em pouco tempo, ela seria levada embora para sempre. Fleur ficaria sozinha. O que deveria fazer? A família el Hassan não a queria mais. Ninguém a queria mais.

À noite, ela ficava deitada em silêncio, sentindo o cheiro doce e almiscarado da casa, permitindo que as lágrimas rolassem pelo rosto, tentando planejar o futuro. Os pais de Nura achavam que ela deveria voltar para a Inglaterra, para a tia em Maidenhead que nunca havia conhecido.

— Sua família é a coisa mais importante — dissera Fatima, com a confiança de uma pessoa cercada pela rede de apoio de uma família de pessoas leais. — Sua família vai cuidar de você.

Fleur sabia que ela estava enganada. As coisas eram diferentes na Inglaterra. A irmã de seu pai nunca havia demonstrado interesse por ela. Fleur teria de contar apenas consigo mesma.

E então havia chegado o dia da festa de noivado de Nura. Foi um evento só para mulheres, com guloseimas, brincadeiras e muita risada. No meio da festa, Nura exibiu uma caixinha.

— Veja — disse ela. — Meu anel de noivado.

Em sua mão, o anel parecia quase incongruente — um diamante enorme posicionado no meio de uma rede intrincada de ouro. O ambiente foi tomado por reações de satisfação; até mesmo para os padrões árabes, ele era enorme.

Isso deve valer cem mil dólares, pensou Fleur. No mínimo. Cem mil dólares no dedo da Nura. E não é como se ela fosse poder exibi-lo por aí. Muito provavelmente não vai usá-lo quase nunca. Cem mil dólares. O que se poderia fazer com cem mil dólares?

E, então, sem conseguir se controlar, aconteceu. Fleur pousou o copo, olhou diretamente para Nura e disse:

— Admiro muito seu anel de diamante, Nura. Eu o admiro demais. Quem me dera ter um anel desses.

Todas ficaram em silêncio. Nura empalideceu; seus lábios começaram a tremer. Ela olhou nos olhos de Fleur, chocada e magoada. Fez-se uma pausa infinitesimal, durante a qual ninguém parecia respirar. Todas as mulheres no ambiente se inclinaram para a frente. E, então, lenta e cuidadosamente, Nura tirou o anel de diamante do dedo, estendeu a mão e o deixou cair no colo de Fleur. Ela olhou para a peça por um instante, e em seguida se levantou e bateu em retirada. A última imagem que Fleur teve de Nura resumiu-se a dois olhos obscurecidos pela traição.

Naquela noite, Fleur havia vendido o diamante por cento e vinte mil dólares. Pegara um voo para Nova York na manhã seguinte e nunca mais vira Nura.

Agora, quase vinte e cinco anos depois, sentada no jardim de Eleanor Forrester, Fleur sentiu um aperto no peito, uma ardência nos olhos. Se eu acabar com uma vida medíocre, ela pensou, furiosamente —, se eu acabar sendo a dona de casa inglesa que poderia ter sido desde o início —, então o diamante não serviu de nada. Perdi a Nura por nada. E não posso suportar isso. Não posso *suportar*.

Ela piscou com força, ergueu o olhar e focou de novo na corrente dourada que Eleanor Forrester segurava no alto. Vou comprar um colar, pensou ela, e vou comer o brunch, e depois vou tirar tudo o que puder de Richard Favour.

Oliver Sterndale se recostou na cadeira e olhou para Richard com certa aflição.

— Você tem consciência — disse ele, pela terceira vez —, de que assim que esse dinheiro for transferido para o fundo, vai deixar de ser seu?

— Tenho — disse Richard. — É essa a intenção. Ele vai passar a ser das crianças.

— É muito dinheiro.

— Sei que é muito dinheiro.

Ambos olharam para os números à frente deles. A quantia em questão estava sublinhada na base da página — o número 1 seguido por uma série de zeros, como uma lagarta.

— Não é tanto assim — disse Richard. — Não exatamente. E eu quero que as crianças o tenham. Emily e eu concordamos em fazer isso.

Oliver suspirou e começou a bater a caneta na mão.

— Direitos sucessórios... — começou ele.

— Não é uma questão de direitos sucessórios. É uma questão de... segurança.

— Você pode dar segurança a seus filhos sem ter que repassar enormes quantias para eles. Por que não compra uma casa para Philippa?

— Por que não dar a ela uma enorme quantia? — Richard esboçou um sorriso. — No fim, não faz muita diferença.

— Faz uma diferença enorme! Muitas coisas podem acontecer que o fariam se arrepender de entregar toda a sua fortuna prematuramente.

— Não chega nem perto de ser minha fortuna toda!

— Uma boa parte dela.

— Emily e eu conversamos sobre isso. Concordamos que seria perfeitamente possível viver de modo confortável com o restante. E sempre haverá a empresa.

O advogado se recostou na cadeira, os pensamentos batalhando entre si em seu rosto

— Quando vocês decidiram tudo isso? — perguntou ele, por fim. — Refresque minha memória.

— Há cerca de dois anos...

— E, naquela época, Emily sabia que...

— Que ia morrer? Sim, sabia. Mas eu não entendo qual é a relevância disso.

Oliver encarou Richard. Por um instante, ele pareceu prestes a dizer algo, mas suspirou e desviou o olhar.

— Ah, não sei — murmurou ele. — O que eu *sei* — disse com mais firmeza — é que ao abrir mão de uma quantia tão grande, você pode estar prejudicando seu próprio futuro.

— Oliver, não seja melodramático!

— O que você e a Emily podem não ter levado em consideração foi a possibilidade de que sua vida poderia mudar de alguma forma depois da morte dela. Pelo que sei, você tem uma... amiga hospedada em sua casa no momento.

— Uma mulher, sim. — Richard sorriu. — O nome dela é Fleur.

— Pois então. — Oliver fez uma pausa. — Pode parecer uma ideia ridícula agora. Mas o que aconteceria se você, digamos... decidisse se casar de novo?

— Não me parece uma ideia ridícula — disse Richard lentamente. — Mas não consigo entender o que isso tem a ver com dar esse dinheiro a Philippa e a Antony. O que dinheiro tem a ver com casamento?

O advogado pareceu se espantar.

— Você não está falando sério.

— Mais ou menos — admitiu Richard. — Veja bem, Oliver, eu vou pensar no assunto. Não vou me precipitar. Mas, você sabe, vou ter que fazer algo com o dinheiro, mais cedo ou mais tarde. Eu o venho liquidando gradualmente nos últimos meses.

— Não vai ter nenhum problema se ele ficar em uma conta corrente por um tempo. Melhor perder um pouco de rendimento do que tomar a decisão errada. — Oliver ergueu o olhar de repente. — Você não contou aos seus filhos sobre esse plano, certo? Eles não estão na expectativa de ele se concretizar, estão?

— Ah, não. Emily e eu concordamos que seria melhor que eles não soubessem. Além disso, decidimos que deveriam esperar até os trinta anos antes de terem o controle do dinheiro. Não queríamos que pensassem que não precisavam se esforçar na vida.

— Muito sábio. E mais ninguém sabe?

— Não. Mais ninguém.

Oliver suspirou e apertou o botão de sua mesa para pedir mais café.

— Bem, acho que isso já é alguma coisa.

***

O dinheiro era dele. Praticamente dele. Assim que Philippa completasse trinta... Lambert segurava o volante com força e irritação. O que havia de tão mágico nos trinta anos? O que ela teria aos trinta que não tinha aos vinte e oito?

Quando Emily contara a ele sobre o dinheiro de Philippa, ele tinha achado que ela se referia a algo imediato. Na semana seguinte. Ele sentira uma explosão de alegria percorrer seu corpo, o que deve ter ficado evidente em seu rosto, porque ela sorriu — um sorriso satisfeito — e disse: "Ela só vai ter acesso ao dinheiro quando tiver trinta anos, claro." E ele retribuíra o sorriso de forma calculada, dizendo: "Claro." Na verdade, estava pensando: Por que não? Por que não, porra?!

Maldita Emily. Era óbvio que ela havia feito aquilo de propósito. Havia contado a ele com muita antecedência para poder vê-lo esperar. Era só mais um de seus jogos de poder. Lambert sorriu, mesmo sem vontade. Sentia falta da Emily. Ela tinha sido a única pessoa naquela família maldita com quem ele de fato havia se dado bem desde o momento em que se conheceram. O encontro havia ocorrido durante uma festa da empresa, logo depois de ele assumir o cargo de diretor técnico. Ela estava de pé ao lado de Richard, em silêncio, ouvindo as histórias alegres do diretor de marketing — um homem a quem, mais tarde foi revelado, ela desprezava. Os olhos de Lambert haviam pegado os dela desprevenidos — e, em um instante, ele tinha visto através daquele comportamento tranquilo e doce, enxergando o verdadeiro desprezo que havia por trás. Ele havia visto a verdadeira Emily. Quando o olhar dela encontrara o dele, Emily tinha percebido o quanto havia se traído. "Apresente-me a esse jovem simpático", dissera imediatamente a Richard. E, ao apertar a mão de Lambert, ela esboçara um sorriso de discreto reconhecimento.

Duas semanas depois, ele fora convidado para passar o fim de semana na Maples. Ele tinha comprado um novo blazer, jogado golfe com Richard e caminhado pelo jardim com Emily. Ela havia ficado com a palavra quase o tempo todo. Falou sobre uma série de assuntos vagos, aparentemente sem conexão. Comentou que não gostava do diretor de marketing; falou de sua admiração por quem entendia de computadores; de seu desejo de que Lambert conhecesse os outros integrantes da sua família. Algumas semanas depois disso, o diretor de marketing foi demitido por enviar uma newsletter da empresa cheia de erros vergonhosos. Foi na mesma época, Lambert se lembrava, quando Richard havia comprado um carro corporativo melhor para ele. "Emily tem se queixado comigo", dissera Richard, sorrindo. "Ela acha que perderemos você se não o tratarmos direito!"

E, então, ele voltou a ser convidado para a Maples, e foi apresentado a Philippa. Lá também estava Jim, o namorado de Philippa à época, um rapaz de pernas e braços compridos de vinte e dois anos que havia acabado de sair da universidade e não sabia bem o que queria fazer da vida. Mas, como Emily explicou depois a todos no bar do clube, Lambert deixara Philippa sem chão, quase que literalmente. "No décimo sexto buraco!", acrescentara ela, rindo. "Philippa perdeu a bola naquela área pantanosa. Ficou presa, e Lambert a pegou no colo e a levou de volta ao campo!"

Lambert franziu o cenho ao se lembrar disso. Philippa tinha se mostrado mais pesada do que o esperado; ele quase estirou um músculo ao tirá-la daquela lama. Por outro lado, ela também tinha se mostrado mais rica do que ele esperava. Lambert havia se casado com Philippa achando que estivesse garantindo segurança financeira. A notícia de que ele, na verdade, seria extremamente rico, chegara como um prêmio inesperado.

Ele olhou pela janela do carro. Os bairros residenciais da periferia de Londres gradualmente davam lugar a Surrey; eles chegariam a Greyworth em meia hora. Philippa estava calada no banco ao lado dele, concentrada em um de seus livros românticos. Sua esposa, a milionária. A multimilionária, se Emily tivesse falado a verdade. Só que ela não era milionária, não ainda. Um ressentimento familiar invadiu Lambert, e ele sentiu que começava a trincar os dentes. Não era razoável tratar Philippa como uma criança na qual não se podia confiar. Se ela iria receber o dinheiro de qualquer jeito, então por que não o entregar a ela desde já? E por que guardar segredo disso? Nem ela nem Antony pareciam ter a menor ideia de que eram pessoas potencialmente muito ricas: de que nunca teriam de trabalhar se não quisessem; de que a vida seria fácil para eles. Quando Philippa suspirava e se queixava do preço de um par de sapatos novos, Lambert sentia vontade de gritar: "Pelo amor de Deus, você poderia comprar vinte pares, se quisesse!" Mas ele nunca fez isso. Não queria que a esposa ficasse planejando como gastar sua fortuna. Lambert já tinha planos suficientes para ela.

Ele olhou no espelho retrovisor um Lagonda acelerando pela via expressa e segurou o volante com mais força. Dois anos, ele pensou. Só mais dois anos. Seu único problema no momento era o banco. Lambert franziu o cenho. Ele tinha de pensar em uma solução para o problema do banco. Idiotas do inferno. Eles queriam a conta de uma pessoa potencialmente muito rica ou o quê? Nas últimas semanas, um idiota atrás do outro vinha ligando para ele, querendo marcar uma reunião, questionando seu saldo negativo sem parar. Ele teria de fazer alguma coisa antes que decidissem ligar para Philippa. Ela não sabia de nada daquilo. Ela sequer sabia que ele tinha aquela terceira conta.

Mais uma vez, Lambert repassou as possibilidades em sua mente. A primeira era ignorar o banco totalmente. A segunda era concordar em se encontrar com eles, admitir que não tinha dinheiro para cobrir o saldo negativo e conseguir uma postergação até Philippa receber seu dinheiro. Uma postergação de dois anos? Não era algo inconcebível. Mas também não era muito provável. Talvez eles decidissem que precisavam de mais garantia que isso. Talvez decidissem ligar para o empregador dele e obter uma garantia. Lambert fechou a cara. Eles ligariam para Richard. Ele já conseguia imaginar a atitude hipócrita de Richard. O sempre perfeito e organizado Richard, que nunca deixou nem uma conta de gás atrasar. Ele chamaria Lambert ao seu escritório. Falaria sobre viver com o que se tem. Citaria a porra do Dickens para cima dele.

Não, isso não poderia acontecer. Lambert fez uma pausa e respirou fundo. A terceira opção era, de alguma forma, conseguir manter os predadores do banco felizes. Entregar uma boa quantia para eles. Cinquenta mil libras ou algo assim. Ao mesmo tempo, ele poderia insinuar que considerava a falta de confiança deles muito surpreendente, tendo em vista suas perspectivas futuras. Podia falar que levaria seu dinheiro para outro lugar. Deixá-los devidamente nervosos. Lambert sorriu. Era a melhor opção das três. De longe, a melhor. Quase não tinha desvantagens — só uma. O fato de ele não ter cinquenta mil libras. Ainda não.

SETE

Quando eles estacionaram na garagem da Maples, Philippa ergueu o olhar de seu romance, os olhos vermelhos.

— Já chegamos à Maples?

— Não, chegamos a Marte.

— Mas eu não terminei ainda! Me dê dois minutos. Preciso ver o que acontece. Quer dizer, eu sei o que vai acontecer, mas preciso ver... — Ela parou de falar. Já tinha voltado a encarar a página, devorando vorazmente o texto, como se fosse uma caixa de bombons.

— Pelo amor de Deus — disse Lambert. — Bem, eu não vou ficar sentado aqui esperando. — Ele saiu do carro e bateu a porta com força. Philippa nem piscou.

A porta da frente estava aberta, mas a casa parecia vazia. Lambert parou no hall de entrada e olhou ao redor com cautela. Nem sinal de Gillian. O carro de Richard não estava lá; talvez ele e sua ruiva tivessem saído juntos. Talvez não houvesse ninguém ali. Talvez ele tivesse a casa toda para si.

Lambert ficou entusiasmado. Não havia esperado aquilo. Pensara que teria de se esgueirar à noite, ou talvez até esperar por alguma outra oportunidade. Mas isso era perfeito. Poderia colocar seu plano em ação de uma vez.

Mais que depressa, ele subiu a escadaria ampla. O corredor no andar de cima estava silencioso e vazio. Ele parou no topo da escada, apurando os ouvidos a qualquer som. Mas não houve nenhum. Olhando para trás mais uma vez a fim de ter certeza de que não estava sendo observado, Lambert se deslocou com cuidado em direção ao escritório de Richard. Era um cômodo escondido, totalmente separado dos quartos e, normalmente, ficava trancado. Se alguém o visse ali, seria impossível fingir que tinha se perdido a caminho de outro lugar.

Não que isso devesse importar, pensou Lambert, mexendo na chave dentro do bolso. Richard confiava nele. Afinal, havia entregado a ele uma chave do escritório — para o caso de emergência, dissera Richard. Se alguém perguntasse, Lambert poderia sempre dizer que estivera atrás de alguma informação relacionada à empresa. Na verdade, Richard mantinha poucas informações ligadas à empresa em casa. Mas daria a Lambert o benefício da dúvida. As pessoas geralmente davam.

A porta do escritório estava fechada. Porém, ao tentar virar a chave, ele percebeu que estava destrancada. Rapidamente, guardou a chave no bolso. Assim, se alguém o visse, ele teria como se justificar. ("Vi que a porta estava aberta, Richard, então achei melhor conferir...") Ele entrou e seguiu até o arquivo armário. Extratos bancários, ele murmurou. Extratos bancários. Abriu uma gaveta e começou a olhar as pastas.

Cinquenta mil libras não era muito dinheiro. Não para alguém como Richard, definitivamente não. Richard tinha tanto dinheiro que poderia facilmente dispor essa quantia. Sequer daria falta dela. Lambert pegaria emprestados cinquenta mil, iria usá-los para resolver seus problemas com o banco, e depois os devolveria. Cinco mil libras aqui, dez mil libras ali — ele pegaria de pouco em pouco, e colocaria de volta quando tivesse chance. Desde que o valor total na base da página batesse com as contabilidades no fim do ano, ninguém desconfiaria de nada.

Falsificar a assinatura de Richard não era problema. Programar as transferências não era problema. Decidir em quais contas entrar era mais complicado. Ele não queria acabar descobrindo ter desfalcado a conta da casa, ou o fundo para as férias daquele ano. Conhecendo

Richard, cada quantia, grande ou pequena, provavelmente estava destinada a alguma coisa específica. Ele teria de tomar cuidado.

Lambert fechou a primeira gaveta e abriu a segunda. Começou a olhar as pastas. De repente, um som fez com que ele parasse, os dedos ainda ocupados. Havia algo atrás dele. Algo — ou alguém...

Ele se virou e sentiu o rosto gelar, incrédulo. Sentada à mesa de Richard, com as pernas cruzadas, e muito calma, estava Fleur. Sua mente foi a mil. Será que ela havia estado ali o tempo todo? Será que ela o vira...

— Olá, Lambert — disse Fleur, simpática. — O que você está fazendo aqui?

Philippa terminou de ler a última página do livro e se recostou, sentindo-se ao mesmo tempo satisfeita e ligeiramente aborrecida. Palavras e imagens brigavam em sua mente; em suas narinas, o odor do estofamento do carro se misturava ao cheiro persistente das balas de menta que Lambert chupava enquanto dirigia. Ela abriu a porta e inspirou, atordoada, tentando se desvencilhar da ficção e entrar na realidade. Mas, em sua mente, ela ainda estava nos Alpes Suíços com Pierre, o impetuoso instrutor de esqui. A boca viril de Pierre cobria a dela; as mãos dele estavam nos cabelos dela; uma música tocava ao fundo... Quando Gillian deu uma batidinha no carro de repente, Philippa deu um gritinho e um pulo, batendo a cabeça na moldura da janela.

— Eu estava colhendo morangos — disse Gillian. — Quer uma bebida?

— Ah — disse Philippa. — Sim, uma xícara de café cairia bem.

Ela saiu do carro com as pernas rígidas e trôpegas, aprumou-se e seguiu Gillian casa adentro. Pierre e os Alpes começaram a sumir de sua mente como um sonho difícil de lembrar.

— O papai saiu? — perguntou ela, sentando-se sem forças em uma cadeira da cozinha.

— Ele está em uma reunião com Oliver Sterndale — disse Gillian. — Antony também saiu. — Ela começou a colocar água dentro da chaleira.

— Acho que chegamos um pouco cedo. E a... — Philippa fez uma careta.

— A quem?

— Você sabe. Fleur!

— O que tem ela? — perguntou Gillian, bruscamente.

— Bem... onde ela está?

— Não sei — disse Gillian. Fez uma pausa. — Voltamos há pouco do brunch da Eleanor.

— Brunch da Eleanor?

— É.

— Vocês foram ao brunch da Eleanor Forrester?

— Fomos. — O rosto de Gillian pareceu se fechar sob o olhar surpreso de Philippa. — Uma palhaçada aquilo tudo, na verdade — acrescentou asperamente.

— Você comprou alguma coisa?

— No fim, acabei comprando. Isso. — Gillian afastou para o lado a echarpe azul e revelou uma tartaruguinha dourada presa na lapela. Ela franziu a testa. — Não sei se estou usando direito. Provavelmente vai acabar puxando um fio do tecido e estragar o vestido.

Philippa olhou para a tartaruga. Gillian nunca comprava broches. Tampouco costumava ir ao brunch de Eleanor. Eram sempre Philippa e a mãe quem iam, e Gillian ficava em casa. Gillian sempre ficava em casa. E, agora, pensou Philippa com ciúme repentino, Gillian e Fleur tinham ido, e ela não foi.

Fleur adorava ver homens tomando sustos. Ver Lambert olhando para ela sem saber o que dizer fez quase o inconveniente de ser interrompida valer a pena. Quase. Porque as coisas estavam indo muito bem até ele chegar. Ela havia deparado com a porta do escritório destrancada, entrado depressa e começado a procurar o que queria. E teria encontrado se não tivesse sido interrompida. Richard obviamente era uma pessoa muito organizada. Tudo em seu escritório era arquivado, listado e preso com clipes. Primeiro, ela havia ido à mesa dele, à procura de correspondências recentes — e estava revirando a gaveta da mesa quando a porta se abriu e Lambert entrou.

Imediatamente, ela se enfiara embaixo da mesa, com uma facilidade adquirida com a prática. Por alguns minutos, ela havia ficado se perguntando se deveria ou não se levantar. Deveria ficar imóvel esperando até que ele fosse embora? Ou Lambert poderia desviar o olhar e avistá-la? Com certeza seria melhor surpreendê-lo do que ser descoberta escondida embaixo da mesa.

E, então, ela notou que Lambert também não parecia muito à vontade. Seu comportamento era quase... duvidoso. O que ele fazia xeretando o arquivo armário? Será que Richard tinha ciência daquilo? Estava acontecendo alguma coisa que ela deveria saber? Nesse caso, poderia ser de seu interesse deixar Lambert saber que ela o vira. Fleur havia pensado por um momento, e, então, antes que Lambert conseguisse escapar, ela havia ficado de pé, se sentado casualmente na cadeira de Richard e esperado que ele se virasse. Agora, ela se divertia observando os olhos esbugalhados dele; seu rosto corando. Algo estava acontecendo. Mas o quê?

— Este escritório é seu também? — perguntou ela, com um tom quase inocente o suficiente para enganar. — Não fazia ideia disso.

— Não exatamente — disse Lambert, recuperando ligeiramente a compostura. — Eu só estava verificando uma coisa para a empresa. Para a empresa — repetiu ele, beligerantemente. — Há muitas coisas altamente confidenciais aqui dentro. Na verdade, fico me perguntando o que você estaria fazendo aqui, para começo de conversa.

— Ah, eu! — disse Fleur. — Bem, eu só estava procurando algo que deixei aqui ontem à noite.

— Algo que deixou aqui? — Ele parecia não acreditar. — O quê? Devo ajudá-la a procurar?

— Não se preocupe — disse Fleur, levantando-se e andando até ele. — Já encontrei.

— Já encontrou — disse Lambert, cruzando os braços. — Posso saber o que era?

Fleur fez uma pausa, e então abriu a mão, revelando uma calcinha de seda preta.

— Estava embaixo da mesa — disse ela, em tom de confidência. — Tão fácil esquecer onde foi deixada. Eu não queria que a faxineira ficasse horrorizada. — Fleur olhou para o rosto corado dele. — Você não está horrorizado, não é, Lambert? Você perguntou.

Lambert não respondeu. Parecia estar com dificuldade para respirar.

— Pode ser melhor não comentar isso com o Richard — disse Fleur, aproximando-se de Lambert e olhando bem dentro de seus olhos. — Pode ser que ele fique um pouco... constrangido. — Ela fez uma breve pausa, respirando um pouco mais rápido que o normal e inclinando-se levemente em direção ao rosto de Lambert. Ele parecia petrificado.

E, como num passe de mágica, ela havia desaparecido. Lambert permaneceu exatamente onde estava, ainda sentindo a respiração dela em sua pele, ainda ouvindo a voz dela em seu ouvido, repassando a cena na mente. A calcinha de Fleur — sua calcinha de seda preta — tinha estado embaixo da mesa. O que devia significar que ela e Richard... Lambert engoliu em seco. Ela e Richard...

Com um estrondo, Lambert fechou a gaveta do arquivo armário e se virou. Não conseguia mais se concentrar; não conseguia manter o foco. Não conseguia pensar em extratos e saldos. Só conseguia pensar em...

— Philippa! — vociferou ele escada abaixo. — Suba aqui! — Um silêncio se seguiu. — Suba aqui! — repetiu ele.

Por fim, Philippa apareceu.

— Eu estava conversando com a Fleur — reclamou ela, subindo a escada depressa.

— Não quero saber. Entre aqui.

Ele segurou a mão de Philippa e a levou depressa até o quarto do fim do corredor, no qual eles sempre ficavam. Tinha sido de Philippa na infância, uma terra de fantasia de rosas e coelhos, mas, assim que ela saiu de casa, Emily havia retirado o papel de parede e o substituído por um xadrez em tom verde escuro.

— O que você quer? — Philippa puxou o braço para se desvencilhar das garras de Lambert.

— Você. Agora.

— Lambert! — Ela olhou inquieta para ele. Lambert a encarava com olhos vidrados e desfocados.

— Tire esse vestido.

— Mas a Fleur...

— Eu quero que ela vá se foder, a Fleur. — Ele observou Philippa tirar o vestido pela cabeça de um jeito apressado, e então fechou os olhos e a puxou para si, apertando o corpo dela com força entre os dedos. — Que ela vá se foder, a Fleur — disse ele, a voz tremida. — Foder a Fleur.

Richard voltou da reunião e encontrou Fleur sentada, reclinada na cadeira de sempre no solário.

— Onde estão a Philippa e o Lambert? — perguntou ele. — O carro deles está no acesso de veículos. — Richard olhou o relógio. — Nós começaremos em meia hora.

— Ah, imagino que eles estejam em algum lugar por aí — murmurou ela. — Vi Lambert mais cedo, rapidamente. — Ela se levantou. — Vamos dar uma voltinha no jardim.

Enquanto eles andavam, Fleur segurou o braço de Richard e disse, como quem não quer nada:

— Imagino que você e Lambert se conheçam muito bem. Agora que são da mesma família.

Ela ficou analisando a expressão no rosto dele enquanto falava, e percebeu uma leve expressão de desgosto surgir, que rapidamente foi suplantada por uma expressão de tolerância racional e civilizada.

— Certamente tive a oportunidade de conhecê-lo melhor como pessoa — disse Richard. — Mas não diria...

— Você não diria que é amigo dele? Deduzi isso. Então, quer dizer que não conversa muito com Lambert? Não se abre com ele?

— Há uma lacuna geracional — disse Richard, na defensiva. — É compreensível.

— Totalmente compreensível — disse Fleur, e abriu um sorrisinho.

O que tinha imaginado era realmente a verdade. Os dois não eram confidentes. O que significava que Lambert não abordaria

Richard para falar sobre sexo no chão do escritório. Ele não verificaria a história dela; estava a salvo.

Quanto à história de Lambert, ela não fazia ideia qual era. No passado, talvez se sentisse compelida a investigar. Mas a experiência havia lhe ensinado que em toda família há alguém com um segredo. Sempre há um integrante da família com planos escusos; às vezes, vários integrantes. Tentar usar evidências circunstanciais em benefício próprio nunca funcionava. As guerras em família eram sempre irracionais, duravam sempre muito tempo e os soldados sempre trocavam de lado quando qualquer outro os atingia. O melhor era ignorar todo mundo e correr atrás de seu próprio objetivo o mais rápido que pudesse.

Eles continuaram caminhando por alguns minutos em silêncio, e então Fleur disse:

— A reunião foi boa?

Richard deu de ombros, abrindo um sorrisinho tenso.

— A reunião me fez pensar. Sabe, eu ainda sinto que havia partes da Emily que eu não conhecia.

— A reunião foi sobre a Emily?

— Não... mas tinha a ver com alguns assuntos que nós discutimos antes de ela morrer. — Richard franziu o cenho. — Eu estava tentando me lembrar da lógica dela; de sua motivação para fazer as coisas — disse ele, lentamente. — E percebi que *não sei* por que ela queria que certas coisas fossem feitas. Acho que ela não me contou, ou eu me esqueci do que ela disse. E eu não conheci sua personalidade bem o suficiente para deduzir isso agora.

— Talvez eu possa ajudar — disse Fleur. — Se você me explicar do que se trata.

Richard olhou para ela.

— Talvez pudesse, sim. Mas sinto que... isso é algo que eu devo desvendar sozinho. Você entende?

— Claro — disse Fleur com tranquilidade e apertou o braço dele de maneira afetuosa.

Richard deu uma risadinha.

— Não é nada importante. Não vai afetar nada do que eu faça. Mas... — Ele se interrompeu e encarou Fleur. — Bem, você sabe como me sinto em relação à Emily.

— Ela era cheia de segredos — disse Fleur, tentando não bocejar. Será que eles já não tinham conversado o suficiente sobre aquela bendita mulher?

— Segredos, não — disse Richard. — Espero que não tenham sido segredos. Apenas... qualidades escondidas.

Logo depois de gozar, o afeto fantasioso de Lambert por Philippa desapareceu. Ele afastou os lábios do pescoço dela e se sentou.

— Preciso ir — disse ele.

— Não podemos ficar deitados aqui só um pouquinho? — perguntou Philippa, melancolicamente.

— Não, não podemos. Todos vão ficar se perguntando onde estamos.

Ele enfiou a camisa para dentro da calça, ajeitou os cabelos e, de repente, desapareceu.

Philippa se ergueu, apoiada nos cotovelos, e olhou ao redor do quarto silencioso. Em sua cabeça, ela havia começado a ver a rapidinha de Lambert como uma evidência da paixão dele por ela; uma história a ser confidenciada às amigas animadas que um dia teria. "Sério, ele estava *tão* desesperado por mim... nós simplesmente sumimos..." Risos. "Foi tão romântico... Lambert sempre foi assim, um homem impetuoso..." Mais risos. Olhares admirados. "Nossa, Phil, que sorte a sua!... Não consigo nem me *lembrar* da última vez em que fizemos sexo..."

Mas, agora, cortando as vozes animadas, outra voz surgia em sua cabeça. A voz de sua mãe. "Sua nojenta." Um olhar frio de olhos azuis. O diário de Philippa sendo balançado no ar de modo incriminador. Suas fantasias adolescentes secretas sendo reveladas e expostas.

Como se os últimos quinze anos não tivessem acontecido, o pânico e a humilhação da adolescência começaram a tomar conta de Philippa. A voz de sua mãe atravessando seus pensamentos de novo. "Seu pai ficaria horrorizado se visse isso. Uma menina da sua idade, pensando em sexo!"

Sexo! A palavra havia ressoado assustadora no ar, cercada por imagens sórdidas e indescritíveis. O constrangimento de Philippa havia impregnado seu rosto; seus pulmões. Ela tivera vontade de gritar; não conseguia encarar a mãe. No semestre seguinte, ela havia permitido que vários alunos do ensino médio do colégio interno para meninos da vizinhança transassem com ela atrás das moitas ao redor das quadras de hóquei. Em cada uma das vezes, a experiência tinha sido dolorosa e constrangedora, e ela havia chorado em silêncio durante o ato. Mas, no fim das contas, pensara ela com tristeza enquanto um garoto de dezesseis anos após o outro baforava um hálito de cerveja em seu rosto, isso era tudo o que ela merecia.

Lambert desceu a escada e encontrou Fleur e Richard de braços dados no hall de entrada da casa.

— Fleur decidiu nos acompanhar pelo campo de golfe — disse Richard. — Não é uma ótima ideia?

Lambert olhou para ele, horrorizado.

— Como assim? — exclamou ele. — Ela não pode ir com a gente! É um jogo de negócios.

— Não vou atrapalhar vocês — disse Fleur.

— Vamos discutir assuntos confidenciais de negócios.

— Em um campo de golfe? — perguntou Fleur. — Não devem ser tão confidenciais assim. De qualquer forma, não vou ficar prestando atenção.

— A Fleur quer muito explorar o campo — disse Richard. — Acho que não há problema algum.

— Você não se incomoda, não é, Lambert? — perguntou Fleur. — Estou aqui há quatro semanas e só vi aquela pequena área do campo com dezoito buracos. — Ela sorriu para ele batendo os cílios. — Ficarei tão quietinha como uma ratinha.

— Talvez a Philippa possa ir junto também — sugeriu Richard.

— Ela já combinou de tomar chá com a Tricia Tilling — disse Lambert, de pronto.

Deus os livrasse, pensou ele. Ninguém queria um bando de mulheres atrás deles de um lado para o outro.

— Um amor, a Tricia Tilling — disse Fleur. — Tivemos uma conversa muito agradável hoje cedo.

— Fleur está se tornando uma presença constante no clube! — disse Richard, sorrindo carinhosamente para ela.

— Aposto que sim — disse Lambert.

Um barulho se fez ouvir na escada e todos olharam para cima. Philippa descia, o rosto bem corado.

— Oi, Fleur — disse ela, ofegante. — Eu queria falar... que tal você ir comigo à casa da Tricia hoje à tarde? Tenho certeza de que ela não se incomodaria.

— Já tenho um compromisso — disse Fleur. — Infelizmente.

— Fleur vai nos acompanhar pelo campo de golfe — disse Richard, sorrindo. — Um presente inesperado.

Philippa olhou para Lambert. Por que ele não a convidava para segui-los pelo campo de golfe também? Se ele a tivesse chamado, ela teria cancelado o chá com Tricia Tilling. Começou a imaginar o telefonema que daria. "Sinto muito, Tricia. Lambert diz que tenho que ir de qualquer jeito... algo a ver com eu dar sorte para ele!" Um riso descontraído. "Pois é... esses nossos maridos — eles não são incríveis?"

— Philippa! — Ela se sobressaltou e, em seguida, relaxou, as vozes aos risos em sua mente desaparecendo. Lambert olhava para ela com impaciência. — Perguntei se você pode entrar em contato com a loja de artigos esportivos para saber se eles já consertaram aquele taco.

— Ah, tudo bem — disse Philippa.

Ela observou os três saírem — Richard ria de algo que Fleur dissera; Lambert ajeitava o suéter de caxemira sobre os ombros. Eles estavam saindo para se divertir, e ela estava destinada a passar a tarde com Tricia Tilling. Philippa suspirou, ressentida. Até Gillian se divertia mais do que ela.

Gillian estava sentada no solário debulhando ervilhas e observando Antony consertar um taco de críquete. Ele sempre tinha sido bom com as mãos, pensou ela. Cuidadoso, metódico, confiável. Aos três anos, suas professoras do jardim de infância ficavam encantadas com suas pinturas — sempre de uma cor só, cobrindo totalmente a folha de papel. Nunca mais de uma cor; nunca um único espaço em branco. Beirando a obsessão. Talvez, agora, pensou Gillian, elas tivessem receio de que ele fosse meticuloso demais para uma criança de três anos; e o levariam a psicólogos ou terapeutas. Até naquela época, às vezes, ela detectava uma certa preocupação no olhar dos professores. Mas ninguém nunca disse nada. Afinal, tinha ficado claro que Antony era uma criança amada e bem cuidada.

Amada. Gillian olhou para fora, pela janela. Uma criança amada por todos, menos pela própria mãe. Pela própria mãe egoísta e fútil. Uma mulher que havia se retraído, com medo, ao ver seu próprio bebê. Que olhara para aquela coisinha enrugada como se não conseguisse ver mais nada, como se não estivesse segurando um bebê perfeito e saudável pelo qual ela e todo mundo deveria se sentir eternamente grato.

Claro, Emily nunca havia confessado nada nesse sentido. Mas Gillian sabia. Ela observou Antony se tornar uma criança risonha e radiante que corria pela casa com os braços esticados, pronta para abraçar o mundo — confiante de que o mundo o amava tanto quanto ele amava tudo. E, então, ela observou o garotinho aos poucos tomar consciência de que o rosto da mãe sempre mantinha uma expressão de leve desaprovação em relação a ele; que ela às vezes se retraía diante dele quando ninguém estava olhando; que só relaxava quando ele estava olhando para outro lado e ela não conseguia ver o pequeno lagarto por cima de seu olho. No primeiro dia em que Antony levara a mãozinha ao olho, escondendo a marca de nascença do mundo, Gillian havia esperado até a noite e confrontado Emily. Toda a sua frustração e raiva haviam explodido em um discurso choroso, enquanto Emily permanecia sentada à penteadeira, escovando os cabelos; esperando. E, então, quando Gillian terminara, Emily olhara ao redor de modo frio e desdenhoso.

— Você só está com inveja — dissera ela. — É doentio! Você queria que o Antony fosse seu filho. Bem, ele não é seu; ele é meu.

Gillian havia encarado Emily em choque, repentinamente menos segura de si. Será que desejava de verdade que Antony fosse seu? Seria doentia?

— Você sabe que eu amo o Antony — continuara Emily. — Todo mundo sabe que eu o amo. — Pausa. — Richard sempre comenta como sou maravilhosa com ele. E quem se importa com uma marca de nascença? Nós nunca nem notamos. — Seus olhos se estreitaram. — Na verdade, estou surpresa com você, Gillian, falando nisso o tempo todo. Achamos que o melhor a fazer é ignorar.

De alguma forma, ela havia distorcido e invertido as palavras de Gillian até Gillian se sentir confusa e questionar suas próprias motivações. Estaria se tornando uma solteirona frustrada e invejosa? Será que seu amor por Antony beirava a possessividade? Afinal, Emily é quem era a mãe biológica dele. Depois disso, ela havia recuado e não dito mais nada. E, no fim das contas, Antony tinha se tornado uma criança agradável e zero problemática.

— Pronto! — Antony ergueu o taco de críquete.

— Muito bem — disse Gillian.

Ela observou quando ele se levantou e testou o taco. Estava alto agora; um adulto, praticamente. Mas, às vezes, quando ela via aqueles braços fortes e o pescoço liso, voltava a enxergar nele aquele bebê feliz e gorducho que havia gargalhado para ela de dentro do berço; cujas mãos ela havia segurado enquanto ele dava os primeiros passos; a quem ela amara desde o instante do nascimento.

— Cuidado — disse ela, rispidamente, quando ele balançou o taco em direção a um vaso de planta grande e pintado.

— *Estou* tomando cuidado — disse ele, irritado. — Você sempre exagera.

Ele deu tacadas imaginárias. Em silêncio, Gillian debulhou mais algumas ervilhas.

— O que você vai fazer hoje à tarde? — perguntou ela, por fim.

— Sei lá — disse Antony. — Assistir a um filme, talvez. Ou dois, quem sabe. É tudo um *tédio* sem o Will.

— E os outros? A Xanthe. E aquele garoto novo, o Mex. Você poderia combinar algo com eles?

— É, pode ser. — Ele fechou a cara e se virou, balançando o taco com força no ar.

— Cuidado! — exclamou Gillian.

Mas era tarde demais. Quando Antony girou o taco para trás, ouviu-se o estrondo do vaso de argila caindo da prateleira e se espatifando no piso.

— Olha o que você fez! — A voz de Gillian saiu alta e ríspida. — Eu mandei você tomar cuidado!

— Foi mal, valeu?

— Sujou o chão todo! — Gillian se levantou e olhou desanimada para os pedaços de vaso, para a terra espalhada, para as folhas caídas.

— Qual é. Não é o fim do mundo. — Ele se abaixou e pegou um pedaço do vaso. Um torrão de terra caiu em cima de seu sapato.

— Melhor eu buscar uma vassoura. — Gillian suspirou e largou as ervilhas.

— Eu varro — disse Antony. — Na boa.

— Você não vai fazer direito.

— Vou, sim! Não tem uma vassoura por aqui em algum lugar?

Antony percorreu o solário com o olhar, mas parou ao avistar a porta.

— Jesus! — exclamou ele.

O pedaço do vaso caiu de sua mão, espatifando-se no chão.

— Antony! Eu já te disse...

— Ali! — interrompeu ele. — Quem é aquela?

Gillian se virou e acompanhou o olhar dele. De pé do outro lado da porta estava uma garota com cabelos compridos e quase brancos de tão loiros, olhos castanhos bem escuros e uma expressão suspeita.

— Oi — disse ela através do vidro. Sua voz era estridente e tinha um sotaque americano. — Acho que vocês não estavam me esperando. Vim para ficar. Meu nome é Zara. Sou filha da Fleur.

OITO

Quando eles saíram do campo de dezoito buracos, Lambert estava vermelho como um pimentão, suando, a frustração estampada no rosto. Fleur havia monopolizado as atenções durante todo o percurso do jogo, andando ao lado de Richard com seu rebolado, como se estivesse em uma festa, interrompendo a conversa para fazer perguntas e mais perguntas, comportando-se como se tivesse tanto direito de estar ali quanto o próprio Lambert. Maldita vaca impertinente.

Um comentário feito pelo coordenador da sua época no colégio interno surgiu de repente na mente de Lambert. *Sou muito a favor da igualdade para as mulheres... todas são igualmente inferiores aos homens!* Uma risadinha foi compartilhada por todos no seleto grupo de alunos de ensino médio com quem o velho Smithers conversava e bebia xerez. Lambert havia rido bem alto, o que comprovava que ele e o velho Smithers tinham o mesmo senso de humor. Agora, sua carranca foi ligeiramente suavizada; uma expressão saudosista perpassou seu rosto. Por alguns instantes, ele se pegou desejando ser de novo um aluno de ensino médio.

O fato que Lambert raramente admita a si mesmo é que os anos mais felizes e bem-sucedidos de sua vida, até aquele momento, tinham sido os escolares. Ele havia estudado na Creighton — uma escola pequena nas Midlands — e logo percebeu que era um dos alunos mais inteligentes, fortes e poderosos da escola. Um valentão nato, ele logo criou em torno de si uma comitiva de bajuladores, aterrorizando de leve os meninos mais novos e zombando em grupo dos rapazes que moravam na cidade. Os garotos da Creighton eram, na maioria, uns molengões de quinta categoria que nunca mais na vida alcançariam o status superior emprestado a eles naquela cidadezinha; por esse motivo, eles tiravam o máximo proveito disso, andando pelas ruas com seus inconfundíveis sobretudos e gravatas chamativas, fazendo barulho e arrumando brigas com os rapazes da cidade que não eram do colégio interno. Lambert raramente participava das brigas, mas havia se tornado conhecido como autor de uma grande quantidade de comentários afrontosos sobre os "plebeus", o que acabou dando a ele a fama de sagaz. Os professores — eles mesmos seres isolados, entediados e desanimados com a vida — não só não o reprimiam, como também o incentivavam tacitamente nesse papel; haviam encorajado seu comportamento pretensioso e superior com piscadelas, gargalhadas e apartes esnobes. A mãe tímida de Lambert adorava o filho confiante e alto, de voz estrondosa e opiniões sinceras, que, ao chegar ao ensino médio, já tinha feito pouco caso de quase todo mundo dentro e fora de Creighton.

A exceção era seu pai. Lambert sempre idolatrara o pai — um homem alto e arrogante com uma atitude autoritária e que Lambert inconscientemente ainda imitava. O mau humor do pai fazia com que fosse violento e imprevisível, e Lambert havia crescido desesperado pela aprovação dele. Quando o pai zombava da sua cara borrachenta, ou acertava sua cabeça com uma força deveras excessiva, Lambert se forçava a sorrir ou gargalhar; quando ele passava noites inteiras gritando com sua mãe, Lambert ia de fininho para seu quarto no andar de cima, dizendo a si mesmo, furiosamente, que o pai tinha razão; seu pai tinha sempre razão.

Havia sido o pai de Lambert que insistira para que ele estudasse na Creighton School, como de fato aconteceu. Que o ensinara a rir dos outros garotos da cidade; que o levara a Cambridge por um dia e mostrara, orgulhoso, sua antiga faculdade. Era seu pai, na opinião de Lambert, que sabia tudo sobre o mundo; que se importava com seu futuro; que o guiaria na vida.

E, então, quando Lambert completou quinze anos, seu pai anunciou que tinha uma amante, que a amava e que sairia de casa. Disse que voltaria para visitar o filho; o que nunca fez. Mais tarde, eles souberam que o relacionamento com a amante só havia durado seis meses; que ele havia viajado para fora do país; que ninguém sabia onde estava.

Tomado por um pesar adolescente desesperado, Lambert descontara a raiva na mãe. Ela era a culpada por seu pai ter ido embora. Era culpada por agora não terem dinheiro para viajar nas férias; por terem que escrever cartas ao diretor de Creighton, implorando por um desconto na anuidade. Conforme a situação deles foi ficando cada vez mais difícil, a arrogância de Lambert se tornou mais pronunciada; seu desprezo pelos plebeus da cidade ficou mais feroz — e a idolatria pelo pai ausente ganhou força.

Contrariando o conselho de seus professores, ele se inscreveu para o processo seletivo de Cambridge — a antiga faculdade do pai. Marcaram uma entrevista para ele, mas, influenciados pelo resultado dela, decidiram não lhe oferecer uma vaga. A sensação de fracasso foi quase mais do que o que ele poderia suportar. De um jeito abrupto, ele anunciou que não perderia seu tempo indo para a faculdade. Os professores protestaram, mas não muito; Lambert estava prestes a sair da vida deles e, consequentemente, o interesse por ele diminuía. O foco de atenção deles havia sido transferido para os garotos de séries inferiores; os garotos que Lambert costumava agredir por irritá-lo. Eles não ligavam para o que Lambert faria com a vida. A mãe dele, que ligava, era totalmente ignorada.

E, assim, Lambert tinha ido direto para Londres, trabalhar em computação. O comportamento prepotente que poderia ter sido curado por Cambridge persistiu, assim como a sensação de superioridade inata. Quando pessoas de escolaridade inferior eram promovidas para postos superiores aos dele, Lambert retaliava usando sua gravata da OC no trabalho. Quando os caras com quem dividia apartamento faziam programas no fim de semana sem ele,

ele retaliava dirigindo até Creighton e exibindo seu mais novo carro para quem quisesse ver. Era impensável para Lambert que as pessoas ao redor dele não o admirassem nem o tratassem com deferência. Aqueles que não o faziam, ele descartava como sendo muito ignorantes para que perdesse tempo com eles. Aqueles que o faziam, ele desprezava em segredo. Era incapaz de fazer amigos; incapaz até de entender qualquer relacionamento baseado em igualdade. Eram poucas as pessoas que toleravam sua companhia, ainda que fosse por algumas horas, e estas se tornaram cada vez mais escassas depois que ele mudou para a empresa de Richard. E, àquela altura, sua vida tinha sido transformada. Ele havia se casado com a filha do chefe, passado para um novo patamar, e seu status, em sua avaliação, estava garantido para sempre.

Richard, ele tinha certeza, apreciava seus atributos superiores — seu intelecto, sua educação, sua capacidade de tomar decisões — ainda que não da mesma forma como Emily havia apreciado. Philippa era uma tolinha que achava que flores ficavam mais bonitas em uma gravata do que as listras da Old Creightonian. Mas Fleur... Lambert fechou a cara e secou uma gota de suor da testa. Fleur não obedecia às regras. Ela parecia indiferente à posição dele como genro de Richard e era quase alheia às convenções sociais. Era muito escorregadia; ele não conseguia classificá-la. Quantos anos tinha, exatamente? Seu sotaque era de onde? Onde ela se encaixava no esquema dele?

— Lambert! — A voz de Philippa interrompeu seus pensamentos. Ela andava em direção ao campo de dezoito buracos, balançando a bolsa para ele, toda feliz.

— Philippa! — Ele ergueu a cabeça; em seu estado de frustração, quase ficou contente ao ver o rosto familiar da esposa, levemente corado. Estava na cara que o chá com Tricia havia se transformado em gin e tônica com Tricia.

— Achei que encontraria vocês jogando! Mas já terminaram! Que rápidos!

Lambert não disse nada. Quando Philippa entrava em modo falante, dizia tudo o que havia para ser dito sobre um assunto, sem deixar chance para respostas.

— O jogo foi bom?

Lambert olhou para trás. Richard e os dois homens da Briggs & Co. estavam um pouco atrás, andando devagar, ouvindo algo que Fleur dizia.

— Um jogo de merda. — Ele saiu do campo e, sem esperar pelos outros, começou a ir em direção ao galpão onde ficavam os carrinhos, as travas do sapato fazendo barulho pelo caminho.

— O que aconteceu?

— Aquela mulher maldita. Tudo que fez foi ficar fazendo perguntas. De cinco em cinco minutos. "Richard, pode explicar isso de novo para uma leiga muito burra?", "Richard, quando você diz fluxo de caixa, o que quer dizer, exatamente?". E eu estou tentando impressionar esses caras. Jesus, que tarde horrível!

— Talvez ela só esteja interessada — disse Philippa.

— Claro que ela não está interessada. Por que estaria? Ela não passa de uma vadia burra que gosta monopolizar a atenção de todo mundo.

— Bem, ela está mesmo linda com essa roupa — disse Philippa, de modo melancólico, virando-se para observar Fleur.

— Essa roupa é um desastre — disse Lambert. — Sensual demais para um campo de golfe.

Philippa riu.

— Lambert! Você é terrível! — Ela fez uma pausa e acrescentou, sussurrando sem necessidade. — Falamos dela hoje, na verdade. Tricia e eu. — Sua voz ficou mais baixa ainda. — Parece que ela é bem rica! Tricia me contou. Tem motorista e tudo! Tricia disse que achou a Fleur demais. — Ela lançou um olhar animado para Lambert. — A Tricia acha...

— A Tricia é uma idiota. — Lambert secou o suor da testa de novo e se perguntou por que diabos estava falando sobre Fleur com sua mulher.

Ele se virou e olhou para Fleur caminhando com seu vestido branco, olhando para ele com os olhos verdes sarcásticos. A excitação contra a qual havia lutado a tarde toda começava a mexer com ele mais uma vez.

— Jesus, que fiasco — disse ele, a voz rouca, virando-se de novo, passando a mão com frustração na bunda de Philippa. — Preciso da porra de um drinque.

Infelizmente, os homens da Briggs & Co. não tinham tempo para um drinque. Com pesar, eles procederam aos apertos de mãos de despedida e, lançando um último olhar de admiração para Fleur, entraram no Saab e partiram. Os outros permaneceram educadamente no estacionamento, observando-os manobrar o carro e passar por fileiras de BMWs reluzentes, um ou outro Rolls-Royce, alguns Range Rovers perfeitos.

Philippa sentiu uma pontada de decepção quando o carro deles desapareceu através dos portões. Ela estivera ansiosa para conhecê-los, conversar com eles, talvez jogar um pouco de charme, quem sabe até organizar um jantar para eles e suas esposas. Desde que se casara com Lambert dois anos antes, ela havia organizado apenas um jantar, para seus pais e para Antony. E olha que em casa ela tinha uma sala de jantar requintada com uma mesa grande o suficiente para acomodar dez pessoas, uma cozinha cheia de panelas caras e um caderno de receitas para "Jantares Especiais" cheios de dicas para economizar tempo, laboriosamente copiadas de revistas.

Ela sempre achara que ser casada com Lambert significaria passar as noites entretendo os amigos dele: preparando pratos elaborados para eles, talvez fazendo amizade com suas esposas. Mas agora parecia que Lambert não tinha amigos. E, para ser sincera, nem ela — só as pessoas de Greyworth que tinham sido amigas de sua mãe, e as pessoas do trabalho, que estavam sempre trocando de emprego, e que nunca pareciam ter as noites livres. Seus contemporâneos de faculdade tinham se espalhado pelo país muito tempo atrás; nenhum deles morava em Londres.

De repente, Fleur riu de algo que Richard dissera, e Philippa levantou a cabeça. Se ao menos Fleur pudesse ser sua amiga, ela pensou, melancolicamente. Sua melhor amiga. Elas poderiam sair para almoçar e fazer piadinhas que só as duas entenderiam, e Fleur a apresentaria a todos os amigos *dela*, e então Philippa se ofereceria para dar um jantar para ela em Londres... Em sua mente, sua sala de jantar se transformou em um ambiente cheio de pessoas divertidas e adoráveis. Velas acesas, flores por todos os lados, as peças do aparelho de jantar do casamento sendo retiradas das embalagens. Ela daria um pulinho na cozinha para verificar as brochetes de frutos do mar com risadas civilizadas em seus ouvidos. Lambert entraria logo depois dela com a desculpa de que completaria as taças, mas, na verdade, seria apenas para dizer que estava muito orgulhoso dela. Ele pousaria as taças no balcão e a puxaria para si em um abraço lento...

— Aquela é a Gillian? — A voz de Fleur, num tom elevado de surpresa, tirou Philippa de seus devaneios. — O que ela está fazendo aqui?

Todo mundo ergueu o olhar, e Philippa tentou fazer contato visual com Fleur, para plantar as sementes de amizade entre elas. Mas Fleur não a notou. Fleur olhava para Richard como se não existisse mais ninguém no mundo.

Observando Gillian se aproximar, cruzando o estacionamento, Richard foi puxando Fleur cada vez mais para perto de si, até os dois quase encostarem o quadril de um no do outro.

— Estou tão feliz por você ter vindo conosco — murmurou ele no ouvido dela. — Eu tinha me esquecido de como esses jogos podem ser intermináveis. Principalmente quando Lambert está participando.

— Eu gostei — disse Fleur, sorrindo para ele com acanhamento. — E com certeza aprendi muito.

— Quer fazer umas aulas de golfe? — perguntou Richard, de pronto. — Eu deveria ter sugerido isso antes. Podemos facilmente marcar algumas para você.

— Talvez — disse Fleur. — Ou talvez você mesmo possa me ensinar. — Ela ergueu o olhar para o rosto de Richard, ainda corado por causa do sol, ainda animado com a vitória. Ela nunca o tinha visto assim, tão relaxado e feliz.

— Oi, Gillian — disse Richard, quando ela entrou no campo auditivo deles. — Chegou em boa hora. Estamos indo tomar um drinque.

— Entendi — disse Gillian distraidamente. — As pessoas da Briggs & Co. ainda estão por aqui?

— Não, eles tiveram que ir embora — disse Richard. — Mas vamos tomar um drinque nós mesmos, para comemorar.

— Comemorar? — perguntou Lambert — O que há para comemorar?

— A taxa preferencial que a Briggs & Co. nos ofereceu — disse Richard, esboçando um sorriso. — Que a Fleur os convenceu a nos oferecer.

— Uma taxa preferencial? — perguntou Philippa, ignorando a carranca incrédula de Lambert. — Que maravilhoso! — Ela sorriu calorosamente para Fleur.

— Seria maravilhoso se eles não fossem uma dupla de vigaristas — disse Fleur.

— O quê? — Todos se voltaram para ela.

— Vocês não acharam? — perguntou ela.

— Bem... — disse Richard, em dúvida.

— Claro que não achei! — disse Lambert. — Aqueles caras são meus chapas.

— Ah — disse Fleur, e deu de ombros. — Bem, não quero ofender ninguém. Mas, na minha opinião, eles são vigaristas, e, se eu fosse vocês, não faria negócios com eles.

Philippa olhou para Lambert. A respiração dele estava pesada e o rosto, ainda mais vermelho que antes.

— Talvez eles trapaceiem um pouco no campo de golfe — disse Richard, desconfortável. — Mas...

— Não é só no campo de golfe — disse Fleur. — Pode acreditar em mim.

— Acreditar em você? — exclamou Lambert, não conseguindo mais manter a boca fechada. — O que diabos você entende de qualquer coisa?

— Lambert! — disse Richard, rispidamente. Ele olhou para Fleur com carinho. — Façamos o seguinte, querida. Vou pensar no assunto. Ainda não assinamos nada.

— Ótimo — disse Fleur.

— Fleur — disse Gillian, baixinho. — Tem uma...

— Como assim, vai pensar no assunto? — A voz escandalizada de Lambert se sobrepôs à dela. — Richard, você não pode estar levando essa bobagem da Fleur a sério.

— Tudo o que eu disse, Lambert, é que vou pensar no assunto — falou Richard, secamente.

— Pelo amor de Deus, Richard! O negócio está todo encaminhado!

— Pode ser desencaminhado.

— Não acredito que estou ouvindo isso!

— Fleur — disse Gillian, de forma mais urgente. — Tem uma visita para você em casa.

— Desde quando a Fleur é consultada a respeito das decisões da empresa? — O rosto de Lambert estava quase roxo. — Para quem mais você vai pedir conselho agora? Para o leiteiro?

— Só estou externando uma opinião — disse Fleur, dando de ombros. — Pode ignorá-la, se quiser.

— Fleur! — Gillian falou mais alto dessa vez. Todos se viraram para ela. — Sua filha está aqui.

O silêncio tomou conta do ambiente.

— Ah, está? — perguntou Fleur, de modo casual. — Suponho que o semestre na escola tenha terminado, então. Como ela chegou aqui?

— Sua filha? — perguntou Richard, dando uma risadinha hesitante.

— Eu te contei sobre a minha filha — disse Fleur. — Não contei?

— Contou?

— Talvez não tenha contado. — Fleur soou despreocupada.

— Essa mulher é maluca! — Lambert sussurrou para Philippa.

— Ela chegou assim do nada — disse Gillian, estupefata. — O nome dela é Sarah? Não consegui entender direito.

— Zara — disse Fleur. — Zara Rose. Onde ela está agora? — perguntou ela, quase como se caísse em si.

— Ela saiu para caminhar com o Antony — disse Gillian, como se isso fosse o mais surpreendente para ela.

Antony olhou de novo para Zara e tentou pensar em algo para dizer. Eles vinham caminhando em silêncio pelos últimos dez minutos. As mãos de Zara estavam enfiadas nos bolsos e os ombros, encurvados. Ela olhava para a frente como se não quisesse encarar ninguém. Eram ombros muito magros aqueles, pensou Antony, olhando para ela de novo. Na verdade, Zara era uma das pessoas mais magras que ele já tinha visto. Os braços eram compridos e ossudos; dava quase para ver as costelas através da camisa de malha. Não havia sinal de peitos, apesar de ela ter... quantos anos Zara tinha?

— Quantos anos você tem? — perguntou ele.

— Treze. — O sotaque dela era americano e a voz rouca, não muito amigável.

Ela jogou para trás os cabelos loiros muito claros e compridos e encurvou os ombros de novo. Os cabelos dela eram descoloridos, pensou Antony, satisfeito consigo mesmo por ter notado.

— E... onde você estuda?

Agora, sim. Amenidades.

— Escola Heathland para Garotas.

— É legal?

— É um colégio interno. — Ela falou como se aquilo já dissesse tudo.

— Você... Quando você se mudou dos Estados Unidos para cá?

— Eu não me mudei.

Ah, ha ha, pensou Antony.

— Canadá, então — disse ele.

— Morei na Inglaterra a vida toda — disse ela.

Parecia entediada. Antony encarou-a, perplexo.

— Mas seu sotaque...

— Tenho sotaque americano... E daí? É por escolha própria.

Pela primeira vez, ela se virou para Antony. Os olhos dela são incríveis, ele pensou — verdes como os de Fleur, mas profundos e ardentes.

— Você simplesmente decidiu falar com sotaque americano?

— É.

— Por quê?

— Porque sim.

— Quantos anos você tinha?

— Sete.

Eles andaram por um tempo em silêncio. Antony tentou se lembrar de como era aos sete anos. Poderia ter tomado uma decisão como aquela? E persistir nela? Achava que não.

— Pelo visto, seu pai é rico, né? — perguntou ela com a voz rouca, e Antony se sentiu corando.

— Bem rico, acho — disse ele. — Quer dizer, não tão rico. Mas, você sabe. Bem de vida. Relativamente falando. — Ele sabia que estava soando estranho e pretensioso, mas não podia fazer nada a respeito. — Por que você quer saber? — perguntou ele, confrontando-a.

— Por nada.

Ela tirou as mãos dos bolsos e começou a analisá-las. Antony acompanhou o olhar dela. Eram mãos finas, o tom da pele denunciando uma exposição prolongada ao sol, com um anel de prata enorme em cada uma. Por quê?, pensou Antony, repentinamente fascinado. Por que você está olhando para as suas mãos? Por que está franzindo a testa? O que está procurando?

De repente, ela pareceu perder o interesse nas mãos e voltou a enfiá-las nos bolsos. Virou-se para Antony.

— Você se incomoda se eu fumar um beck?

O coração de Antony pulou uma batida. Essa garota só tinha treze anos. Como podia fumar aquilo?

— Não... não me incomodo. — Ele reparou que sua voz ficava cada vez mais alta, num registro de leve pânico.

— Aonde você vai para fumar? Ou não faz isso?

— Faço — disse Antony, rápido demais. — Só que mais na escola.

— Tá. — Ela deu de ombros. — Bem, deve ter algum lugar por aí, num bosque desses.

— Tem um lugar ali. — Ele caminhou na frente, saindo da rua e entrando na mata. — As pessoas vêm aqui para... — Como essa garota podia ter só treze anos? Ela era dois anos mais nova que ele. Inacreditável. — Você sabe... — falou, meio reticente.

— Transar.

— Bem... — Seu rosto ficou quente; a marca de nascença parecia latejar de vergonha. — Isso. — Eles haviam chegado a uma pequena clareira. — Chegamos.

— OK. — Ela se agachou, tirou uma caixinha do bolso e começou a enrolar um cigarro.

Ela o acendeu e tragou. Antony esperou que ela olhasse para cima e dissesse "Uau, esse é do bom", como Fifi Tilling sempre fazia. Mas Zara não disse nada. Ela não demonstrava nenhum sinal de nervosismo pela consciência de estar fazendo algo errado que permeia os usuários que ele conhecia. Na verdade, ela parecia não estar dando a mínima para a presença dele. Tragou em silêncio de novo, e passou o cigarro para ele.

Essa tarde, Antony pensou, eu ia ficar em casa assistindo a uns vídeos idiotas. Mas, em vez disso, aqui estou eu queimando fumo com a garota de treze anos mais incrível que já conheci.

— Sua família é legal? — perguntou ela, de repente.

— Bem — disse Antony, sentindo-se desconfortável de novo. Ele pensou nas festas de Natal que seus pais davam. Decorações e vinho quente; todo mundo bem vestido e se divertindo. — Bem, é — disse ele. — Acho que somos bem legais. Sabe como é. Temos muitos amigos, e tal.

As palavras dele pairaram na mata silenciosa; Zara não deu qualquer sinal de que o tinha ouvido. O rosto dela estava coberto pelas sombras das árvores e era difícil identificar sua expressão. Depois de mais uma pausa, ela voltou a falar.

— O que vocês acham da Fleur?

— Ela é ótima! — disse Antony com entusiasmo genuíno. — Ela é muito divertida. Nunca pensei...

— Não me diga. Você nunca pensou que seu pai namoraria de novo — disse Zara, e tragou de novo. Antony olhou para ela com curiosidade.

— Não — disse ele —, não pensei. Bem, ninguém pensa, né? Nos pais namorando, digo.

Zara ficou em silêncio.

De repente, eles ouviram um som. Passos vinham na direção deles; vozes indistintas se elevavam sobre as árvores. Com um movimento rápido, Zara apagou o cigarro e o enfiou na terra. Antony se apoiou num dos cotovelos, de um jeito blasé. Um instante depois, Xanthe Forrester e Mex Taylor chegaram à clareira. Xanthe segurava uma garrafa de vodca, o rosto corado e a camisa desabotoada — revelando um sutiã quadriculado de rosa-choque com branco, de algodão. Quando viu Antony e Zara, parou na hora.

— Antony! — disse ela, perplexa. — Eu não sabia que você...

— Oi, Xanthe. Essa é a Zara — disse Antony. Ele olhou para Zara. — Esses são a Xanthe e o Mex.

— E aí? — disse Mex, piscando para Antony.

— Oi — disse Zara.

— Acho melhor a gente ir andando — disse Antony.

Ele se levantou e estendeu a mão para ajudar Zara, mas ela o ignorou, levantando-se da posição em que estava, de pernas cruzadas, num movimento perfeito. Xanthe riu e ele sentiu a mão subir de modo defensivo até a marca de nascença.

— Antony é sempre tão cavalheiro, né? — disse Xanthe, olhando para Zara com uma expressão animada e cúmplice.

— É mesmo? — perguntou Zara de modo educado, estragando a piada. Xanthe corou de leve, e decidiu rir de novo.

— Estou tão bêbada! — disse ela. Ofereceu a garrafa a Zara. — Bebe um pouco.

— Eu não bebo — disse Zara. — Mas obrigada mesmo assim. — Ela enfiou as mãos nos bolsos e encurvou os ombros outra vez.

— É melhor irmos — disse Antony. — Sua mãe já deve ter voltado.

— Sua mãe? — perguntou Xanthe. — Quem é a sua mãe?

Zara desviou o olhar.

— A Fleur — disse ela. Pareceu repentinamente fatigada. — Minha mãe é a Fleur.

Enquanto eles andavam de volta para a Maples, o sol desapareceu atrás de uma nuvem, lançando a rua nas sombras. Zara olhava fixamente para a frente, contendo a vontade de chorar que crescia dentro dela com uma carranca que ficava mais acentuada a cada passo. Era sempre assim no começo; ela ficaria bem dentro de um ou dois dias. Saudades de casa — era como as pessoas na escola chamavam isso. Mas, na verdade, ela não tinha muito como estar sentindo saudades de casa porque não tinha uma casa da qual sentir saudades. Havia a escola, com seu cheiro de piso encerado, as quadras de hóquei e as garotas idiotas e indolentes, e havia o apartamento de Johnny e Felix, onde não havia exatamente espaço para ela, e então havia o lugar onde quer que Fleur estivesse. E tinha sido sempre assim, desde que se entendia por gente.

Frequentava o colégio interno desde os cinco anos. Antes disso, elas devem ter tido algum tipo de lar, ela supunha, mas não conseguia se lembrar, e Fleur alegava que também não se lembrava. Então, seu primeiro lar de fato tinha sido o internato em Bayswater, um casarão acolhedor cheio de crianças de pais diplomatas que dormiam abraçadas a ursinhos caros. Ela tinha adorado aquilo lá, tinha amado todos os professores de paixão, principalmente a Sra. Burton, a diretora.

E tinha amado o Nat, seu melhor amigo, que conhecera em seu primeiro dia lá. Os pais de Nat estavam trabalhando em Moscou e ele havia confidenciado a Zara, na hora de ir para a cama, enquanto tomavam chocolate quente, que eles não o amavam nem um pouquinho.

— Minha mãe também não me ama — dissera ela, de pronto.

— Eu acho que talvez a *minha mãe* me ame — dissera Nat, os olhos enormes encarando a borda da caneca de porcelana branca —, mas meu pai me odeia.

Zara havia pensado por um instante.

— Eu não conheço meu pai — acabara confessando ela—, mas ele é americano.

Nat a olhara com respeito.

— Ele é caubói?

— Acho que sim — respondera Zara. — Ele usa um chapéu bem grandão.

No dia seguinte, Nat havia feito um desenho do pai de Zara usando seu chapéu, e a amizade entre eles fora selada. Os dois tinham se sentado lado a lado em todas as aulas, brincado juntos na hora do recreio, sido o parceiro do outro na fila dupla na hora do deslocamento da turma pela escola, e, às vezes — o que era estritamente proibido —, até se deitavam na cama um do outro à noite para contar histórias.

E, então, quando tinha sete anos, Zara voltara para o colégio depois das férias escolares que passou tomando milk-shakes de morango em um quarto de hotel em Kensington e encontrou a cama de Nat sem lençóis, e o armário dele vazio. A Sra. Burton havia começado a explicar para ela, com toda a delicadeza, que os pais de Nat haviam sido transferidos de Moscou para Washington, de uma hora para outra, e o retirado do colégio interno para que fosse morar com eles — porém, antes que ela conseguisse terminar, os gritos de dor e pesar de Zara já ecoavam pela escola toda. Nat a havia abandonado. No fim das contas, os pais dele o amavam, sim. E ele tinha ido para os Estados Unidos, onde o pai dela era caubói, e ele não a havia levado.

Ela chorou todos os dias durante uma semana inteira, recusando--se a comer, recusando-se a escrever para Nat, recusando-se a falar, num primeiro momento, e depois só falava com o que ela achava ser um sotaque americano. Fleur acabara sendo chamada à escola e Zara havia implorado, histericamente, para que a mãe a levasse para morar nos Estados Unidos.

Mas, em vez disso, Fleur a tirou do colégio interno e a mandou para uma boa escola preparatória para meninas em Dorset, onde filhas de fazendeiros cavalgavam seus próprios pôneis, tinham cães de estimação e não criavam elos artificiais umas com as outras. Zara chegara lá, a excêntrica de Londres, propensa às lágrimas e ainda apegada ao sotaque americano. Continuava sendo considerada a excêntrica desde então.

***

Ela era incrível, assim como Fleur era incrível — mas totalmente diferente. Antony andava em silêncio ao lado de Zara, a cabeça zumbindo com pensamentos, o corpo tomado por uma leve agitação. As implicações da chegada de Zara só agora tomavam forma em sua mente. Se ela ficasse hospedada na Maples por um período, então ele teria alguém com quem passar o tempo. Alguém para impressionar os outros. A cara de Xanthe ao ver Zara tinha sido a melhor. Até Mex pareceu impressionado.

De repente, ele se viu desejando ardentemente que o pai não fizesse nenhuma besteira, como terminar com Fleur, por exemplo. Era bom tê-la por perto. E seria ainda melhor ter Zara por perto. Ela não era exatamente a pessoa mais simpática do mundo, mas isso não importava. E talvez ela se soltasse depois de um tempo. Disfarçadamente, ele deu uma espiada no rosto de Zara. A testa estava franzida, a mandíbula contraída e os olhos cintilavam. Brava, pensou Antony. Ela provavelmente está irada porque fomos interrompidos antes de ela ter terminado de fumar. Esses usuários eram sempre meio esquisitos.

Naquele momento, eles dobraram uma esquina e o sol do fim da tarde iluminou o rosto de Zara. O coração de Antony deu um pequeno salto. Porque naquele breve facho de luz, suas bochechas magras pareceram menos duras e mais melancólicas, e seus olhos deram a impressão de cintilar não de raiva, mas de lágrimas. E, de repente, ela pareceu mais uma menininha solitária que uma drogada.

Assim que eles chegaram de volta à Maples, um quarto já tinha sido arrumado para Zara e todos a aguardavam.

— Querida! — disse Fleur, no momento em que ela e Antony adentraram a porta da frente; antes que qualquer outra pessoa conseguisse falar. — Vamos subir direto para o seu quarto, vamos? — Ela sorriu para Richard. — Você não se incomoda se eu ficar um tempinho a sós com a minha filha?

— Claro que não! O tempo que quiserem! — Richard abriu um sorriso encorajador para Zara. — Deixe-me apenas dizer o quanto estou feliz por receber você, Zara. O quanto todos estamos muito felizes.

Zara ficou em silêncio enquanto elas subiam a escada e atravessavam o corredor até o seu quarto. E, então, assim que fecharam a porta, ela se virou para Fleur.

— Você não me disse onde estava.

— Não? Eu devo ter esquecido, lindinha. — Fleur foi até a janela e a empurrou para abrir. — Assim é melhor. — Ela se virou. — Não fique tão brava, querida. Eu sabia que o Johnny contaria a você do meu paradeiro.

— Johnny não estava em casa. — Ela pronunciou cada palavra com bastante ênfase. — O semestre acabou há uma semana. Tive que me hospedar em um hotel.

— É mesmo? — perguntou Fleur, interessada. — Qual?

O pescoço de Zara ficou rígido.

— Não importa qual. Você deveria ter me contado onde estava. Você disse que faria isso.

— Eu ia contar, de verdade, lindinha. Mas, no fim das contas, você chegou aqui. Isso é o mais importante.

Zara se sentou numa banqueta forrada de verde diante da penteadeira e olhou para o reflexo de Fleur no espelho.

— O que aconteceu com o Sakis? — perguntou ela.

Fleur deu de ombros.

— A fila andou. Essas coisas acontecem. — Ela fez um gesto de desdém com a mão.

— Ele não tinha dinheiro, é? — perguntou Zara. — Pensei que ele fosse ricaço.

Fleur ficou vermelha de irritação.

— Fale baixo! — disse ela. — Alguém pode ouvir.

Zara deu de ombros. Pegou um chiclete do bolso e começou a mascar.

— Então, quem é esse cara? — perguntou ela, fazendo um gesto amplo que indicava o ambiente ao redor. — Ele é rico?

— Ele é muito legal — disse Fleur.

— Onde você o conheceu? Em um funeral?

— Numa missa fúnebre.

— Arrã. — Zara abriu uma gaveta da penteadeira, olhou por um tempo para o papel que a forrava e voltou a fechá-la. — Quanto tempo pretende ficar aqui?

— Tudo depende.

— Arrã. — Zara mascou um pouco mais. — Não vai me contar mais detalhes?

— Você é uma criança — disse Fleur. — Não precisa saber de tudo.

— Preciso! — rebateu Zara. — Claro que preciso!

Fleur se retraiu.

— Zara, fale baixo!

— Escute aqui, Fleur — sibilou Zara, irritada. — Eu preciso saber, sim. Preciso saber o que está acontecendo. Você costumava me contar. Lembra? Você me dizia para onde íamos, quem eram as pessoas e o que falar. Agora, você só espera que eu simplesmente... *encontre* você. Tipo, você poderia estar hospedada em qualquer lugar, mas eu tenho que te *encontrar*, e então tenho que dizer todas as coisas certas, sem cometer um erro sequer...

— Você não tem que dizer nada.

— Não tenho mais dez anos. As pessoas conversam comigo. Elas me fazem perguntas. Não posso simplesmente ficar dizendo que não sei ou que não me lembro.

— Você é uma menina inteligente. Consegue se virar.

— Você não tem medo de eu cometer algum erro? — Zara lançou a Fleur um olhar hostil e desafiador. — Não tem medo de que eu estrague tudo?

— Não — disse Fleur, de pronto. — Não tenho. Porque você sabe que, se fizer isso, vai ficar tão encrencada quanto eu. O dinheiro para pagar a anuidade escolar não cai do céu, sabe? Nem para pagar aquela coisa horrorosa que você fuma.

Zara ergueu a cabeça, de repente.

— O Johnny me contou — disse Fleur. — Ele ficou chocado.

— O Johnny que vá se foder.

Fleur esboçou um sorrisinho de canto de boca.

— Lá se vai mais uma libra para a caixa de palavrões de Felix — disse ela.

Involuntariamente, Zara sorriu para as mãos. Mascou um pouco mais e olhou para o anel de prata enorme em sua mão esquerda, aquele que Johnny tinha lhe dado naquela semana horrorosa entre a saída do colégio interno e a entrada para a Escola Heathland para Garotas. "Sempre que se sentir para baixo", dissera ele, "dê um polimento no seu anel e você verá meu reflexo sorrindo para você". E ela havia acreditado nele. E ainda acreditava um pouco.

— Falando nisso, Johnny quer que você ligue para ele — disse ela. — É muito urgente.

Fleur suspirou.

— O que foi dessa vez?

Zara deu de ombros.

— Não sei. Ele não me disse. Alguma coisa importante, imagino.

— Um funeral?

— Não sei — respondeu Zara. — Ele não me disse. Já falei isso.

Fleur suspirou de novo e examinou as unhas.

— Urgente. O que pode ser urgente para ele? Aposto que está escolhendo um papel de parede novo.

— Ou vai dar uma festa e não sabe o que vestir.

— Talvez tenha perdido o papel da lavanderia de novo. Lembra daquele dia? — Os olhos de Fleur encontraram os de Zara e, pela primeira vez desde que se encontraram, elas sorriram uma para a outra.

Isso sempre acontece, pensou Zara. Nós nos damos melhor quando estamos falando do Johnny. No restante do tempo, pode esquecer.

— Bem, até mais tarde — disse Fleur, de repente, levantando-se. — E já que está tão interessada em detalhes, talvez eu devesse te contar que a falecida esposa de Richard Favour se chamava Emily e foi minha amiga há muito tempo. Mas não falamos muito sobre ela.

— Não — disse Zara, cuspindo o chiclete dentro da lixeira. — Aposto que não.

***

Às oito horas, Gillian levou uma jarra de Pimm's para a sala de estar.

— Onde está o papai? — perguntou Philippa, entrando na sala e olhando ao redor. — Quase não o vi hoje e não podemos ficar até muito tarde.

— Ele ainda está trabalhando — disse Lambert. — No escritório.

Ele pegou o copo que Gillian lhe ofereceu e tomou vários goles grandes, sentindo que, se não ingerisse um pouco de álcool, iria ferver de tanta frustração. Desde que voltara, ele havia se esgueirado até o escritório em várias ocasiões, mas, toda vez, a porta estava entreaberta, e a luminária sobre a mesa, acesa, e era possível ver a nuca de Richard pela fresta. O desgraçado não tinha saído do lugar. Então, parecia que tinha perdido sua oportunidade. Ele teria de voltar para Londres sem ter chegado um milímetro mais perto de resolver o problema do saldo negativo. Sem falar do negócio com a Briggs & Co., um que deveria ter sido assinado e fechado até as seis da tarde. Uma sensação de raiva contida queimava no peito de Lambert. Que desastre aquele dia tinha virado. E era tudo culpa daquela maldita mulher, a Fleur.

— Lambert, você conheceu a Zara? — E ali estava ela de novo, com um vestido vermelho justo que fazia com que parecesse uma prostituta, sorrindo como se fosse a dona do lugar, pastoreando a maldita filha para dentro da sala.

— Olá, Zara — disse ele, olhando fixamente para a curva dos seios de Fleur dentro do vestido.

Zara. Que nome ridículo era aquele?

— Oi! — Philippa correu até Zara com entusiasmo, os olhos brilhando. Enquanto andava de volta para casa, uma outra ideia havia lhe ocorrido. Poderia se tornar amiga da filha de Fleur. Seria como uma irmã mais velha. As duas falariam sobre roupas, maquiagem e problemas com namorados, e a menina se confidenciaria com Philippa, que a aconselharia com tato... — Meu nome é Philippa — disse ela, sorrindo calorosamente para Zara. — A irmã mais velha do Antony.

— Oi, Philippa. — O tom de voz de Zara saiu monótono e desinteressado.

Houve um instante de silêncio.

— Quer um pouco de limonada, querida? — perguntou Gillian.

— Água, obrigada — disse Zara.

— Podemos comer logo — disse Gillian, olhando para Philippa —, se vocês tiverem que ir embora. Assim que o seu pai descer. Por que não o chama e todos nos sentamos à mesa?

— Está bem — disse Philippa, demorando um pouco.

Ela olhou para Zara de novo. Nunca tinha visto ninguém tão magro, pensou. Ela poderia ter sido modelo. Será que só tinha treze anos mesmo? Parecia mais...

— Philippa! — A voz de Gillian interrompeu seus pensamentos.

— Ah, perdão! — disse Philippa. — Eu estava sonhando acordada de novo! — Tentou atrair o olhar de Zara com uma risadinha, mas a menina olhava fixamente para um ponto além dela.

No mesmo instante, Philippa se sentiu desprezada. Quem aquela menina pensava que era?

Richard apareceu à porta.

— Perdão por ter feito vocês esperarem — disse ele. — Alguns assuntos exigiram a minha atenção.

Philippa percebeu que Lambert ergueu o olhar bruscamente e o desviou depois. Ela o cutucou devagar, querendo atrair o olhar dele e revirar os olhos de modo expressivo em direção a Zara. Mas Lambert a ignorou. Ela fungou baixinho, ressentida. Todos a estavam ignorando naquela noite, até o próprio marido.

— Mas, agora, vamos fazer um brinde — continuou Richard. Ele pegou a taça que Gillian estendia a ele e a ergueu. — Bem-vinda, Zara.

— Bem-vinda, Zara — repetiram os outros, obedientes.

Philippa olhou para dentro da taça. Quando tinha sido a última vez que alguém fizera um brinde a ela? Quando tinha sido a última vez que alguém lhe dera as boas-vindas a algum lugar? Todos a ignoravam, até seus familiares. Ela não tinha amigos. Gillian não se importava mais com ela. Ninguém mais se importava com ela. Philippa piscou algumas vezes e se agarrou aos poucos sentimentos reais em sua mente, até uma lágrima escapar de seu olho e descer lentamente pela bochecha. Agora eles me fizeram chorar, pensou. Estou chorando e ninguém está nem percebendo. Mais uma lágrima desceu por seu rosto, e ela fungou mais uma vez.

— Philippa! — A voz alarmada de Richard interrompeu a conversa. — Você está bem, querida?

Philippa levantou a cabeça, o queixo tremendo.

— Estou bem — disse ela. — Só estava pensando... na mamãe. E-eu não sei por quê.

— Ah, minha querida. — Richard foi até ela rapidamente.

— Não se preocupe — disse Philippa. — Estou bem, de verdade. — Ela fungou de novo e sorriu para o pai, deixando que ele envolvesse seus ombros com o braço e a levasse para fora da sala.

Todos ficaram em silêncio; todos olhavam para o rosto manchado de lágrimas de Philippa com preocupação. Quando se aproximou de Zara, Philippa ergueu a cabeça, pronta para ver outro rosto solidário, olhar bravamente para a frente e em seguida, baixar os olhos. Mas, assim que Zara olhou para ela com olhos impassíveis, Philippa sentiu um arrepio percorrer seu corpo e sua expressão começou a mudar. Diante daquela garota, ela se sentia tola e transparente, como se Zara, de algum modo, soubesse exatamente o que ela estava pensando.

— Sinto muito por você — disse Zara, baixinho.

— Como assim? — perguntou Philippa, se sentindo confusa.

A expressão de Zara não se alterou.

— Por ter perdido a sua mãe.

— Ah. Obrigada.

Philippa expirou ruidosamente e tentou retomar a expressão de bravura. Mas já não se sentia mais corajosa. As lágrimas tinham secado; ninguém estava olhando para ela. Lambert havia começado a falar sobre críquete com Antony. O momento havia passado e fora Zara quem havia estragado tudo.

NOVE

Duas semanas depois, Richard levantou os olhos do exemplar do *The Times* em suas mãos e deu uma gargalhada.

— Veja isso! — disse ele, apontando para uma nota nas páginas de negócios cujo título era "Contador Suspenso".

Fleur passou os olhos pelas poucas linhas de texto e abriu um sorriso.

— Eu te disse! — falou ela. — Eu sabia que aquelas pessoas eram vigaristas.

— O que aconteceu? — perguntou Gillian, adentrando o ambiente.

Richard ergueu o olhar para ela, satisfeito da vida.

— As pessoas com quem jogamos golfe na outra semana. Da Briggs & Co. Uma delas foi flagrada fraudando os registros financeiros de outra empresa. Saiu no jornal.

— Minha nossa — disse Gillian, confusa. — E isso é uma coisa boa?

— Não. O bom é que decidimos não os contratar. O bom é que Fleur percebeu qual era a deles. — Richard esticou a mão para pegar a de Fleur e deu um aperto carinhoso nela. — Fleur é a coisa boa que temos aqui — disse ele. — Como acho que todos concordamos. — Ele olhou para Gillian. — Você está bonita.

— Vou para a minha aula de bridge — disse Gillian. Ela olhou para Fleur. — Tem certeza de que não vai?

— Querida, eu fiquei bem perdida na semana passada. Ainda não consigo me lembrar quantas vazas há em um naipe. Ou é o contrário? — Fleur franziu o nariz para Gillian, que riu. — E a Tricia não via a hora de arrumar uma parceira. Então, vá você. Divirta-se.

— Bem... — Gillian fez uma pausa, alisando o paletó sobre o quadril. Era um blazer novo, de linho azul-claro, adquirido durante uma ida às compras com Fleur na semana anterior. Ela o usava com uma saia creme comprida, também nova, e com a echarpe azul que Fleur tinha lhe dado. — Se você tem certeza de que não quer ir.

— Tenho certeza — disse Fleur. — E não se esqueça de que sou eu quem vai preparar o jantar hoje. Então, nada de voltar para casa correndo.

— Tudo bem, então. — Gillian abriu um sorrisinho. — Estou gostando dessas aulas, sabe? Nunca pensei que um jogo de cartas pudesse ser tão revigorante!

— Eu gostava de jogar bridge — disse Richard —, mas Emily nunca se interessou.

— É preciso ter muita concentração, mas é disso que eu mais gosto — disse Gillian.

— Fico contente — disse Richard, sorrindo para ela. — É bom ver que você arranjou um hobby.

Gillian corou de leve.

— É só um momento de diversão — disse ela. Olhou para Fleur. — Provavelmente vou chegar a tempo de fazer o jantar. Não precisa se preocupar com isso.

— Eu quero fazer! — disse Fleur. — Agora vá, senão vai chegar atrasada!

— Certo — disse Gillian.

Ela permaneceu ali por mais um instante, e então pegou a bolsa e caminhou até a porta. Ali, parou e olhou para trás.

— Deve ter tudo na geladeira, acho — começou ela.

Richard começou a rir.

— Gillian, vá logo!

Quando ela finalmente saiu, eles recaíram num silêncio amigável.

— Estou surpreso por Lambert não ter telefonado — disse Richard, de repente. — Ele deve ter lido o jornal hoje cedo.

— Suponho que esteja com vergonha — disse Fleur.

— Pode ser que sim, mas ele deve um pedido de desculpas a você. — Richard suspirou e soltou o jornal. — Fico triste em confessar isso, mas, quanto mais conheço o Lambert, menos gosto dele. Acho que a Philippa deve amá-lo, mas... — Ele parou de falar e deu de ombros.

— Você se surpreendeu quando eles se casaram? — perguntou Fleur.

— Sim — respondeu Richard. — Achei que estivessem se precipitando, talvez. Mas pareciam muito decididos. E Emily ficou muito satisfeita. Não parecia nem um pouco surpresa. — Ele fez uma pausa. — Intuição de mãe, imagino.

— E quanto à intuição de pai?

— Temporariamente com defeito, eu diria. — Ele sorriu. — Bem, eles parecem muito felizes agora. Você não acha?

— Ah, sim — disse Fleur. — Muito felizes. — Ela fez uma pausa e acrescentou: — Mas concordo com você em relação ao Lambert. Fiquei bem surpresa com o jeito como ele foi hostil comigo. Quase... desconfiado. — Ela olhou para Richard com cara de magoada. — Eu só estava dando a minha opinião.

— É claro que estava! — disse Richard, enfático. — E sua opinião foi totalmente certeira! Esse Lambert tem muita coisa a explicar. Se não tivesse sido você... — Ele parou de falar e olhou para Fleur, do outro lado da mesa, com mais amor em seu semblante do que ela já tinha visto até agora.

Fleur encarou-o por um instante, pensando depressa. De repente, ela exclamou:

— Ah, não! — E levou a mão à boca.

— O que foi?

— Nada — disse Fleur. — Deixa para lá. — Ela suspirou. — É só a minha carteira. Lembra que eu a perdi na semana passada?

— Perdeu?

— Não te contei? Pois é. Eu a perdi enquanto fazia compras. Eu relatei o ocorrido a um policial qualquer, mas você sabe como eles são...

— Eu não fazia a menor ideia! — disse Richard. — Você cancelou seus cartões?

— Ah, sim — disse Fleur. — Na verdade, esse é o problema. Não recebi os cartões novos ainda.

— Você precisa de algum dinheiro? — Richard começou a enfiar a mão no bolso. — Querida, você deveria ter dito alguma coisa!

— O problema é que vai demorar um pouco para os outros cartões chegarem — disse Fleur. E franziu o cenho. — É tudo meio complicado. Você sabe que tenho conta nas Ilhas Cayman. E na Suíça, claro.

— Eu não sabia — disse Richard —, mas nada mais nessa vida me surpreende a seu respeito.

— De modo geral, eles são muito eficientes — disse Fleur —, mas são um fracasso na hora de emitir novos cartões.

— Você deveria usar um banco normal, como todo mundo — disse Richard.

— Eu sei — disse ela —, mas meus contadores me recomendaram abrir as contas fora do país, por algum motivo... — Ela estendeu as mãos de modo vago.

— Tome, cem libras — disse Richard, entregando algumas notas para ela.

— Eu tenho dinheiro em espécie — disse ela, meio blasé. — É só que... eu acabei de me lembrar que é aniversário da Zara na semana que vem. Eu tinha me esquecido totalmente!

— Aniversário da Zara! — disse Richard. — Eu não sabia.

— Quero muito comprar algo especial para ela. — Fleur tamborilou as unhas freneticamente no braço da poltrona. — O que realmente preciso é do meu novo cartão Gold. Só que rápido.

— Deixe-me ligar para eles — sugeriu Richard.

— Estou dizendo — falou Fleur. — Eles são um fracasso nisso.

Ela tamborilou as unhas na poltrona mais algumas vezes. E então, de repente, ergueu o olhar.

— Richard, você tem um cartão Gold, não tem? Poderia me colocar como dependente, depressa? Nos próximos dias? Assim, eu poderia ir até Guildford e comprar um bom presente para a Zara, e, até lá, pode ser que os meus novos cartões já tenham chegado. Se eu tiver sorte. — Ela olhou para ele, séria. — Sei que é pedir muito...

— Bem — disse Richard. — Não, não é. Fico muito feliz em ajudar. Mas não acho que seja preciso passar por todo esse transtorno de pedir um cartão Gold de dependente. Por que eu simplesmente não te empresto algum dinheiro?

— Dinheiro vivo? — Fleur estremeceu. — Eu nunca levo dinheiro vivo quando vou às compras. Nunca! Faz com que eu me sinta como se estivesse pedindo para ser atacada.

— Bem, então, por que eu não vou com você para comprar os presentes de Zara? Eu adoraria fazer isso. Sabe, gostei muito da sua filha. — Sua expressão era de ternura. — Ainda que eu ache que ela deveria comer mais.

— O quê? — Fleur o encarou, sua atenção sendo temporariamente desviada.

— Todas aquelas saladas e copos de água! Sempre que a vejo beliscando a comida como um passarinho, sinto muita vontade de preparar um belo prato de bacon com ovos e forçá-la a comer tudo! — Richard deu de ombros. — Tenho certeza de que você está fazendo a coisa certa, não chamando atenção para os hábitos alimentares dela. E tenho certeza de que ela não tem nenhum problema por causa disso. Mas é tão magra, mas tão magra. — Ele sorriu. — Conhecendo a Zara, acho que ela não reagiria bem se alguém dissesse o que ela deve comer!

— Pois é — disse Fleur. — Acho que não, mesmo.

— Mas ela vai ganhar um bolo de aniversário, de qualquer jeito! — Os olhos de Richard começaram a brilhar. — Vamos planejar uma festa para ela. Talvez pudesse ser uma festa surpresa!

— Quando você consegue me colocar de dependente no seu cartão Gold? Até sábado?

— Fleur, não estou bem certo sobre esse esquema do cartão Gold.

— Ah. — Fleur o encarou. — Por que não?

— É só... uma coisa que eu nunca fiz. Colocar alguém como dependente no meu cartão. Não parece necessário.

— Ah, entendo. — Fleur pensou por um instante. — A Emily não era sua dependente?

— Não, ela tinha o dela. Sempre mantivemos as questões financeiras separadas. Parecia o mais sensato a fazer.

— Separadas? — Fleur encarou Richard com uma expressão que ela esperava que demonstrasse surpresa, e não a irritação que começava a crescer dentro dela. Como Richard podia se recusar a colocá-la como dependente no cartão Gold dele?, pensou Fleur, furiosa. O que estava acontecendo com ela? Estaria perdendo o jeito? — Mas isso não é normal! — disse Fleur, elevando a voz. — Vocês eram casados! Vocês não queriam... compartilhar tudo?

Richard coçou o nariz.

— Eu queria — disse ele —, no começo. Gostava da ideia de termos uma conta conjunta. Eu queria concentrar tudo num lugar só. Mas Emily, não. Ela queria que tudo fosse mais simples. Então, ela tinha a própria conta e os próprios cartões de crédito e... — Ele parou e sorriu timidamente. — Não sei bem como entramos nesse assunto. É muito entediante.

— Por causa do aniversário da Zara — disse Fleur.

— Ah, sim — disse Richard. — Não se preocupe. Faremos um aniversário incrível para a Zara.

— E você não acha que seria mais sensato eu ter um cartão como dependente? Só para poder ir às compras com ele.

— Acho que não — disse Richard. — Mas, se quiser, podemos pedir um novo para você como titular.

— Tá — disse ela, baixinho. Suas mandíbulas tencionaram de modo imperceptível e ela ficou olhando fixamente para as unhas. Richard abriu o caderno de esportes do *Times*. Por alguns minutos, o silêncio imperou. Então, do nada, sem erguer o olhar, Fleur disse:
— Pode ser que eu tenha de ir a um funeral em breve.

— Minha nossa! — Richard levantou a cabeça.

— Um amigo de Londres pediu que eu ligasse para ele. Estamos à espera de más notícias há algum tempo. Tenho a impressão de que pode ser isso.

— Sei como é — disse Richard com seriedade. — Essas coisas podem se arrastar durante muito tempo. Sabe, às vezes acho que é melhor...

— Sim — disse Fleur, pegando o *Times* e abrindo no obituário. — Sim, eu também.

— Quanto tempo você vai ficar com a gente? — perguntou Antony.

Ele estava sentado com Zara em um canto reservado do jardim, colhendo alguns morangos do canteiro e comendo-os, enquanto ela examinava atentamente uma revista grossa e de páginas brilhantes. Zara levantou a cabeça. Usava óculos escuros opacos e ele não conseguia ver o olhar dela.

— Não sei — disse ela, e voltou a folhear a revista.

— Seria ótimo se você ainda estivesse quando Will voltar — disse Antony.

Ele esperou que Zara perguntasse quem era Will ou onde ele estava. Mas ela só mascou o chiclete algumas vezes e virou a página. Antony comeu mais um morango e se perguntou por que simplesmente não saía dali para jogar golfe ou coisa assim. Zara não precisava de ninguém cuidando dela; quase não dizia nada; não sorria nem ria. Não era como se eles estivessem se divertindo muito juntos. Mas, ainda assim, alguma coisa nela o fascinava. Admitiu para si mesmo que ficaria muito feliz em simplesmente passar o dia todo só olhando para a Zara, e nada mais. Mas, ao mesmo tempo, parecia errado estar a sós com alguém e sequer tentar puxar assunto.

— Onde você mora, normalmente? — perguntou ele.

— Nós nos mudamos muito — disse ela.

— Mas você deve ter um lar.

Zara deu de ombros. Antony pensou por um segundo.

— Tipo... Onde você passou as últimas férias?

— Com um amigo — disse Zara. — No iate dele.

— Ah, tá.

Antony se ajeitou na grama. Não sabia nada de iates. Só sabia, por seus colegas de escola, que era preciso ser muito rico para ter um. Ele olhou para Zara com um respeito renovado, se perguntando se ela daria mais detalhes. Mas permaneceu concentrada na revista. Antony olhou por cima do ombro dela para as imagens. Eram fotos de garotas como Zara, magras e jovens, com ombros ossudos e peito liso, olhando diretamente para a câmera com olhos enormes e tristes. Nenhuma delas parecia um dia sequer mais velha que Zara. Ele ficou se perguntando se ela se reconhecia nas fotos ou se estava apenas observando as roupas. Na opinião dele, cada roupa era mais assustadora que a outra.

— Você gosta de roupas de grife? — perguntou ele. Olhou para a camisa de malha que ela estava usando. Será que era de alguma marca famosa? Ele não sabia. — Sua mãe usa roupas lindas — acrescentou, educadamente.

Em sua mente surgiu uma imagem de Fleur com um vestido vermelho, cheia de curvas, cabelos sedosos e riso contagiante. Zara não conseguiria ser mais diferente que a mãe, nem se tentasse. E, então, ocorreu a ele que talvez ela tentasse.

— Qual é o seu signo? — A voz rouca dela interrompeu seus pensamentos.

— Ah. Áries. — Sem levantar a cabeça, ela começou a ler em voz alta. — "A atividade planetária em Plutão está alterando o rumo da sua vida. Depois do dia 18, você entrará em uma fase mais importante". — Ela virou a página.

— Você acredita mesmo nessas coisas? — perguntou Antony, antes que ela pudesse continuar.

— Depende do que estiver dizendo. Quando é bom, eu acredito. — Ela olhou para ele e esboçou um sorrisinho de canto de boca.

— Qual é a previsão para o seu? Qual é seu signo?

— Sagitário. — Ela largou a revista. — No meu está dizendo para eu procurar o que fazer e parar de ler horóscopos fajutos. — Ela jogou a cabeça para trás e respirou fundo.

Antony pensou depressa. Agora era a hora de dar continuidade à conversa.

— Você vai a boates? — perguntou ele.

— Claro — respondeu ela. — Quando estamos em Londres. Quando tem alguém para ir comigo.

— Ah, tá. — Antony pensou de novo. — Londres é onde o seu pai mora?

— Não. Ele mora nos Estados Unidos.

— Ah, sim! Ele é americano?

— É.

— Legal! Onde ele mora?

Que ótimo, pensou Antony. Eles poderiam começar a falar sobre quais lugares dos Estados Unidos já tinham visitado. Ele poderia contar a ela sobre a excursão da escola para a Califórnia. Talvez até pudesse mostrar suas fotos.

— Não sei. — Zara desviou o olhar. — Nunca vi o meu pai. Nem sei o nome dele.

— O quê? — Antony, que vinha se preparando para expor seu conhecimento a respeito de São Francisco, se pegou exalando ruidosamente, em vez disso. Será que ele tinha ouvido certo? — Você não sabe o nome do seu pai? — Ele tentou parecer interessado, e não abalado.

— Não.

— Sua... — Qualquer coisa que dissesse soaria idiota. — Sua mãe não te contou?

— Ela diz que o nome dele não importa.

— Você sabe alguma coisa sobre ele?

— Não.

— Então, como você sabe que ele mora nos Estados Unidos?

— Foi a única coisa que ela me contou. Há muito tempo, quando eu era pequena. — Ela dobrou os joelhos e os levou até o peito. — Eu sempre pensei... — Ela ergueu a cabeça e o sol se refletiu em seus óculos. — Eu sempre pensei que ele fosse caubói.

— Talvez ele seja — disse Antony.

Ele encarou Zara, toda encolhida e magra, e a imaginou relaxada e rindo, em cima de um cavalo, diante de um caubói heroico e queimado de sol. Parecia algo normal.

— Por que sua mãe não te conta? — perguntou ele, sendo direto. — Isso não é contra a lei ou algo do tipo?

— Talvez — disse Zara. — Mas não faria diferença para a Fleur. — Ela suspirou. — Ela não me conta porque não quer que eu procure o meu pai. Porque é... é o passado dela, não o meu.

— Mas ele é o seu pai!

— Eu sei — disse Zara. — Ele é o meu pai. — Ela subiu os óculos até a cabeça, tirando-os do rosto, e olhou para Antony diretamente. — Não se preocupe. Vou encontrá-lo.

— Como?

— Quando eu fizer dezesseis anos — respondeu Zara. — Ela vai me contar quem ele é. Ela prometeu. — Antony se virou para ela. Os olhos de Zara brilhavam de leve. — Dois anos e meio pela frente. Depois disso, vou para os Estados Unidos. Ela não pode me impedir.

— Já vou ter saído da escola até lá — disse Antony, animado. — Poderia ir com você!

— Tá — disse Zara. Ela o encarou e, pela primeira vez, abriu um sorriso para ele. — Nós dois vamos.

Mais tarde, os dois entraram em casa, com calor e queimados de sol, e encontraram Richard sentado sozinho na cozinha, um copo de cerveja à sua frente. Tudo estava silencioso e tranquilo, e a claridade do fim de tarde entrava pela janela e iluminava seu rosto. Antony abriu a geladeira e pegou algumas latas.

— Você jogou golfe hoje? — perguntou ao pai.

— Não. E você?

— Não.

— Pensei que vocês fossem viciados em golfe — disse Zara.

Richard sorriu.

— Foi o que sua mãe lhe disse?

— Está na cara — disse Zara. — Vocês moram em um campo de golfe, pelo amor de Deus.

— Bem, eu gosto muito de jogar golfe — disse Richard. — Mas não é a única coisa do mundo.

— Onde está a Fleur? — perguntou Zara.

— Não sei — disse Richard. — Deve ter ido a algum lugar.

Richard não estranhava mais quando ouvia Zara chamar a mãe de "Fleur". Às vezes, achava até cativante. Ele observou Antony e Zara se sentando no banco encostado à janela com suas bebidas; bem à vontade, como dois gatos. A bebida de Zara era de baixa caloria, ele notou — e se perguntou de novo quanto ela pesava. E então, ele se repreendeu. Ela não era sua filha; ele não deveria começar a se comportar como se fosse.

Mas, ainda assim. As palavras de Oliver Sterndale invadiram de novo a sua mente. O que aconteceria se você, digamos... decidisse se casar de novo?

— Pois é. O quê? — disse Richard em voz alta. Antony e Zara levantaram a cabeça. — Não liguem para mim — acrescentou.

— Ah, tá — disse Antony, com educação. — Você se incomodaria se a gente ligasse a televisão?

— De jeito nenhum — disse Richard. — Vão em frente.

Enquanto a cozinha era tomada pelo som de vozes televisivas, ele bebeu um gole de cerveja. O dinheiro ainda estava em sua conta bancária, esperando que se decidisse. Uma pequena fortuna a ser dividida entre os dois filhos. Isso havia parecido um passo tão óbvio quando Emily e ele conversaram sobre o assunto. O cenário estava completo; o elenco era limitado.

Mas, agora, havia mais duas pessoas em cena. Fleur e a pequena Zara. Richard se recostou e fechou os olhos. Será que Emily havia pensado que ele poderia se casar de novo depois que ela morresse? Ou será que ela, assim como ele, acreditava que o amor entre eles nunca seria suplantado? A possibilidade de se casar de novo não havia, em nenhum momento, passado pela cabeça dele. Seu luto tinha parecido grande demais, e o amor, muito forte. Até ele conhecer Fleur, e tudo começar a mudar.

Ele queria se casar com Fleur? Não sabia. Naquele momento, ainda estava aproveitando a natureza fluida e rotineira de sua existência conjunta. Nada estava definido, não havia pressões externas, os dias passavam de maneira agradável.

Mas não era do feitio de Richard seguir nesse ritmo indefinidamente; não era de seu feitio ignorar problemas na esperança de que desaparecessem. Os problemas tinham de ser enfrentados. Em especial, o problema do... o problema do... Richard se remexeu desajeitadamente no assento. Como sempre, seus pensamentos queriam fugir do assunto. Mas, dessa vez, ele os forçou de volta; dessa vez, ele confrontou a própria palavra em seus pensamentos. Do sexo. O problema do sexo.

Fleur era uma mulher compreensiva, mas não compreenderia para sempre. Por que deveria, se nem Richard conseguia entender a si mesmo? Ele adorava Fleur. Ela era linda, desejável e todos os homens o invejavam. Mas, sempre que ia ao quarto dela e a via deitada na cama, olhando para ele com aqueles olhos hipnotizantes, convidando-o a entrar, um medo cheio de culpa o invadia, subjugando seu desejo e deixando-o pálido e trêmulo de frustração.

Até aquele momento, ele havia pensado que só esse fato seria um obstáculo para que se casasse com Fleur; ele havia se conformado com o fato de que, em pouco tempo, ela daria uma desculpa e o deixaria, como um inseto exótico que procura uma flor mais fecunda. Mas ela não parecia ter pressa de ir embora. Quase parecia que Fleur sabia algo que ele não sabia. E, assim, Richard começou a se perguntar se não estava olhando para o problema do jeito errado. Ele vinha se convencendo de que a falta de sexo atrapalhava os planos de um casamento. Mas não poderia ser que a falta de casamento estivesse atrapalhando os planos de sexo? Será que, enquanto não se comprometesse totalmente com Fleur, ele se sentiria incapaz de afastar a sombra de Emily? E será que Fleur — uma mulher muito perceptiva — já não havia se dado conta disso? Será que ela o entendia melhor do que ele próprio?

Tomando mais um gole da cerveja, Richard decidiu que conversaria com Fleur sobre isso naquela noite. Não cometeria o mesmo erro cometido com Emily, de deixar o dito por não dito até ser tarde demais. Com Fleur, seria diferente. Com Fleur, não haveria pensamentos secretos. Com Fleur, pensou Richard, nada era segredo.

DEZ

Fleur raramente se detinha em erros e infortúnios. Caminhando apressada pelas trilhas do terreno de Greyworth, piscando muito por causa do sol vespertino que ofuscava seus olhos, ela não se permitiu perder tempo pensando que os últimos meses com Richard Favour haviam representado zero ganho financeiro. Em vez disso, procurou pensar à frente. A próxima missa fúnebre, o próximo funeral, a próxima conquista. Pensar positivo era a especialidade de Fleur. Ela ligaria para Johnny e conseguiria mais funerais, e Richard Favour se tornaria só mais um nome do passado.

Na verdade, ela racionalizou, apoiando-se em uma árvore para recobrar o fôlego, não tinha sido ruim, para ela, permanecer na Maples por um tempo, com dinheiro ou sem. Afinal, poucos homens cuja hospitalidade ela havia aproveitado no passado tinham exigido tão pouco dela quanto Richard Favour. As exigências que ele lhe fazia eram praticamente nulas. Ela não tinha de se esforçar no quarto. Não tinha de se esforçar na cozinha. Não tinha de organizar eventos complexos, nem se lembrar dos nomes das pessoas, nem professar afeição por crianças pequenas ou animais de estimação.

Esse período com Richard tinha servido para que recarregasse as energias. Praticamente um descanso restaurador. Ela sairia revigorada e recuperada, pronta para o desafio seguinte. Mas não era realista supor que ela sairia da Maples sem dinheiro nenhum.

Daria um jeito de pegar alguns milhares antes de partir, talvez mais. Ela não roubaria, exatamente — não era de seu feitio infringir a lei diretamente. Mas era de seu feitio distorcer a lei para atender a seus propósitos, assim como julgar quanto exatamente ela poderia arriscar tirar de um homem sem provocar uma perseguição.

Ela havia chegado ao Meadows — um canto remoto do terreno de Greyworth repleto de belezas naturais e que raramente era visitado. Olhando ao redor para ver se não havia ninguém por perto que pudesse ouvir, ela pegou o celular da bolsa, ligou-o e digitou o número de Johnny.

— Johnny.

— Fleur! Finalmente!

— Como assim, finalmente? — perguntou Fleur, franzindo o cenho.

— A Zara não pediu para você me ligar?

— Ah — disse Fleur, lembrando-se. — É, pediu. Ela disse que você estava meio agitado.

— Sim, estou. E é tudo culpa sua.

— Minha culpa? Johnny, do que você está falando?

— Não é *do que* eu estou falando — respondeu Johnny, num tom de voz dramático. — É *de quem* eu estou falando.

De repente, Fleur o imaginou de pé ao lado da cornija da lareira na sala de estar em Chelsea, bebendo xerez, aproveitando cada momento da conversa deles.

— Tá, Johnny — disse ela, pacientemente. — De quem você está falando?

Ele fez uma pausa proposital, antes de prosseguir.

— Hal Winters. É dele que estou falando.

— Ah, pelo amor de Deus. — Aturdida, Fleur se viu falando mais alto do que pretendia. — Essa história antiga de novo, não. Já falei, Johnny...

— Ele está em Londres.

— O quê? — Fleur sentiu-se empalidecer. — O que ele está fazendo em Londres?

— Procurando você.

— Como ele pode estar me procurando? Ele não saberia por onde começar.

— Ele começou com a gente.

— Entendi.

Fleur olhou fixamente para um ponto à sua frente por alguns segundos, enquanto os pensamentos giravam em sua mente. Uma brisa noturna, quente e suave, agitou as árvores e soprou seus cabelos. Dali de Greyworth, Londres parecia outro país. Embora ficasse a menos de uma hora de distância. Hal Winters estava a menos de uma hora dali.

— Então, o que disseram a ele? — perguntou ela, por fim. — Espero que vocês o tenham mandado embora.

— Nós o enrolamos — disse Johnny.

— E o que isso quer dizer?

— Quer dizer que, daqui a alguns dias, ele vai aparecer na nossa porta de novo, querendo saber se conseguimos alguma informação.

— E vocês dirão que não tem — disse ela, alegremente.

— Não, não diremos.

— O quê? — Fleur olhou para o telefone.

— Felix e eu conversamos. Achamos que você deveria concordar em vê-lo.

— Bem, vocês dois podem ir se foder!

— Fleur...

— Já sei. Uma libra na maldita caixa do palavrão.

— Fleur, escute aqui. — De repente, o drama sumiu da voz de Johnny. — Você não pode continuar fugindo para sempre.

— Eu não estou fugindo!

— Como você define a sua vida, então?

— Eu... Como assim? Johnny, o que está acontecendo?

— Você não pode tratar o Hal Winters como trata todos os outros. Não pode fugir dele. Não é justo.

— Quem é você para me dizer o que é justo e o que não é? — perguntou Fleur, furiosa. — Você não tem nada a ver com isso. E se contar ao Hal Winters onde estou...

— Eu não faria isso sem a sua permissão — disse Johnny. — Mas estou pedindo para você mudar de ideia. Se você tivesse visto a cara dele, entenderia. Ele está desesperado.

— Por que Hal Winters estaria desesperado para me ver? — perguntou Fleur, bruscamente. — Não é como se ele soubesse.

— Mas ele sabe, sim! — disse Johnny. — O problema todo é esse! Ele sabe!

Fleur sentiu as pernas fraquejarem.

— Ele sabe?

— Ele não sabe, exatamente — corrigiu-se Johnny. — Mas está na cara que descobriu alguma coisa. E agora quer saber a história toda.

— Bem, ele pode ir se foder também.

— Fleur, cresça! Ele merece saber a verdade. Você sabe disso. E a Zara merece conhecer o pai.

Gillian voltou da aula de bridge e encontrou Richard no terceiro copo de cerveja, Antony e Zara vidrados na televisão, nenhum sinal de Fleur e nenhum sinal de jantar.

— O que todo mundo andou fazendo? — perguntou ela, laconicamente, largando a bolsa na mesa da cozinha e abrindo a geladeira. Todos os ingredientes e as comidas que havia separado para Fleur ainda estavam lá, intocados.

— Nada — disse Richard, indolentemente. — Só ficamos sentados. — Ele ergueu o olhar e sorriu para ela.

Gillian abriu um meio sorriso, mas em seu rosto havia o início de uma testa franzida. Richard olhou para além dela, para a geladeira, e de repente se deu conta do que havia acontecido.

— Gillian! O jantar! Sinto muito. Depressa, Antony, vamos ajudar a Gillian. — Ele ficou de pé num pulo, e Antony lentamente se levantou também.

— O que foi? — perguntou ele, os olhos ainda grudados na televisão, movendo-se como um zumbi pela cozinha.

— Bem, a Fleur... — Richard parou de falar, desconcertado. — Ah, minha nossa. Gillian, sinto muitíssimo.

— Não tem problema — disse Gillian, olhando desolada para os ingredientes à sua frente.

— A Fleur prometeu que faria o jantar, né? — A voz de Zara cortou asperamente o ar da cozinha.

— Bem, ela chegou a mencionar isso — disse Richard, debilmente. — Não sei onde ela se meteu.

Zara revirou os olhos.

— O que eu faria — disse ela — seria pedir comida e fazer ela pagar. E deixar todos esses ingredientes de lado. — Ela apontou para a mesa. — Peçam algo fácil e caro. Vocês têm uma lista telefônica?

— Vai ser tão rápido quanto eu preparar alguma coisa eu mesma — disse Gillian, tirando o blazer com um suspiro. — E já tiramos tudo da geladeira.

— Então guardamos tudo de novo. E telefonamos. E eles entregam a comida. Tudo bem rápido. Mais rápido do que descascar um monte de cenouras. — Zara deu de ombros. — Vocês é que sabem. Mas eu pediria comida. Essas coisas não vão estragar logo, né?

— A maioria delas, não — disse Gillian, a contragosto.

— Quais coisas vão estragar? Diga quais, assim a gente deixa do lado de fora essas e come. É tipo... ingredientes da salada? — Zara sorriu para Antony. — Como pode perceber, não me dei muito bem nas aulas de economia doméstica. — Ela se voltou para Gillian. — O que vai estragar?

— Eu... eu vou ter de olhar.

Gillian se afastou de Zara e cutucou uma embalagem de alface. Aquilo era absurdo; a menina era só uma criança. Mas a análise simples de Zara da situação fez Gillian, de repente, se sentir insegura. Dentro dela, um ressentimento familiar já havia se formado; resmungos estavam na ponta da língua; estava prestes a franzir a testa em uma tristeza martirizada. Esse era o papel que ela conhecia; era o papel que todos esperavam. Todo mundo, menos a Zara.

— Devo acrescentar que não suporto comida indiana — disse Zara, tomando um gole da lata que segurava. — E não queremos pizza ruim. Tem algum restaurante bom de comida tailandesa por aqui?

— Não faço a menor ideia — disse Richard, começando a rir. — Não somos o tipo de gente que pede comida em restaurantes. Não é mesmo, Gillian?

— Não sei — disse Gillian.

Desanimada, ela se sentou. Antony já estava colocando as comidas e os potes de plástico etiquetados dentro da geladeira. Zara estava folheando as Páginas Amarelas. O momento de justa indignação havia passado, tinha se dissipado. Ela se sentiu estranhamente roubada, e ao mesmo tempo, animada.

— Acho que nunca comi comida tailandesa — disse Gillian, hesitante.

— Ah, então nós temos que pedir um tailandês — disse Zara. — Comida tailandesa é a melhor. — Ela levantou a cabeça, a expressão no rosto animada. — Temos uns amigos em Londres que moram em cima de um restaurante tailandês. Eu praticamente só como isso quando estou na casa deles. Antony, como faço para achar as coisas nessa lista telefônica idiota? Quero achar a parte de restaurantes tailandeses.

— Ah, sim. — Obedientemente, Antony se aproximou de Zara e começou a folhear a lista.

Richard olhou nos olhos de Gillian e ela sentiu uma vontade repentina de rir.

— Certo — disse Zara. — Vamos tentar esses. — Ela pegou o telefone e discou o número, empolgada. — Alô? Por favor, pode enviar o cardápio por fax? Vou passar o número.

— Gillian, por que não bebe alguma coisa? — disse Richard, baixinho. Seus olhos estavam brilhando. — Parece que o jantar está sob controle.

— Ótimo — disse Zara, colocando o fone no gancho. — O cardápio vai chegar a qualquer momento. Posso escolher?

— Vou ajudar — disse Antony. — Pai, pode nos dar a chave do seu escritório? Precisamos ir até o fax.

— Vocês não se incomodam de eu fazer o pedido para todo mundo? — perguntou Zara.

— Fique à vontade — disse Richard.

Ele entregou a chave do escritório para Antony e observou quando ele e Zara saíram correndo da cozinha.

— Eu estava começando a me preocupar com os hábitos alimentares de Zara — comentou ele com Gillian quando os jovens já estavam fora de alcance auditivo. — Acho que me preocupei à toa. Nunca a vi tão empolgada.

Ele se levantou, espreguiçou-se e foi até a despensa.

— Mas sinto muito, Gillian — disse ele, voltando com uma garrafa de vinho. — Pela Fleur, quero dizer. Não é do feitio dela deixar as pessoas na mão.

— Sei que não — disse Gillian. — Imagino que algo deve ter acontecido para impedi-la de voltar.

— Espero que ela esteja bem. — Richard franziu o cenho e entregou a Gillian uma taça de vinho. — Talvez eu ligue para a sede do clube daqui a pouco. Para ver se ela foi nadar.

— Boa ideia — disse Gillian. Respirou fundo. — E não precisa se desculpar. O que importa uma refeição? É só comida.

— Bem — disse Richard, sem jeito. — Mesmo assim.

— Sei que costumo levar essas coisas muito a sério. — Gillian mordeu o lábio. — Eu fico... como o Antony diz? Estressada. Por coisinhas bobas. — Ela suspirou. — Sou eu quem deve pedir desculpas.

— Que bobagem! — disse Richard. — Minha nossa, Gillian...

Ela o ignorou.

— Mas acho que estou mudando. — Ela se recostou, tomou um gole de vinho e olhou para Richard por cima da borda do copo. — Fleur está me mudando.

Richard deu uma risadinha galante.

— Mudando a nossa charmosa Gillian? Espero que não!

— Richard! — A voz de Gillian parecia levemente irritada. — Não seja cerimonioso comigo, por favor. Diga que estou mudando para melhor. — Ela tomou um gole grande de vinho. — Conheço você e não costumo falar com outras pessoas nesse...

— Nesse nível. — A expressão de Richard ficou séria de repente.

— Exatamente. Nesse nível. — Ela engoliu em seco. — Mas você também deve ter percebido, como eu, que desde que a Fleur chegou, as coisas aqui ficaram diferentes. Fleur tem alguma coisa... — Ela parou de falar e piscou algumas vezes.

— Eu sei — concordou ele. — Tem, sim.

— Fleur é gentil comigo como a minha própria irmã nunca foi — disse Gillian, a voz levemente embargada.

— Emily? — Richard a encarou.

— Emily era uma irmã querida para mim. Mas tinha seus defeitos. Às vezes era insensível e vinha com grosserias para cima de mim. — Gillian ergueu a cabeça e encarou Richard. Os olhos azuis dela cintilavam. — Talvez eu não devesse estar contando isso para você agora — disse ela. — Mas é a verdade. A Emily era grosseira comigo. E a Fleur é gentil. Só isso.

Fleur havia voltado para a Maples e subido direto para o quarto. Agora estava sentada diante do espelho, usando o chapéu preto com véu, encarando seu reflexo. Estava sentada ali havia meia hora sem se mexer, esperando que o estranho sentimento de inquietação diminuísse. Mas ainda sentia o estômago embrulhado, a testa estava toda franzida, enquanto repassava na cabeça o diálogo que tiveram ao telefone, a voz de Johnny ressoando em seu ouvido, zangada e insistente como um pica-pau.

— Por que você se recusa a vê-lo? Por que não encara seu passado? Quando vai parar de fugir?

Nunca antes ela tinha ouvido Johnny tão sério, tão arredio.

— O que você espera que eu faça? Que o convide para ficar aqui? — dissera ela, tentando soar petulante. — Que eu o apresente ao Richard? Qual é, Johnny, fala sério.

— Quero que você reconheça a existência dele — dissera Johnny. — Você poderia encontrá-lo em Londres.

— Não poderia. Não tenho tempo.

— Você não tem tempo. — O tom de Johnny era mordaz. — Bem, talvez a Zara tenha tempo.

— Ela não pode conhecer o pai ainda! Ela... ela não está pronta! Precisa ser preparada!

— E você vai fazer isso, vai?

Silêncio.

— OK, Fleur, faça como quiser — dissera Johnny, por fim. — Vou esperar você me dizer que a Zara está pronta para conhecer o pai, e vou continuar enrolando ele por enquanto. Mas é só o que vou fazer.

— Johnny, você é um querido...

— E já chega de funerais — disse Johnny. — Chega de convites. Chega de aparecer do nada querendo usar nosso quarto de hóspedes.

— Johnny!

— Não estou feliz com você, Fleur.

E, enquanto ela olhava para o telefone, incrédula, ele havia desligado, e uma pedra de gelo de consternação havia descido até seu estômago, provocando um frio na barriga. De repente, tudo estava dando errado. Richard não queria lhe dar um cartão Gold; Johnny estava chateado com ela; Hal Winters estava no país.

Hal Winters. Só o nome já a irritava. Ele já tinha causado problemas suficientes em sua vida; agora lá estava ele de novo, aparecendo do nada, ameaçando estragar tudo, colocando os amigos de Fleur contra ela. Colocando Johnny contra ela. Uma pontada de terror atingiu Fleur. Se ela perdesse Johnny, quem ela teria? Com quem mais ela poderia contar?

Fleur nunca antes havia percebido o quanto dependia de Johnny e de Felix. Por vinte anos, o apartamento de Johnny tinha ficado à sua disposição. Durante vinte anos, ela confiou nele, se abriu com ele, fez compras com ele. Nunca parou para pensar nisso. Se alguém perguntasse, ela teria descrito a amizade deles como casual. Agora que estava sob ameaça, de repente parecia muito mais que isso. Fleur fechou os olhos. Ela e Johnny nunca tinham discordado de nada mais importante que a cor do sofá. Ele já a havia repreendido antes, mas sempre com um brilho nos olhos. Nunca com seriedade, nunca daquele jeito. Aquilo, ele estava levando a sério. Dessa vez, ele não estava brincando. E tudo por causa de um homem chamado Hal Winters.

Fleur olhou com raiva para seu reflexo. Viu uma mulher sofisticada e elegante. Podia ser cônjuge de um embaixador. De um príncipe. E Hal Winters era... o quê? Um vendedor de remédios de Scottsdale, Arizona. Um vendedor de merda que catorze anos antes havia transado nervosamente com ela no banco de trás de seu Chevy e, depois, ajeitado os cabelos com cuidado para que a mãe não notasse nada diferente. Que havia pedido que ela mantivesse distância dele em público e que não dissesse blasfêmias diante de sua família.

Com amargura, Fleur se perguntou de novo como pôde ter sido tão burra. Como pôde ter confundido aquela timidez mal-humorada com um charme meio torto? Como pôde ter deixado que ele invadisse seu corpo; que semeasse um pedaço do seu ser de segunda classe nela? Ela o havia deixado entrar em sua vida uma vez; para nunca mais. Um homem como Hal Winters não podia ser reconhecido como parte de sua existência. Nunca poderia ter a permissão de exigir um pedaço de sua vida. E se isso significasse perder Johnny, então que assim fosse.

Fleur ergueu o queixo com determinação. Rapidamente, ela tirou o chapéu com véu e o substituiu por outro. Um chapéu cloche preto; sóbrio e elegante. Ela encontraria uma missa fúnebre na qual pudesse usá-lo na semana seguinte. Então Johnny se recusava a lhe passar informações sobre bons funerais? Bem, e daí? Ela não precisava de Johnny. Poderia muito bem sobreviver sozinha. Sobre a penteadeira à sua frente havia três recortes de jornal. Três missas fúnebres em Londres. Três chances de um recomeço. E, dessa vez, ela não ficaria parada no lugar durante semanas, deixando a vida passar. Iria atacar de pronto. Se Richard Favour não fosse ajudar com a sua riqueza, outra pessoa o faria.

Ela mordeu o lábio e rapidamente pegou outro chapéu; outra distração. Esse era feito de seda preta e tinha pequenas violetas aplicadas. Um chapéu muito bonito, pensou Fleur, admirando a imagem no espelho que parecia um quadro. Quase bonito demais para um funeral; quase um chapéu para ser usado num casamento.

Enquanto virava a cabeça de um lado para o outro, ela ouviu uma batidinha na porta.

— Sim?

— Fleur! Posso entrar? — Era Richard. Ele parecia agitado.

— Claro! — respondeu ela. — Pode entrar!

A porta se abriu e Richard entrou.

— Não sei o que me deu hoje cedo — disse ele, depressa. — Claro que você pode ser minha dependente no cartão. Pode ter o que bem quiser! Minha querida Fleur... — De repente, ele pareceu vê-la pela primeira vez, e parou de falar. — Esse... esse chapéu — titubeou ele.

— Esqueça o chapéu! — Fleur o tirou da cabeça e o jogou no chão. — Richard, você é um querido! — Ela ergueu a cabeça com um sorriso deslumbrante no rosto.

Ele ficou completamente imóvel, encarando-a como se nunca a tivesse visto na vida.

— Richard? — disse ela. — Aconteceu alguma coisa?

Ele não achou que a encontraria no quarto. Tinha planejado ir ver como os jovens estavam se saindo com os pedidos de comida, e depois ligaria para a academia para saber se Fleur estava lá. Mas, ao passar em frente à porta dela, ocorreu a ele, no fundo de sua mente perturbada, a ideia de que poderia simplesmente bater à porta, só por garantia. Ele o tinha feito mecanicamente, seus pensamentos em outro lugar, girando inquietantemente em torno desse fato novo e ainda não digerido sobre Emily.

Emily tinha sido grosseira com Gillian. Ele estava achando doloroso enquadrar esse pensamento em sua mente. Sua doce e tímida Emily, grosseira com a própria irmã. Era uma acusação surpreendente; na qual ele tinha dificuldade em acreditar. Mas não era — e isso o perturbava mais que tudo — impossível. Pois até durante aquela fala de Gillian, entre os protestos imediatos e os gritos de negação em seu cérebro, uma pequena parte dele, uma parte em seu juízo perfeito, não estava surpresa; talvez até soubesse disso desde sempre.

Logo depois de ter deixado a cozinha, uma dor havia começado a golpear seu peito e ele sentira um luto renovado por Emily, a Emily que ele amara. Uma criatura doce e reservada, com qualidades ocultas. Qualidades que ele tinha ficado desesperado para revelar. Será que a grosseria era uma dessas qualidades? Você queria descobrir, disse ele a si mesmo, amargurado, enquanto subia a escada. E agora descobriu. Durante todo o tempo, por baixo daquela fachada de tranquilidade, existia uma grosseria escondida, que havia feito Gillian sofrer em silêncio, sem reclamar. Ele mal conseguia pensar nisso.

E, de repente, ele tinha sentido vontade, mais do que tudo, de ver Fleur. A Fleur calorosa e carinhosa, sem qualquer traço de grosseria em seu sangue. A Fleur que fazia Gillian feliz, e ele mesmo feliz, e todo mundo feliz. Quando ouvira a voz dela, inesperadamente, em resposta à sua batida à porta, ele sentiu um amor quase piegas crescendo dentro de si; uma emoção envolvente que o impeliu a entrar pela porta, que forçou as palavras para fora de sua boca.

Então, ele a vira, sentada à penteadeira, de chapéu. Um chapéu igual ao que Emily havia usado no dia do casamento deles; um chapéu igual ao que ela estava tirando quando ele descobriu o primeiro dos portões frios de aço que sempre existiriam entre eles. Uma parte dele havia esperado que Fleur fizesse a mesma coisa que Emily fizera. Que tirasse o chapéu e o colocasse cuidadosamente de lado, olhasse através dele e perguntasse: "A que horas é o jantar?"

Mas, em vez disso, ela o havia lançado ao chão, como se quisesse se livrar de tudo o que pudesse se colocar entre eles. Entre os dois. Ele e Fleur. Agora, ela lhe estendia os braços. Calorosa, receptiva e amorosa.

— Fleur, eu te amo — ele se viu dizendo. — Eu te amo. — Uma lágrima escorreu de seu olho. — Eu te amo.

— E eu te amo. — Ela o envolveu em um abraço forte. — Seu doce homem.

Richard enterrou a cabeça no pescoço alvo de Fleur, sentindo as lágrimas rolarem de repente de seus olhos. Lágrimas de pesar pela perda de sua Emily perfeita, pela descoberta da falibilidade dela; o que marcava o fim de sua inocência. A boca de Richard estava molhada e salgada quando ele finalmente a ergueu para beijar Fleur; começou a puxá-la para si, repentinamente querendo sentir a pele quente dela contra a dele, querendo derrubar todas as barreiras entre eles.

— Por que eu esperei? — murmurou ele, enquanto suas mãos corriam fervorosamente pelo corpo que ela vinha oferecendo a ele havia semanas. — Por que diabos eu esperei?

O esforço para tirar a roupa, a sensação de trechos de pele nua dela contra a dele, foi tudo uma agonia de frustração. Enquanto as mãos dela desciam suavemente pelas costas dele, Richard começou a tremer com uma expectativa desesperada, quase com medo de que, tendo chegado à borda e pulado dela, nunca alcançaria o outro lado.

— Venha aqui.

A voz dela soou baixa e melodiosa em seu ouvido; os dedos dela corriam quentes e confiantes por seu corpo. Ele se sentiu incapaz de retribuir, incapaz de fazer qualquer coisa além de estremecer, paralisado de prazer. E, então, lentamente, ela o tomou em sua boca, e ele sentiu um êxtase inacreditável, que não sabia controlar; não sabia mensurar; que o fez gemer e gritar até repentinamente cair, esgotado e exausto, nos braços dela.

— Eu...

— Sssh. — Ela levou um dedo aos lábios de Richard e ele se calou.

Ele se deitou sobre ela, ouvindo as batidas de seu coração, e se sentiu como uma criança; nu, vulnerável e entregue.

— Eu vou te dar tudo — sussurrou ele, por fim. — Tudo o que você quiser.

— Tudo o que eu quero é você — disse Fleur, suavemente. Richard sentiu os dedos dela entrelaçados nos cabelos dele. — E eu tenho você, não tenho?

ONZE

Alguns dias depois, um pacote chegou para Fleur pelo correio. Dentro havia um cartão dourado da American Express.

— Legal! — disse Antony, quando ela o abriu no café da manhã. — Um cartão Gold. Pai, por que eu não posso ter um desses? Alguns caras na escola têm.

— Então os pais deles são muito burros, além de muito ricos — disse Richard, sorrindo. — Agora, onde tem uma caneta? Você deve assiná-lo agora mesmo, Fleur. Seria um desastre se caísse nas mãos erradas.

— Vou tomar muito cuidado — disse Fleur, sorrindo para Richard. Ela apertou a mão dele. — Foi muito gentil de sua parte, Richard. Agora vou poder comprar algo muito bacana para a Zara.

— Zara? — Antony ergueu a cabeça.

— É aniversário da Zara essa semana — disse Richard.

— Aniversário dela? — repetiu Antony.

— Na quarta. Não é, Fleur?

— Sim — disse ela, assinando o cartão Gold com um floreio. — Vou a Guildford agora de manhã.

— Se eu fizer um bolo, acha que ela vai gostar? — perguntou Gillian.

— Tenho certeza de que vai — disse Fleur, sorrindo calorosamente para Gillian.

— Quantos anos ela vai fazer? — perguntou Antony.

— Catorze — disse Fleur, depois de hesitar por um instante.

— Ah, tá. — Antony franziu o cenho de leve. — Porque pensei que demoraria ainda até ela fazer catorze anos.

— Já está mentindo a idade! — disse Fleur, rindo. — Atenção, você deveria se sentir lisonjeado!

O rosto de Antony enrubesceu, e ele olhou para o prato.

— O que acha de... — Gillian hesitou, virou para Richard e continuou. — E o pai da Zara? Ele vai querer... visitá-la? — Ela corou. — Eu não devia ter dito nada. É que pensei que, como é o aniversário dela...

— Gillian, você é muito gentil — disse Fleur e tomou um gole de café. — Infelizmente, o pai da Zara morreu.

— Morreu? — Antony ergueu a cabeça bruscamente. — Mas eu pensei... pensei que o pai da Zara morasse nos Estados Unidos. Ela me disse...

Fleur balançou a cabeça com tristeza.

— Zara teve muita dificuldade em aceitar a morte do pai — disse ela, bebericando o café de novo. — Para ela, o pai continua vivo. Ela tem muitas fantasias em relação a ele. A atual é que ele está morando em algum lugar dos Estados Unidos. — Ela suspirou. — Me disseram que o melhor a fazer é concordar com o que ela diz.

— Mas...

— Eu me culpo — disse Fleur. — Eu deveria ter falado mais com ela sobre isso. Mas foi um período doloroso para mim também.

Ela parou de falar e olhou para Antony com olhos grandes e pesarosos. Richard segurou a mão dela e a apertou.

— Eu não sabia — disse Antony, debilmente. — Pensei...

— Ela está vindo — interrompeu Gillian, depressa. — Oi, Zara — exclamou ela, animada, quando Zara entrou no solário. — Estávamos falando sobre o seu aniversário.

— Meu aniversário — repetiu Zara, parando na porta. Seu olhar atento observou a cena e parou no cartão Gold, brilhando em meio ao embrulho de papel na mesa. Ela olhou para Fleur, e de novo para o cartão Gold. — Claro — disse ela. — Meu aniversário.

— Queremos que a quarta-feira seja um dia muito especial para você, querida — disse Fleur. — Com um bolo, com velas e... — Ela abriu as mãos vagamente.

— *Party-poppers*— disse Zara sem ânimo.

— *Party-poppers!* Que boa ideia!

— É — disse Zara.

— Bem, está combinado — disse Richard. — Agora, preciso dar alguns telefonemas. — Ele se levantou.

— Se quiser uma carona para a Guildford... — disse Gillian para Fleur. — Eu poderia dar um pulinho lá também.

— Ótimo — disse Fleur.

— E o que vocês dois jovenzinhos vão fazer? — disse Richard para Antony.

— Sei lá — disse Antony.

Zara deu de ombros e desviou o olhar.

— Bem — disse Richard, à vontade. — Tenho certeza de que vocês vão pensar em algo bacana.

Enquanto Zara tomava o café da manhã, mantinha o olhar baixo e evitava os olhos de Antony. Uma decepção raivosa ardia em seu peito; tinha medo de acabar chorando. Fleur tinha conseguido um cartão Gold. O que significava que elas partiriam. Assim que Fleur tivesse feito a limpa, elas iriam embora.

Era como uma bola quicando, Fleur explicara a ela alguns anos antes, enquanto as duas estavam sentadas no restaurante de algum aeroporto, à espera de um avião.

"Você pega o cartão Gold, tira algum dinheiro, e, no dia seguinte, você devolve. Depois, tira mais um pouco e devolve de novo. E continua assim, quicando cada vez mais alto até chegar ao máximo que pode chegar; então pega todo o dinheiro e desaparece!" Ela rira e Zara também.

"Por que simplesmente não pega tudo de uma vez logo no início?", Zara havia perguntado.

"Levanta muita suspeita, querida", respondera Fleur. "É preciso ir aos poucos para ninguém notar."

"E como se sabe quando se chegou à quantia mais alta a que se pode chegar?"

"Não se sabe. O segredo é tentar descobrir o máximo que se puder antes de começar. Ele é rico? É pobre? Quanto pode se dar ao luxo de perder? Mas, depois, é preciso chutar. E faz parte do jogo. Dois mil? Dez mil? Cinquenta mil? Quem sabe qual é o limite?"

Fleur rira de novo, e Zara também. Na época, parecera divertido. Um bom jogo. Agora, essa ideia toda fazia Zara se sentir enjoada.

— Você quer nadar? — A voz de Antony interrompeu seus pensamentos.

— Ah. — Com um esforço enorme, Zara levantou a cabeça para olhar nos olhos de Antony.

Ele a estava encarando com uma expressão peculiar, quase como se conseguisse ler seus pensamentos. Quase como se soubesse o que estava acontecendo.

Zara foi tomada por uma onda de pânico; adotou uma expressão neutra. Em todos aqueles anos de fingimento, nunca tinha cometido um deslize. Náo podia se descuidar. Se deixasse transparecer a verdade para Antony, Fleur nunca a perdoaria. Fleur nunca a perdoaria, e ela nunca conseguiria conhecer seu pai.

— Claro — disse ela, forçando um tom casual na voz e dando de ombros. — Por que não?

— Ok. — Ele ainda olhava para ela de um jeito esquisito. — Vou pegar minhas coisas.

— Está bem — disse ela. E olhou para baixo, para a tigela de Honey Nut Loops, e só voltou a erguer o olhar de novo quando ele já tinha saído.

Oliver Sterndale estava no escritório, sua secretária informou a Richard ao telefone, mas estava prestes a sair de férias.

— Não vai demorar muito — disse Richard, animado.

Enquanto esperava pela voz de Oliver, ele passou os olhos pelo escritório todo organizado e sem graça e se perguntou por que nunca havia pensado em redecorá-lo. As paredes eram brancas e lisas, não havia quadros, e o carpete era de um tom funcional de cinza ardósia. Não havia um objeto no ambiente que pudesse ser descrito como bonito.

Coisas como a cor das paredes nunca tinham importado para ele antes. Mas agora ele via o mundo pelos olhos de Fleur. Agora, ele via possibilidade onde antes só via fato. Ele se recusaria a continuar usando aquele cômodo sem graça. Ele pediria a Fleur que redecorasse o escritório para ele.

— Richard! — A voz de Oliver o sobressaltou. — Estou de saída.

— Eu sei. De férias. Não vai demorar muito. Só queria dizer a você que tomei uma decisão a respeito do fundo fiduciário.

— Ah, é?

— Vou seguir com o plano.

— Entendi. E posso perguntar por quê?

— Percebi que quero mesmo tornar a Philippa e o Antony financeiramente independentes — disse Richard. — Em dívida com ninguém, nem mesmo... — Ele fez uma pausa e mordeu o lábio. — Nem mesmo com um integrante da própria família. Acima de tudo, quero que eles sintam que têm controle sobre a própria vida. — Ele franziu a testa. — Também quero... fechar um capítulo da minha vida. Começar do zero.

— Começar do zero costuma significar gastar dinheiro — disse Oliver.

— Eu tenho dinheiro — disse Richard, impaciente. — Muito dinheiro. Oliver, já conversamos sobre isso.

— Certo. Bem, a decisão é sua. Mas não posso fazer nada a respeito disso por uma semana.

— Não tem pressa. Pensei só em te contar. Não vou te prender. Boas férias. Para onde está indo?

— Provença. Alguns amigos têm casa lá.

— Ótimo — disse Richard, automaticamente. — Belas paisagens nessa parte do...

— Sim, sim — interrompeu Oliver. — Olha, Richard.

— O quê?

— Ouça. Essa coisa de começar do zero. Isso envolve casar com a sua amiga Fleur?

— Espero muito que sim — disse Richard, sorrindo para o fone.

Oliver suspirou.

— Richard, por favor, tome cuidado.

— Oliver, de novo, não...

— Pense nas implicações de um casamento, só por um instante. Eu sei, por exemplo, que Fleur tem uma filha em idade escolar.

— Zara.

— Zara. Isso. Agora, a mãe dela tem dinheiro para sustentá-la? Ou esse vai ser um papel que você vai assumir?

— Fleur tem o suficiente para mandar a filha para a Escola Heathland para Garotas — disse Richard, secamente. — Não acha que é prova suficiente de sua capacidade de sustentar a filha?

— Tudo bem, mas você tem certeza de que é ela mesma quem paga a escola? Tem certeza de que o dinheiro não vem de alguma fonte de renda que secará se ela se casar novamente?

— Não, não tenho certeza — respondeu Richard, irritado. — Não cometi a impertinência de perguntar.

— Bem, se eu fosse você, perguntaria. Só para ter uma ideia.

— Oliver, você está sendo ridículo! Por que isso importa? Você sabe perfeitamente bem que eu teria condições de mandar um orfanato inteiro para uma escola particular se quisesse. Com fundo fiduciário ou sem.

— É o princípio da coisa — disse Oliver, de mau humor. — Primeiro, o dinheiro da escola, depois, empreendimentos fracassados, e, quando menos você esperar...

— Oliver!

— Só estou tentando proteger seus interesses, Richard. Casamento é assunto sério.

— Você fez todas essas perguntas para a Helen antes de pedir a mão dela em casamento? — rebateu Richard. — Que sortuda.

Oliver riu.

— *Touché.* Olha, Richard, eu preciso mesmo ir. A gente conversa de novo quando eu voltar.

— Divirta-se.

— *Au revoir, mon ami.* E pense bem no que eu disse.

* * *

Zara e Antony andavam lado a lado, em silêncio, as coisas da natação jogadas nos ombros. Zara olhava fixamente para a frente; Antony estava ligeiramente carrancudo. Por fim, ele não se conteve.

— Por que você não me contou que vai fazer aniversário essa semana? — perguntou ele.

— Não tenho que te contar tudo.

— Você não queria que eu soubesse a sua idade? — Ele arriscou um sorrisinho.

— Tenho treze anos — disse ela num tom de voz monótono. — No próximo aniversário, vou fazer catorze.

— Na próxima quarta, você vai fazer catorze — corrigiu ele.

— Tanto faz.

— Então, o que você quer ganhar de presente?

— Nada.

— Ah, fala sério. Você deve querer alguma coisa.

— Não.

Antony suspirou.

— Zara, a maioria das pessoas espera ansiosamente pelo aniversário.

— Bem, eu não.

Eles ficaram em silêncio por um tempo. Antony observou o rosto de Zara, tentando identificar alguma reação. Nada. Ele se sentia como se tivesse sido catapultado de volta ao início de novo: sentia que não conhecia Zara direito.

Então lhe ocorreu que aquele silêncio todo poderia estar ligado ao pai dela e... a todo aquele lance. Ele engoliu em seco, sentindo-se repentinamente maduro e compreensivo.

— Se em algum momento você quiser conversar — começou ele — sobre o seu pai. Estou aqui. — Ele parou e se sentiu um tolo. Claro que estava ali. Onde mais poderia estar? — Estou aqui para te apoiar — acrescentou.

— O que tem para ser dito?

— Bem, você sabe...

— Não sei. É esse o problema. Não sei nada sobre ele.

Antony suspirou.

— Zara, você precisa encarar a verdade.

— Que verdade? Você acha que não vou encontrar meu pai?

— Zara...

Ela virou a cabeça, por fim, e olhou para ele.

— O que foi? Por que está me olhando desse jeito?

— Sua mãe nos contou.

— Contou o quê?

— Que seu pai morreu.

— O quê?! — Seu grito ressoou na mata; um corvo voou fazendo barulho acima das árvores. Antony olhou para ela, assustado. O rosto dela estava pálido, as narinas alargadas, a mandíbula travada de incredulidade. — A Fleur disse isso?

— Ela acabou de nos contar sobre o seu pai, Zara. Sinto muito. Sei como é quando...

— Ele não morreu!

— Ai, Deus. Olha, eu não deveria ter dito nada.

— Ele não morreu, está bem?

Para surpresa de Antony, uma lágrima escorreu pelo rosto de Zara.

— Zara! Eu não queria...

— Sei que você não queria. — Ela olhou para o chão. — Olha, não é culpa sua. Isso é só uma coisa que... uma coisa com que eu tenho que lidar.

— Ok — disse Antony, incerto.

Ele já não se sentia tão maduro e compreensivo. Pelo contrário, tinha a impressão de que havia estragado tudo.

Fleur voltou de Guildford cheia de presentes, não só para Zara, mas também para Richard, Antony e Gillian.

— Zara tem que esperar até quarta-feira — disse ela, alegremente, para Richard, tirando da sacola uma gravata de seda extravagante. — Mas você não tem. Experimente! Veja como fica. Gastei bastante — acrescentou ela, enquanto Richard passava a gravata ao redor do pescoço. — Espero que seu cartão tenha limite. Algumas administradoras de cartões ficam em alerta quando se gastam mais de cinquenta libras.

— Eu não me preocuparia com isso — disse Richard, dando um nó na gravata. — É linda, Fleur! Obrigado. — Ele deu uma olhada nas sacolas de plástico que ocupavam o hall de entrada. — Então, foi um passeio bem-sucedido, pelo visto?

— Perfeito. — Fleur sorriu. — Comprei um presente para a família toda também. — Ela apontou para uma caixa que tinha sido levada para dentro pelo taxista. — É uma filmadora.

— Fleur! Quanta generosidade!

— Foi por isso que perguntei sobre o cartão de crédito — disse Fleur, sorrindo para ele. — Custou bem caro.

— Aposto que sim — disse Richard. — Minha nossa...

— Mas não se preocupe. Já pedi ao meu banco nas Ilhas Cayman que transferisse alguns fundos para a sua conta. Aparentemente, eles conseguem fazer isso de um dia para o outro, mas me enviar um talão de cheques parece estar além de suas capacidades. — Fleur revirou os olhos e depois sorriu. — Não vamos nos divertir muito com isso? Nunca usei uma filmadora antes. — Ela começou a abrir a embalagem.

— Nem eu — respondeu Richard, observando-a. — Não faço a menor ideia de como usar isso.

— O Antony vai saber. Ou a Zara.

— Imagino que sim. — Richard franziu o cenho de leve. — Fleur, nós nunca conversamos sobre dinheiro, não é mesmo?

— Não — respondeu ela. — Nunca. Mas isso me lembra uma coisa. — Ela ergueu o olhar para ele. — Você se incomodaria se eu fizesse um pagamento em crédito na sua conta do cartão Gold? Tenho um dinheiro a receber e, acredite ou não, para mim, no momento, esse seria o lugar mais conveniente para depositá-lo. — Ela revirou os olhos e puxou um pouco mais o papel de embrulho da filmadora.

— Ah — disse Richard. — Não. Claro que eu não me incomodaria. Quanto?

— Não é muito — disse Fleur, bem blasé. — Cerca de vinte mil libras. Não sei se o seu cartão está acostumado a transações como essa.

— Bem, não é todo dia que isso acontece — disse Richard, começando a gargalhar. — Mas acho que não haveria problema. Tem certeza de que não tem outro lugar mais ortodoxo?

— Seria por pouco tempo — disse Fleur. — Enquanto resolvo a questão com o meu banco. Você não se incomoda, não é mesmo? — Ela acabou de remover o papel da embalagem e tirou a filmadora da caixa. — Ai, meu Deus, veja todos esses botões! Eles me disseram que era fácil de usar!

— Talvez seja mais fácil do que parece. Onde estão as instruções?

— Devem estar aqui em algum lugar. O problema é que — acrescentou ela, vasculhando a embalagem — esse dinheiro surgiu de forma inesperada. De um fundo fiduciário. Você sabe como são esses fundos fiduciários familiares.

— Estou aprendendo — disse Richard.

— E ainda não decidi como vou usar esse dinheiro. Eu poderia antecipar o pagamento das anuidades escolares de Zara, e, nesse caso, seria útil deixá-lo à mão. Ou poderia fazer outra coisa. Investi-lo talvez. Pronto! Manual do Usuário. — Os dois olharam para o volume grosso e cintilante. — E esse é o Suplemento de Atualização — acrescentou Fleur, pegando um outro volume. Ela começou a rir.

— Acho que pensei que encontraria um livreto — disse Richard. — Um livreto bem fininho. — Ele pegou o manual e o folheou algumas vezes. — Então, você paga a escola da Zara sozinha?

— Mas claro — disse Fleur. — Quem mais você acha que pagaria?

— Pensei que talvez a família do pai da Zara pudesse ter oferecido...

— Não — disse Fleur. — Nós não nos falamos.

— Ah, minha nossa. Não fazia ideia.

— Mas tenho algum dinheiro meu. Suficiente para Zara e para mim.

Ela olhou para ele com olhos luminosos, e, de repente, Richard teve a sensação de que estava invadindo um território muito particular. Que direito ele tinha de interrogá-la sobre questões de dinheiro, sendo que ainda não a havia pedido em casamento? O que ela poderia pensar dele?

— Perdoe a minha curiosidade — disse ele, apressadamente. — Não é da minha conta.

— Veja! — Fleur sorriu para ele. — Acho que encontrei o zoom!

Antony e Zara voltaram da natação e encontraram Fleur e Richard ainda sentados no hall de entrada, debruçados sobre as instruções.

— Excelente — disse Antony na mesma hora. — Temos uma dessa na escola. Posso mexer? — Ele pegou a filmadora, deu alguns passos para trás e a apontou para os outros. — Agora, sorriam. Sorria, pai! Sorria, Zara!

— Não estou a fim de sorrir — disse ela, e subiu a escada pisando forte nos degraus.

— Acho que ela está um pouco chateada — disse Antony de modo a se desculpar com Fleur — por causa do pai dela.

— Entendi — disse Fleur. — Melhor eu subir e ter uma conversinha com ela.

— Está bem — disse Antony, já espiando pelo visor de novo. — Pai, você precisa agir com *naturalidade.*

Zara estava no quarto dela, sentada na cama, os braços envolvendo os joelhos.

— Então, meu pai morreu, né? — disse ela, quando Fleur entrou no quarto. — Fleur, você é uma vaca.

— Não fale comigo assim!

— Senão o quê?

Fleur a encarou por um instante. Então, inesperadamente, abriu um sorriso solidário.

— Sei que as coisas estão difíceis para você no momento, querida. É perfeitamente normal ficar de mau humor na sua idade.

— Não estou de mau humor! E também não é a porra do meu aniversário na quarta-feira.

— Certamente, você não vai reclamar disso! Presentes extras, uma festa... E não é nem como se fosse a primeira vez. — Fleur espiou seu reflexo no espelho e alisou uma sobrancelha com o polegar. — Você não reclamou quando fez dez anos duas vezes.

— Porque eu tinha dez anos — disse Zara. — Eu era pequena. E burra. Eu achava que não tinha importância.

— Não tem.

— Tem! Eu só quero um aniversário normal como todo mundo.

— Sim, bem, todos queremos coisas que não podemos ter, infelizmente.

— E o que você quer? — O tom de voz de Zara era seco e hostil. Os olhos dela encontraram os de Fleur no espelho. — O que você quer, Fleur? Uma mansão? Um carrão?

— Querida...

— Porque o que eu quero é que a gente fique aqui. Com Richard, Gillian e Antony. Eu quero ficar. — Sua voz ficou um pouco embargada. — Por que não podemos ficar?

— É tudo muito complexo, lindinha.

Fleur pegou um batom e começou a aplicá-lo cuidadosamente.

— Não é, não! Poderíamos ficar aqui se você quisesse! Richard ama você. Eu sei que ama. Vocês poderiam se casar.

— Você ainda é tão criança. — Fleur largou o batom e sorriu para Zara de modo carinhoso. — Sei que você sempre quis ser dama de honra. Quando foi que compramos aquele lindo vestido rosa para você mesmo?

— Foi quando eu tinha nove anos! Jesus! — Zara pôs-se de pé, frustrada.

— Querida, fale baixo.

— Você não entende? — De repente, duas grandes lágrimas escorreram pelo rosto de Zara, e ela as afastou com impaciência. — Agora eu só quero... eu só quero uma casa onde morar. Sabe, como quando as pessoas perguntam: "Onde você mora?" E eu sempre tenho que dizer: "Às vezes em Londres, às vezes em outros lugares".

— Qual é o problema disso? Me parece muito glamoroso!

— Ninguém mora em "outros lugares". Todo mundo tem um lar!

— Lindinha, sei que é difícil para você.

— É difícil para mim porque você torna as coisas difíceis! — gritou Zara. — Se você quisesse, poderíamos ficar num lugar só. Poderíamos ter um lar.

— Um dia, teremos, querida. Prometo. Quando tivermos dinheiro suficiente, vamos nos estabelecer em algum canto, só nós duas.

— Não vamos, não — disse Zara, amargurada. — Você me disse que a gente ia se estabelecer em algum canto quando eu tivesse dez anos. E, olha só, agora tenho treze. Opa, desculpa, catorze. E ainda moramos na casa do cara com quem você por acaso esteja trepando.

— Já chega! — sibilou Fleur, irritada. — Agora ouça bem o que vou dizer! Deixando de lado esse linguajar horroroso, que vou ignorar por enquanto, devo ressaltar que você ainda é uma menininha que não sabe o que é melhor para si? E que eu sou sua mãe? Que a vida também não tem sido fácil para mim? E que, no que me diz respeito, você tem levado uma vida maravilhosa, cheia de oportunidades e emoções que a maioria das meninas da sua idade faria qualquer coisa para ter?

— Que se fodam suas oportunidades! — gritou Zara. Mais lágrimas começaram a descer pelo rosto dela. — Eu quero ficar aqui. E não quero que você fique dizendo para as pessoas que meu pai morreu!

— Isso foi lamentável — disse Fleur, franzindo a testa de leve. — Sinto muito por isso.

— Mas não pelo restante — disse Zara, estremecendo. — Você não sente pelo restante.

— Querida. — Fleur se aproximou e secou as lágrimas de Zara com ternura. — Vamos, pequena! O que acha de nós duas almoçarmos amanhã? E de irmos à manicure? Só nós duas. Vamos nos divertir.

Zara deu de ombros, em silêncio. As lágrimas agora escorriam por seu rosto e pescoço, pingando e molhando sua camisa de malha.

— Não acredito que você já seja adolescente — disse Fleur, com carinho. — Às vezes, você parece ter só dez anos. — Ela puxou Zara para si e beijou sua cabeça. — Não se preocupe, lindinha. Tudo vai dar certo no fim. Vamos dar um jeito na nossa vida.

Mais lágrimas rolaram pelo rosto de Zara, que estava tendo dificuldades para falar.

— Você está cansada — disse Fleur. — Provavelmente está exagerando. Acho que o melhor é eu deixar você descansar. Tome um bom banho quente de banheira, e nos veremos lá embaixo depois.

Carinhosamente, ela pegou uma das longas madeixas loiras de Zara entre os dedos, ergueu-a em direção à luz e a soltou. E então, sem olhar para Zara de novo, pegou o batom, olhou para seu reflexo e saiu do quarto.

DOZE

Philippa estava ficando preocupada com Lambert. Nas últimas semanas, ele parecia estar o tempo todo mal-humorado; o tempo todo irritado com ela. E, agora, o mau humor estava se transformando em uma raiva rabugenta. Nada que ela dizia estava certo; nada que ela fazia o agradava.

Tudo havia começado com o fiasco da Briggs & Co. O dia do jogo de golfe já tinha sido ruim. Depois, o amigo dele tinha sido exposto na imprensa como vigarista, e Lambert explodira com uma raiva selvagem que parecia direcionada principalmente a Fleur. Philippa desconfiava de que seu pai devia ter conversado com Lambert no trabalho sobre o assunto, o que não teria ajudado muito. Ele agora acordava toda manhã com uma expressão infeliz e desanimada, chegava em casa do trabalho a cada fim de tarde com a testa franzida, e rosnava para Philippa quando ela tentava animá-lo.

No começo, ela não havia se incomodado. Quase ficou feliz com o desafio de Ajudar o Marido a Atravessar um Momento Ruim. "Na alegria e na tristeza, na riqueza e na pobreza", murmurava para si mesma várias vezes ao dia. "Para amar e respeitar". Exceto que Lambert não parecia querer seu amor e seu respeito. Parecia não querer nem sua presença.

Ela havia lido artigos de revistas sobre relacionamentos, folheado livros na biblioteca, e então tentado implementar algumas das sugestões. Havia experimentado preparar receitas novas para o jantar, tentado sugerir que os dois começassem algum hobby juntos, tentado perguntar a ele se queria discutir a relação, tentado instigá-lo ao sexo. E, em todas essas tentativas, ela havia recebido a mesma carranca de insatisfação.

Não havia ninguém com quem ela pudesse conversar sobre aquilo. As garotas no trabalho falavam livremente sobre seus maridos e namorados, mas Philippa sempre tinha evitado participar das conversas. Primeiro porque possuía um pudor natural que a impedia de contar no trabalho o que acontecia entre quatro paredes. Segundo — e, para ser sincera, esse era o real motivo —, Lambert parecia tão diferente dos maridos das outras mulheres que Philippa sentia vergonha de contar a verdade para elas. Todas pareciam ser casadas com caras bem-humorados que gostavam de futebol, de pub e de sexo; que iam às festas da empresa e, apesar de não se conhecerem, logo encontravam um assunto em comum. Lambert não era assim. Não assistia a jogos de futebol nem ia a pubs. Às vezes, gostava de sexo; às vezes, parecia quase ter nojo de sexo. E, nas festas da empresa, ele sempre se isolava de todo mundo, fumando um cigarro, com cara de tédio. Depois, no carro, zombava do sotaque de todo mundo com quem ela trabalhava, e Philippa se via abandonando, desolada, os planos de convidar alguns casais divertidos para um jantar em sua casa.

Eles não tinham voltado à Maples desde o dia do fiasco do golfe. Sempre que ela sugeria que eles fossem, Lambert fechava a cara e dizia que não tinha tempo. E embora ela pudesse ter ido sozinha, não queria fazer isso. Não queria que ninguém percebesse que alguma coisa errada estava acontecendo. Assim, ela se sentava ao lado de Lambert, todas as noites, para assistir à televisão e ler livros. Nos fins de semana, quando todos os outros casais pareciam ter planos, ela e Lambert não tinham nenhum. Eles acordavam, Lambert ia para o escritório e lia o jornal, eles almoçavam, e, às vezes, Philippa saía para dar um pulinho em algumas lojas. E, a cada dia, ela se sentia mais solitária.

E, então, sem nenhum aviso, Fleur telefonou para ela.

— Philippa, é a Fleur. Estarei em Londres na sexta-feira para ir a uma missa fúnebre. O que acha de almoçarmos?

— Almoço? Nossa! — Philippa se sentiu corando, e o coração bateu forte, como se estivesse sendo convidada para um encontro romântico. — Eu adoraria!

— Sei que você vai estar trabalhando — disse Fleur —, caso contrário, sugeriria que nos encontrássemos mais cedo para fazermos umas comprinhas.

— Eu vou tirar o dia de folga — Philippa se viu dizendo. — Tenho vários dias de férias para tirar.

— Que sorte a sua! Bem, por que você não me encontra no trem? Depois aviso em qual estarei. E podemos seguir juntas.

Quando Philippa desligou, ela se encheu de uma alegria exultante. Fleur queria ser sua amiga. No mesmo instante, ela imaginou as duas rindo juntas enquanto pediam um prato em um restaurante caro; desafiando uma à outra para que experimentassem roupas bizarras. Marcando outro encontro. Philippa abraçou a si mesma de tão empolgada. Fleur era sua amiga!

— Vou almoçar com Fleur na sexta — contou ela a Lambert, tentando parecer blasé. — Ela está em Londres.

— Problema dela.

— Ela vai a uma missa fúnebre — disse Philippa, incapaz de controlar o fluxo de palavras felizes que jorravam dela. — De quem será? Alguém da família dela, imagino. Ou talvez uma amiga. Ela provavelmente vai estar bem elegante. O que devo vestir? Será que é melhor comprar alguma roupa nova?

Enquanto Philippa falava sem parar, Lambert começou a pensar em outra coisa. À sua frente, havia outra carta bem concisa do banco, exigindo garantias sólidas de que ele conseguiria pagar seu alto e não aprovado saldo devedor. Ele tinha que conseguir algum dinheiro em breve. O que significava ir à Maples de novo e entrar no escritório de Richard. Mas era arriscado demais. Principalmente porque não estava num bom momento com Richard. Lambert fez uma careta. O velho idiota o havia chamado em sua sala na empresa para repreendê-lo por ter insultado Fleur. Repreendê-lo! Não importava o fato de Fleur ter estragado completamente o jogo deles; de ela não fazer ideia de como se comportar num campo de golfe. Mas, claramente, não adiantaria argumentar com Richard naquele momento. Ele estava sob o encanto de Fleur, e não havia nada a fazer além de esperar que aquilo passasse; e, de preferência, evitar a Maples até que Richard esquecesse aquela história.

— Se tem algo de que realmente preciso é um short — dizia Philippa no cômodo do lado, como se achasse que ele ainda estava prestando atenção. — Para os fins de semana. Sob medida, mas não elegante demais...

O problema era que ele não podia esperar até que Richard esquecesse aquela história. Precisava do dinheiro depressa. Lambert tomou um gole de cerveja da pesada caneca de prata sobre sua mesa e olhou para a carta de novo. Cinquenta mil calariam a boca do banco. Ele tinha certeza disso. E o dinheiro estava à sua espera na Maples. Se pudesse ter certeza de que não estragaria as coisas; de que não seria descoberto... Uma lembrança repentina e indesejada lhe ocorreu: a da voz de Fleur atrás dele, dando um susto nele enquanto mexia nos arquivos de Richard, o que fez com que sentisse de novo o suor frio na nuca. Claro que ela não havia desconfiado de nada; por que desconfiaria? Mas, se tivesse sido Richard ali...

De repente, a voz de Philippa atravessou seus pensamentos.

— Parece que o papai estará numa reunião nesse dia — dizia ela —, e a Gillian tem aula de bridge. — Lambert girou a cabeça. — Caso contrário, Fleur teria sugerido que eles viessem com ela. Mas acho bem legal, você não acha? Só nós duas. Tipo uma oportunidade para criarmos laços?

Lambert se levantou e entrou no quarto do lado.

— O que você disse? Seu pai tem uma reunião na sexta?

— Tem. Parece que ele precisa ir a Newcastle.

— Estou sabendo disso agora.

— Ah, querido. Ele não chamou você para ir junto? — Philippa mordeu o lábio. — Você poderia almoçar comigo e com a Fleur — disse ela, sem convicção. — Se quiser.

— Não seja boba. Eu, almoçando com duas bobas alegres como vocês?

Philippa riu baixinho, satisfeita em pensar que ela e Fleur eram duas bobas alegres. Sentindo-se repentinamente generoso, Lambert sorriu para ela.

— Vocês duas podem almoçar juntas — disse ele. — Tenho coisas mais importantes para fazer nesse dia.

A quarta-feira começou com sol, céu azul e calor. Quando Zara desceu do quarto, a mesa do café da manhã já tinha sido montada no jardim. Havia um grande arranjo de flores ao lado da cadeira dela, um balão prateado de hélio brilhando no encosto, e seu prato estava coberto de cartões e embrulhos.

— Feliz aniversário! — gritou Antony assim que ele a viu sair do solário. — Gillian, a Zara está aqui! Traga o *buck's fizz*! Foi ideia minha — disse ele a Zara. — *Buck's fizz* no café da manhã. E panquecas.

Zara não disse nada. Olhava fixamente para a mesa decorada como se nunca tivesse visto nada parecido antes.

— Isso tudo é para mim? — disse ela, por fim, a voz rouca.

— Bem, claro que sim! É seu aniversário! Sente-se — acrescentou ele, com voz de anfitrião. — Coma alguns morangos.

Fleur apareceu no gramado segurando uma cafeteira, e abriu um sorriso bonito para Zara.

— Feliz aniversário, querida. Quer um pouco de café?

— Não — disse Zara.

— Como quiser. — Fleur deu de ombros.

— Mas você precisa comer um morango — insistiu Antony. — Eles estão deliciosos

Zara se sentou e olhou para todos os cartões empilhados em cima do seu prato. Ela parecia um pouco atordoada.

— Legal o balão, né? — disse Antony, feliz. — É da Xanthe e do Mex.

— O quê? — Ela ergueu o olhar para ver se ele estava brincando.

— Eles descobriram que era seu aniversário. Acho que mandaram um cartão também. E eu disse que talvez a gente se encontre para beber alguma coisa mais tarde. Mas depende do que você quiser fazer.

— Eles mandaram um balão para mim — disse Zara, estupefata. Ela puxou a linha e o observou subir de novo. — Mas eu nem conheço eles direito. — Ela olhou para Antony. — E eu pensei que você odiasse os dois.

— A Xanthe não é tão ruim assim. — Antony sorriu timidamente para ela. — Agora, vamos, abra alguns dos seus presentes.

— Espere! — gritou Richard do solário. — Quero filmar isso!

— Ah, pelo amor de Deus — disse Antony. — Vamos ficar aqui o dia todo.

Gillian chegou no jardim trazendo uma bandeja cheia de taças com suco de laranja e champanhe.

— Feliz aniversário, Zara! — exclamou ela. — Que dia lindo!

— Obrigada — murmurou Zara.

— Certo? — disse Richard. — Estou filmando. Você pode começar a abrir seus presentes.

— Abre o meu primeiro — disse Antony, animado. — O embrulho de listras vermelhas.

Zara pegou o pacote e olhou para ele por alguns instantes sem dizer nada.

— Que lindo — disse Fleur, alegremente.

Zara lançou um olhar para Fleur, mas logo o desviou. Em seguida, mordendo o lábio, ela começou a abrir o embrulho. Em seu colo, caiu uma pequena gravura emoldurada.

— É um mapa dos Estados Unidos — disse Antony. — Para quando você... para quando você for lá.

Zara olhou para ele. Seu queixo tremia.

— Obrigada, Antony — disse ela, e caiu no choro.

— Zara!

— O que foi, lindinha?

— Você não gostou? — perguntou Antony, ansioso.

— Eu amei — sussurrou Zara. — Foi mal. É só que...

— É só que você precisa de botar um bom gole de *buck's fizz* e umas panquecas para dentro — disse Gillian depressa. — Sabe, não é fácil fazer catorze anos. Eu me lembro bem. Vamos, Zara. — Ela deu umas batidinhas no ombro nu e magro de Zara. — Venha me ajudar a trazer o café da manhã, e você abre o resto dos presentes daqui a pouco.

— Você não está gostando do seu aniversário? — perguntou Antony, mais tarde.

Eles estavam sentados nos fundos do jardim, abrigados do sol, ouvindo a música que tocava no novo aparelho de som portátil de Zara.

— Claro que estou.

— Você não parece muito feliz.

— Estou bem, tá? — rebateu ela.

Antony esperou alguns minutos. E então, perguntou, como quem não quer nada:

— Zara, qual é o seu signo?

— Sagi... — ela começou, e então parou. — Não acredito nessas baboseiras.

— Acredita, sim. Você estava lendo o horóscopo outro dia.

— Não quer dizer que eu acredite em horóscopo. Jesus, se todas as vezes que alguém lê o horóscopo...

— Mas ainda sabe qual é o seu signo, né? — interrompeu ele. — Não é sagitário. Não pode ser. Então, qual é?

— Por que você quer saber? — Ela se sentou, derrubando a limonada diet na roupa. — Merda — disse. — Vou pegar um pano.

— Não vai, não! Não muda de assunto! Zara, qual é o seu signo?

— Olha, seu babaca, minha jaqueta está toda molhada.

— E daí? Você fez isso de propósito. Meu Deus, você deve achar mesmo que eu sou muito burro. — Ela começou a se deslocar, mas ele a segurou com força pelo braço, puxando-a para o chão. — Zara, qual é o seu signo? Diga!

— Pelo amor de Deus! — Ela lançou a ele um olhar sarcástico e jogou os cabelos para trás. — Certo — falou ela. — É escorpião.

— Errado. — Ele se recostou. — É leão.

— E daí? — perguntou Zara. — Escorpião, leão. Quem se importa?

— Zara, o que está acontecendo?

— Sei lá. É você quem está se comportando como um imbecil.

— Seu aniversário não é hoje de verdade, é?

— Claro que é. — Ela desviou o olhar e pegou um chiclete do bolso.

— Não é! Seu aniversário é entre 22 de novembro e 21 de dezembro. Eu pesquisei sobre sagitário. — Ele se remexeu na grama até conseguir ver o rosto dela, e olhou para Zara com olhos suplicantes. — Zara, o que está acontecendo? Seja lá o que for, eu não vou contar para ninguém, prometo. Zara, sou seu amigo, não sou?

Ela deu de ombros em silêncio e enfiou o chiclete na boca.

Antony olhou para ela por um tempo, antes de recomeçar a falar.

— Também não acho que seu pai esteja morto. — Ele falou devagar, sem tirar os olhos dela. — Acho que ainda está vivo. E acho que sua mãe também estava mentindo sobre isso.

Zara mascava o chiclete depressa, quase desesperadamente, desviando o olhar dele e olhando para as árvores.

— Pode se abrir comigo — implorou Antony. — Não vou contar para ninguém. E para quem eu contaria, afinal? Não conheço ninguém para quem contar.

Zara deu uma risadinha curta.

— Você conhece um monte de gente para quem contar — disse ela. — Seu pai... a Gillian...

— Mas eu não faria isso! — exclamou ele. Passou a falar mais baixo. — Independentemente do que seja, não vou contar para eles. Mas quero saber a verdade. Quero saber quando é o seu aniversário de verdade. E por que você está fingindo que é hoje. E... e tudo mais.

Eles ficaram em silêncio por um tempo. E, então, Zara se virou para ele.

— Tá, mas escute aqui — disse ela, baixinho. — Se você contar para mais alguém o que vou contar agora, vou dizer que você tentou me estuprar.

— O quê? — Antony a encarou, horrorizado.

— Vou dizer que você me chamou para vir aos fundos do jardim e que me prendeu no chão, me segurando pelos pulsos. — Ela parou e olhou para a mão de Antony, a mão que, poucos minutos antes, a havia segurado e puxado para baixo na grama. As bochechas dele ficaram muito vermelhas. — E, depois, vou dizer que você tentou me estuprar.

— Sua...

— Eles provavelmente não vão prestar queixa. Mas vão te interrogar. Não vai ser legal. E algumas pessoas vão achar que você fez isso. Algumas pessoas sempre acham.

— Eu simplesmente não acredito... — Ele a encarava, levemente ofegante.

— Olha, eu estou falando sério — disse Zara. — Você não pode contar. Se disser alguma coisa para o seu pai ou para a Gillian, ou para quem quer que seja, eu vou à polícia. E você vai se ferrar. — Ela cuspiu o chiclete. — Você quer saber ou não?

Richard sentia que sua vida finalmente se encaixava. Ficou sentado na poltrona observando Fleur folhear um catálogo com estampas de papel de parede, e se perguntou como pôde ter achado que o que tinha com Emily era amor verdadeiro. Ele mal conseguia pensar em todos os anos desperdiçados; anos que passou vivendo em diferentes tons de cinza. Agora, vivia em cores vivas; em tons vibrantes que saltavam aos olhos e alegravam, surpreendendo a vista.

— Você vai ter que decidir se quer paredes pintadas ou se quer papel de parede no escritório — disse Fleur. Ela olhou para ele por cima dos óculos de sol. — E me dar um orçamento.

— Darei o que você quiser — disse Richard.

Ele olhou nos olhos dela, que sorriu de modo delicioso e dissimulado. A reação de Richard foi sentir uma leve comichão na pele sob a camisa, como se já estivesse na expectativa de outra noite de prazer.

Fleur não ocupava mais o próprio quarto. Agora, dormia com ele todas as noites, com o corpo moldado ao dele, os cabelos espalhados pelo travesseiro dele. Toda manhã, o sorriso dela esperava por ele; toda manhã, ele sentia o coração dar um salto ao vê-la de novo. E eles conversavam mais agora do que nunca, e Richard se sentia mais feliz do que nunca, e os olhos de Fleur brilhavam ainda mais do que antes. No momento, ela parecia cintilar de felicidade e empolgação, pensou Richard, e agora parecia andar aos saltitos, como se pisasse numa mola, em vez de caminhar normalmente. Uma mola — e ele abriu um sorriso contido e envergonhado — que ele havia colocado ali.

E, quando ele a pedisse em casamento, tudo estaria completo. Quando Oliver voltasse das férias, quando ele já tivesse resolvido a questão do fundo fiduciário, quando finalmente tivesse fechado o capítulo sobre Emily. Ele escolheria um momento adequado, um lugar adequado, uma aliança adequada... Um casamento calmo e adequado. E depois, uma lua de mel exuberante, barulhenta e feliz. A lua de mel pela qual ele vinha esperando a vida toda.

Quando Zara terminou de lhe contar tudo, Antony desabou na grama e encarou o céu azul.

— Não acredito nisso — disse ele. — Ela passa por tudo isso só para conseguir um cartão Gold?

— Dá para fazer um estrago com um cartão Gold — disse Zara.

— Mas, quero dizer... — Ele parou de falar e franziu a testa. — Não entendo. Como o fato de seu pai estar morto entra nisso?

— Ela disse para o seu pai que era viúva. Imagino que Fleur deva ter achado que isso faria com que ela parecesse mais interessante.

Por alguns instantes, Antony ficou em silêncio. Em seguida, falou bem devagar:

— Então, esse tempo todo, ela só esteve atrás do dinheiro dele. — Antony se sentou. — Que doido! Tipo, nós não somos tão ricos assim.

— Talvez ela tenha se enganado. Ou talvez vocês sejam mais ricos do que você pensa.

— Meu Deus, coitado do meu pai. E ele não faz a menor ideia! Zara, eu preciso contar para ele.

— E, então, ele me jogou na grama, e prendeu meus braços, Meritíssimo. — Zara começou a recitar num tom de voz monótono. — Eu tentei me desvencilhar, mas ele foi mais forte que eu.

— Está bem! — disse Antony, irritado. — Não vou contar nada. Mas, tipo... que merda! Meu pai não pode se dar ao luxo de perder um monte de dinheiro!

— Pense nisso como um pagamento — disse Zara. — Fleur sempre pensa assim.

— O quê? Então ela já fez isso antes? — Antony encarou Zara. — Ela já saiu com homens só pelo dinheiro?

Zara deu de ombros e desviou o olhar. Tinha sido fácil oferecer a Antony uma versão limitada e editada da verdade; uma verdade que, mesmo se ele desse com a língua nos dentes, não estragaria tudo para Fleur. Ela havia pintado Fleur como uma esbanjadora fútil, desesperada por um cartão Gold, que gastaria o dinheiro de Richard em sapatos de salto alto e cortes de cabelo. E ele ficou chocado com isso. O que aconteceria se ela lhe contasse a mais pura verdade? Se contasse a ele que a mãe era uma trapaceira cínica e sem coração? Que entrava na vida das pessoas por causa da vulnerabilidade e do desespero delas; e que saía ilesa por causa do constrangimento e do orgulho ferido delas?

A verdade estava ali, dentro dela; Zara sentia como se houvesse apenas uma cortina fina escondendo-a do restante do mundo. Se Antony esticasse o braço e puxasse, o material fino cairia, e ele veria as armações, as mentiras deslavadas e as histórias terríveis, todas enroladas no cérebro dela como serpentes. Mas ele não esticaria o braço. Ele acreditava já ter tirado a verdade dela. Nunca ocorreria a ele que havia mais.

— Então, basicamente, ela é só uma prostituta! — dizia ele.

— Fleur pega o que acha que ela vale — rebateu Zara. — Seu pai não se divertiu nos últimos meses?

Antony encarou Zara.

— Mas ele acha de verdade que Fleur o ama. Eu também. Pensei que ela amasse o meu pai!

— Bem, talvez ela ame.

— As pessoas que se amam não estão interessadas em dinheiro!

— Claro que estão — disse Zara, desdenhosamente. — Você não gostaria de ter uma namorada que pudesse te dar um Porsche de presente? E, se disser que não, está mentindo.

— Tá, mas o amor verdadeiro é diferente! — protestou Antony. — Tem a ver com a pessoa por dentro.

— Tem a ver com tudo — respondeu Zara. — Tem a ver com dinheiro primeiro, aparência depois, e personalidade, se você estiver desesperado.

— Meu Deus, você é doente! O dinheiro não entra nisso! Quer dizer... Vamos supor que você se case com um cara muito rico, mas aí a bolsa de valores quebra e ele acaba perdendo todo o dinheiro.

— Vamos supor que você se case com alguém bem legal, que essa pessoa sofra um acidente de carro e acabe perdendo a personalidade. Qual é a diferença?

— Não é a mesma coisa! Você sabe que não é. — Ele olhou para ela. — Por que está defendendo sua mãe?

— Não sei! — gritou Zara, descontrolada. — Porque ela é minha mãe, talvez! Nunca conversei sobre ela com ninguém antes. Nunca pensei... — Ela parou de falar. — Ah, pelo amor de Deus! Como eu queria nunca ter te contado nada!

— Eu também! Que confusão dos diabos.

Eles se entreolharam, furiosos.

— Escute aqui — disse Zara, por fim. — Seu pai não é burro. Ele não vai permitir que ela o deixe com uma mão na frente e outra atrás, vai? — Ela se forçou a olhar firme nos olhos dele, sem vacilar.

— Não — disse Antony, soltando o ar devagar. — Acho que não.

— E você gosta de ter a Fleur aqui por perto, não gosta?

— Claro que gosto! Adoro ter a Fleur aqui. E gosto... gosto de ter você por perto.

— Que bom — disse Zara. E sorriu para ele. — Porque eu gosto de estar aqui.

Mais tarde, eles voltaram para casa e encontraram Fleur e Richard discutindo com bom humor sobre papel de parede.

— Antony! — exclamou Fleur. — Bote um pouco de juízo na cabeça do seu pai. Primeiro, ele me dá *carte blanche* para redecorar o escritório, depois diz que não aceita nada além de listras e flor-de-lis.

— Não sei o que é flor-de-lis — disse Antony.

Ele encarou Fleur. A imagem que ele fazia dela havia mudado, agora que sabia a verdade; ao andarem em direção a ela, Antony tinha achado honestamente que ela assumiria uma aparência diferente. Mais... monstruosa. Ele se vira temendo o instante em que seus olhos encontrariam os dela. Mas ali estava Fleur, a mesma pessoa calorosa, bonita e simpática de sempre. E agora sorria para ele, e ele sorria de volta, e, de repente, ele começou a se perguntar se tudo o que Zara dissera sobre ela podia mesmo ser verdade.

— Façamos o seguinte — disse Richard a Fleur. — Por que não arranja mais catálogos de papel de parede quando estiver em Londres? Tenho certeza de que poderemos chegar a um consenso. Mas, lembre-se: sou eu quem tem que permanecer no ambiente e tentar trabalhar. — Ele sorriu para Antony e para Zara. — Fleur adora umas paredes cor de laranja.

— Não é laranja. É terracota.

— Quando você vai pra Londres? — perguntou Zara.

— Na sexta — disse Fleur. — Depois de amanhã.

— Sua mãe tem que ir a uma missa fúnebre — disse Richard.

Zara ficou paralisada; seu rosto empalideceu.

— Você vai a uma missa fúnebre? — perguntou ela.

— Isso mesmo — respondeu Fleur.

— Uma missa fúnebre? — repetiu Zara sem acreditar. — Você vai a uma missa fúnebre?

— Sim, querida — disse Fleur, impaciente. — Por que tanto alvoroço? — Ela olhou fixamente nos olhos de Zara. — Vou ficar fora um dia apenas. Foi a coitada da Hattie Fairbrother — acrescentou ela, casualmente. — Você se lembra da Hattie, não lembra, querida?

Zara se retraiu e se virou.

— Zara! — Elas foram interrompidas por Gillian. — Telefonema para você. Alguém chamado Johnny.

— Johnny? — Zara ergueu a cabeça bruscamente. — Johnny está ao telefone? Tá, estou indo! Já vou! Não deixe ele desligar! — E, sem olhar para trás, ela correu casa adentro.

— Quer uma Coca-Cola diet? — perguntou Antony, mas ela não estava prestando atenção. — Eu vou... ver se ela quer uma Coca-Cola diet — disse aos outros e desapareceu atrás dela.

Richard olhou para Fleur.

— Zara pareceu muito chateada com a ideia de você ir a uma missa fúnebre — disse ele.

— Eu percebi — disse Fleur. — Desde que o pai dela morreu, tudo que tem a ver com morte a deixa assim. — Ela fez cara de triste. — Tento não insistir no assunto.

— Claro — disse Gillian. — É perfeitamente compreensível.

— Coitadinha — disse Richard. Os olhos dele brilharam um pouco. — E quem é Johnny? Um amigo de Zara?

— Um amigo nosso — disse Fleur. Ela ficou um pouco séria. — Eu o conheço há muitos anos.

— Você deveria convidá-lo para vir aqui — sugeriu Richard. — Gostaria de conhecer alguns dos seus amigos.

— Talvez — disse Fleur, e mudou de assunto.

Zara havia desaparecido dentro do cubículo ao lado do hall de entrada, que não possuía nada além de um telefone, uma cadeira e uma mesinha de apoio para anotar recados. Ao sair de lá, Antony estava esperando por ela. Ele encarou Zara: seus olhos brilhavam; de repente, ela parecia animada de novo.

— Então, quem é Johnny? — perguntou ele, sem conseguir se controlar. — Seu namorado?

— Não seja bobo! — disse Zara. — Eu não tenho namorado. O Johnny é só um amigo. Um bom amigo.

— Ah, é? — disse Antony, tentando soar alegre e provocativo. — Já ouvi isso antes.

— Antony, o Johnny tem cinquenta e seis anos!

— Ah — disse Antony, sentindo-se bobo.

— E ele é gay! — acrescentou Zara.

— Gay? — Ele a encarou.

— É, gay! — Ela riu. — Está satisfeito agora? — Ela começou a andar em direção ao jardim.

— Aonde você vai? — perguntou Antony, correndo atrás dela.

— Tenho um recado do Johnny para a Fleur.

Eles chegaram ao gramado juntos, ofegantes.

— Olha, o Johnny disse que espera que você tenha mudado de ideia e pediu que ligasse para ele caso tivesse mudado de ideia — anunciou Zara.

— Sobre o quê? — disse Fleur.

— Ele disse que você sabia do que ele estava falando. E... ele também disse que talvez me leve para Nova York! Como um presente especial de catorze anos! — Ela lançou um olhar triunfante a Fleur.

— Nova York! — exclamou Antony. — Fantástico!

— Que legal — disse Fleur de modo ácido.

— Bem, esse é o recado. — Zara pegou um chiclete do bolso e começou a mascá-lo alegremente. — Então, você vai ligar para ele?

— Não — disse Fleur, fechando o catálogo de papel de parede. — Não vou.

TREZE

Na sexta de manhã, Richard saiu cedo para sua reunião, e Fleur suspirou aliviada. Ela estava achando a presença constante dele um pouco opressiva. Conforme o clima chegava à perfeição do verão, Richard tirava grandes folgas do trabalho — dias de férias há muito devidos, ele havia explicado — e os passava todos em casa. Da primeira vez que a palavra "férias" fora mencionada, Fleur havia sorrido lindamente, e se perguntado se poderia convencê-lo a levá-la a Barbados. Mas Richard não queria viajar. Como um adolescente apaixonado, tudo o que ele queria era ficar com ela. Passava a noite toda na cama dela; estava a seu lado o dia todo; não havia como escapar dele. Um dia antes, Fleur se vira sugerindo que os dois jogassem golfe juntos. Qualquer coisa para quebrar a monotonia. Temos que tomar cuidado, ela se pegou pensando enquanto bebia o restinho do café pela manhã, para não cair na rotina.

Então, de repente, Fleur interrompeu aquela linha de raciocínio. Ela não cairia na rotina com Richard porque não ficaria com Richard. Às três horas daquela tarde, estaria na missa fúnebre de Hattie Fairbrother, esposa do magnata aposentado Edward Fairbrother; quando a recepção chegasse ao fim, talvez ela já tivesse outros planos.

Fleur se levantou, verificando se o tailleur preto não tinha amassado, e subiu a escada. Ao passar pela porta do escritório, andou mais devagar. Ainda não tinha tido uma chance de vasculhar as coisas de Richard. Agora que estava oficialmente decorando o escritório, deveria ter sido mais fácil. Poderia entrar quando quisesse, espiar, abrir e fechar gavetas, descobrir o que queria a respeito dos negócios de Richard, e ninguém desconfiaria de nada. Mas, com Richard em constante adoração ao seu lado, encontrar um momento em que pudesse ficar sozinha ali dentro era mais difícil do que havia imaginado. Além disso, ela tinha quase certeza de que ele não estava na categoria esperada. Johnny havia se enganado. Richard Favour não passava de um homem razoavelmente bem de vida, cujo cartão Gold renderia a ela talvez quinze ou vinte mil libras. Quase não valia a pena se dar ao trabalho de verificar os registros contábeis enfadonhos dele.

Mas a força do hábito a atraiu para a porta do escritório. Seu táxi chegaria em poucos minutos para levá-la à estação de trem, mas ainda daria tempo de dar uma olhada rápida na correspondência mais recente dele. E, afinal, era esperado que ela estivesse decorando o ambiente. Fleur entrou no escritório com a cópia da chave que Richard havia lhe dado, olhou para as paredes sem graça e estremeceu. Seus olhos pousaram na janela ampla atrás da mesa; em sua cabeça, ela a via com uma cortina grande e pesada, em um tom dramático de verde-escuro. Ela combinaria as cortinas com um carpete verde-escuro. E, nas paredes, um conjunto de gravuras de golfe antigas. Talvez comprasse algumas para ele em leilão.

Exceto que, obviamente, ela não faria nada disso. Mordendo o lábio, Fleur se sentou na cadeira de Richard e girou preguiçosamente. Pela janela, ela via uma parte do jardim: o gramado, a pereira, a rede de badminton que Antony e Zara tinham deixado esticada na noite anterior. Eram paisagens familiares. Familiares demais. Seria surpreendentemente difícil abrir mão delas. E, sendo muito sincera consigo mesma, seria surpreendentemente difícil abrir mão de Richard.

Mas a verdade é que a vida em si era surpreendentemente difícil. Fleur trincou os dentes e tamborilou as unhas na madeira polida da mesa, impaciente consigo mesma. Ainda não havia alcançado seu objetivo. Ainda não era uma mulher suficientemente rica. Portanto, ela teria que seguir em frente; não tinha escolha. E não adiantava nada ficar ali indefinidamente à espera das últimas migalhas. Richard não era o tipo de homem que, do nada, esbanjaria comprando um vestido de alta costura ou uma pulseira de diamantes, assim, de última hora. Tão logo Fleur concluísse o quanto Richard podia se dar ao luxo de perder, ela sacaria até o limite do cartão Gold, pegaria o dinheiro e sumiria. Se ela acertasse na quantia — e sabia que acertaria —, ele cobriria o rombo, não diria nada, lamberia as feridas na privacidade do lar e consideraria todo o episódio como uma experiência de vida. Era o que sempre faziam. E, quando isso acontecesse, ela já estaria em outra família, em outro lar, talvez até em outro país.

Suspirando, ela puxou a bandeja de entradas de Richard e começou a verificar as correspondências mais recentes. Seus dedos pareciam lentos e relutantes; sua mente estava apenas parcialmente focada. Mal sabia o que procurava. A emoção da caça parecia ter evaporado dentro dela; sua força motriz havia perdido a potência. Antes, ela teria analisado cada carta agilmente, à procura de pistas; buscando oportunidades de ganho financeiro. Agora, seus olhos pousavam desfocados em cada folha, assimilando poucas palavras aqui e ali, e passando para a próxima. Havia uma carta breve que dizia respeito à locação do apartamento de Richard em Londres. Havia um pedido de doações para uma organização de caridade infantil. Havia um extrato bancário.

Quando o retirou do envelope, Fleur sentiu algo dentro dela acelerar. Pelo menos aquilo poderia se mostrar algo interessante. Ela desdobrou a folha e seu olhar se dirigiu automaticamente ao saldo final, já estimando em sua mente que tipo de quantia estaria ali. E, então, quando seus olhos se focaram, e ela se deu conta do número para o qual estava olhando, sentiu um choque sacudir seu corpo. Seus dedos de repente ficaram suados; a garganta ficou seca; não conseguia respirar.

Não, ela pensou, tentando se controlar. Aquilo não podia estar certo. Simplesmente não podia estar certo. Ou podia? Ela se sentiu tonta de espanto. Estaria lendo os números direito? Fechou os olhos, engoliu em seco, respirou fundo e os abriu de novo. O mesmo número continuava, espantosamente, na coluna de crédito. Ela o encarou, devorando-o com a mente. Seria possível que estivesse correto? Estaria olhando mesmo para...

— Fleur! — Gillian chamou do andar de baixo. Fleur se sobressaltou; seus olhos voaram para a porta. — Seu táxi chegou!

— Obrigada! — respondeu Fleur.

Sua voz estava estridente e pouco natural; de repente, notou que sua mão tremia. Olhou para o número de novo, sentindo-se um pouco tonta. O que diabos estava acontecendo? Ninguém, mas ninguém mesmo, deixava uma quantia como aquela parada numa conta bancária. Só se fosse uma pessoa muito burra — o que Richard não era — ou só se fosse muito, muito, muito rica mesmo...

— Fleur! Você vai perder o trem!

— Estou indo!

Mais que depressa, antes que Gillian resolvesse subir para buscá-la, Fleur colocou o extrato bancário de volta onde o encontrou. Ela tinha que pensar sobre aquilo. Tinha que pensar com muito cuidado.

Philippa havia comprado uma roupa nova para passar o dia com Fleur. Ela ficou esperando na catraca da estação de Waterloo, sentindo-se muito chamativa com seu tailleur rosa, e se perguntando se deveria ter escolhido algo mais casual. Mas, assim que viu Fleur, seu coração bateu aliviado. Fleur estava ainda mais arrumada que ela. Vestia o mesmo tailleur preto de quando Philippa a vira pela primeira vez na missa fúnebre da mãe, o look finalizado por um lindo chapéu preto coberto por pequenas flores roxas. As pessoas ficaram olhando fixamente para Fleur enquanto caminhava pela estação, e Philippa sentiu uma pontada de orgulho. Aquela mulher linda e elegante era sua amiga. Sua amiga!

— Querida! — O beijo de Fleur foi mais exibido que caloroso, mas Philippa não se incomodou. Imaginou, com uma onda de alegria, a imagem das duas lado a lado com seus tailleurs — um rosa, o outro preto. Duas mulheres glamorosas se encontrando para um almoço. Se, no dia anterior, ela tivesse visto tal imagem, teria sido tomada por uma inveja melancólica; mas, hoje, ela era a imagem. Ela era uma daquelas mulheres glamorosas.

— Aonde vamos primeiro? — perguntou Fleur. — Reservei uma mesa no Harvey Nichols para o meio-dia e meia, mas poderíamos ir a algum outro lugar primeiro. Onde gostaria de fazer compras?

— Não sei! — exclamou Philippa, animada. — Vamos dar uma olhada no mapa. Tenho um passe de metrô...

— Eu estava pensando em pegar um táxi... — interrompeu Fleur gentilmente. — Não pego o metrô se puder evitar.

Philippa ergueu o olhar e sentiu o rosto corar, envergonhada. Por um instante aterrorizante, ela teve a sensação de que o dia já poderia ter sido estragado. Mas, de repente, Fleur riu e entrelaçou o braço no de Philippa.

— Eu não deveria ser tão fresca — disse ela. — Imagino que você sempre use o metrô, não é, Philippa?

— Todos os dias — disse Philippa. Ela se forçou a sorrir para Fleur. — Mas estou disposta a quebrar esse hábito.

Fleur riu.

— Essa é a minha garota.

Elas começaram a andar em direção ao ponto de táxi, e Philippa manteve o braço entrelaçado ao de Fleur. Ela se sentia quase zonza de excitação, como se estivesse embarcando em algum tipo de caso amoroso.

No táxi, Philippa se virou para Fleur na expectativa, esperando o início de alguma fofoca hilariante e íntima. Ela podia sentir uma risada se formando na base da garganta; já tinha até preparado um gesto afetuoso. "Ah, Fleur!", exclamaria no momento apropriado. "Você é simplesmente demais!" E apertaria o braço de Fleur, como uma velha amiga. O taxista olharia para elas pelo retrovisor imaginando que fossem amigas de longa data. Ou talvez até irmãs.

Mas Fleur olhava em silêncio pela janela para o trânsito. A testa estava franzida e ela mordia o lábio, de um jeito que parecia, Philippa pensou meio apreensiva, não querer ser incomodada. Como se estivesse pensando em alguma coisa; como se não quisesse estar ali de verdade.

E, então, de repente, ela se virou para Philippa.

— Me diga uma coisa. Você e Lambert são felizes juntos? — perguntou ela.

Philippa se sobressaltou. Não queria pensar em Lambert hoje. Mas Fleur esperava uma resposta.

— Ah, sim — disse Philippa, e abriu um sorrisão para Fleur. — Temos um casamento muito feliz.

— Um casamento feliz — repetiu Fleur. — O que exatamente faz um casamento ser feliz?

— Bem — disse Philippa, em dúvida. — Você sabe.

— Sei? — perguntou Fleur. — Não tenho certeza se sei.

— Mas você foi casada, não foi? — perguntou Philippa. — Com o pai da Zara.

— Ah, sim — disse Fleur vagamente. — Claro que fui. Mas não era feliz.

— Sério? Não sabia disso — disse Philippa.

Ela olhou para Fleur inquieta, se perguntando se ela queria falar sobre seu casamento infeliz. Mas Fleur balançou a mão com impaciência.

— O que quero dizer é: por que alguém decide se casar, para começo de conversa? — Ela olhou para Philippa. — O que fez você decidir se casar com o Lambert?

Philippa estremeceu de repente, como se estivesse fazendo a prova oral de uma matéria para a qual não havia estudado. Imagens rápidas e positivas dela com Lambert passaram por sua mente: os dois no dia do casamento; a lua de mel nas Maldivas; Lambert queimado de sol e afetuoso; tardes de sexo sob um mosquiteiro.

— Bem, eu amo o Lambert — ela se pegou dizendo. — Ele é forte e cuida de mim... — Ela olhou para Fleur.

— E?

— E nós nos divertimos juntos — disse Philippa, hesitante.

— Mas como você soube que ele era o homem certo para você? — insistiu Fleur. — Como soube que era o momento certo de parar de procurar e... sossegar para sempre?

Philippa sentiu-se corar.

— Eu simplesmente soube — disse ela, com a voz aguda demais, na defensiva.

E, de repente, ela se lembrou da mãe. Uma lembrança que pensou que tivesse reprimido para sempre. A mãe, sentada na cama, olhando para Philippa com os olhos azuis gélidos. Philippa reviveu o diálogo em sua mente.

— Aceite se casar com Lambert, Philippa, e sinta-se grata. Que outro homem vai querer uma moça como você?

— O Jim me queria — respondera Philippa, a voz trêmula.

— Jim? — rebatera Emily. — Seu pai detesta o Jim! Ele nunca permitiria que você se casasse com ele. É melhor você aceitar o Lambert.

— Mas...

— Nada de "mas". Essa é sua única chance. Olhe para você! Não é bonita, não é charmosa, nem é mais virgem. Que outro homem vai querer você?

Durante a fala da mãe, Philippa havia se sentido mal, como se estivesse sendo agredida fisicamente. Agora, de repente, sentiu-se mal de novo, de volta ao momento presente.

— "Você simplesmente soube." — Fleur parecia insatisfeita. — Eu simplesmente soube que esse chapéu era perfeito para mim. — Ela fez um gesto em direção à cabeça. — Mas, então, quando o comprei, vi um outro melhor ainda.

— É um chapéu lindo — disse Philippa, debilmente.

— A questão é que você pode ter mais de um chapéu — disse Fleur. — Pode ter vinte chapéus. Mas não pode ter vinte maridos. Você nunca se pergunta se escolheu cedo demais?

— Não! — disse Philippa sem pensar. — Não! O Lambert é perfeito para mim.

— Bem, ótimo — disse Fleur. Ela sorriu para Philippa. — Fico feliz por você.

Philippa encarou Fleur e sentiu o sorriso feliz começar a perder a forma, e de repente desejou, pela primeira vez na vida, ter sido mais sincera. Poderia ter se aberto com Fleur; poderia ter dividido suas preocupações e pedido conselhos. Mas seu primeiro instinto foi pintar uma imagem romântica e cor-de-rosa de si mesma. Uma imagem que Fleur admiraria, e, possivelmente, invejaria. E agora, sua chance de dizer a verdade havia desaparecido.

Lambert chegou à Maples logo depois de Gillian ter saído para a aula de bridge. Ele estacionou o carro, entrou na casa e ficou parado no hall de entrada atento a quaisquer vozes. Mas a casa estava em silêncio, como ele esperava que estivesse. Na noite anterior, ele havia telefonado e mencionado casualmente a Gillian que poderia passar por lá entre uma reunião e outra.

— Mas não vai ter ninguém aqui — dissera ela. — Richard vai para Newcastle, eu vou jogar bridge e o Antony provavelmente vai sair com a Zara; eles vão treinar para a Copa do Clube.

— Vou passar aí de qualquer jeito — respondera Lambert de modo casual —, já que vou estar por perto.

Agora, sem hesitar, ele se dirigiu ao escritório de Richard. Seria um simples caso de encontrar a informação de que precisava, e, então, quando voltasse para casa, transferiria a quantia apropriada para sua conta. Conseguiria ter um cheque pronto para o banco em uma semana, o que o faria ganhar alguns meses. E, então, até o Natal, Philippa completaria vinte e nove anos, e o dinheiro do fundo fiduciário ficaria ainda mais perto, e seus problemas financeiros inconvenientes desapareceriam para sempre.

Quando entrou no escritório, ele se viu curvando, de um jeito engraçado, para olhar embaixo da mesa. Como se não soubesse que Fleur estava em Londres com Philippa. E comparecendo a outra missa fúnebre. Será que a mulher não tinha nada melhor para fazer com seu tempo do que ir a malditas missas fúnebres? Ele franziu o cenho ao olhar para o carpete empoeirado, e então ficou de pé e foi até o arquivo armário, abrindo a terceira gaveta; a gaveta que ele não havia alcançado da última vez. E ali, como uma recompensa, estavam pastas e mais pastas de extratos bancários de Richard.

"Bingo", murmurou ele. Ajoelhou-se e, ao acaso, puxou uma pasta com a etiqueta "Casa". Os extratos estavam muito bem organizados com clipes; ao folheá-los, começou a sentir a expectativa crescendo. Ali estava a vida financeira de Richard, descortinando-se diante dele. A riqueza que, um dia, seria dele e de Philippa. Exceto que, naquela conta, havia pouca evidência de riqueza. O saldo não parecia ir além de três mil libras. Qual era a serventia daquilo?

Impacientemente, ele guardou a pasta, e puxou outra, uma mais puída, com a etiqueta "Filhos". Ninharias, pensou Lambert com desdém, e a jogou no chão, onde caiu aberta. Sua mão estava esticada em direção a outra pasta quando ele olhou casualmente para a que estava no chão. O que viu o deixou perplexo. O extrato de cima era do mês anterior, e o saldo beirava dez milhões de libras.

— Quantos pratos pediremos? — perguntou Philippa, olhando para o cardápio. — Três?

— Dez milhões — disse Fleur, distraída.

— O quê? — Philippa olhou para ela.

— Ah, nada. — Fleur sorriu. — Perdão, minha cabeça estava bem longe daqui.

Ela começou a tirar o chapéu e a jogar para trás os cabelos avermelhados. No canto do restaurante, um jovem garçom a admirava.

— A dez milhões de quilômetros daqui — disse Philippa, e riu.

O dia, até aquele momento, tinha mais do que atendido suas expectativas. Ela e Fleur tinham ido de loja em loja experimentando roupas, espirrando perfume uma na outra e rindo alegremente, atraindo olhares como duas aves-do-paraíso. As revistas estavam enganadas, pensou Philippa. Elas diziam que o Jeito de Conseguir um Homem era andando com uma amiga mais feia que você. Mas não era verdade. Fleur era muito mais bonita que ela, mesmo sendo muito mais velha — mas, hoje, em vez de se sentir inadequada, Philippa havia se sentido elevada ao status de Fleur. E as pessoas a haviam tratado de modo diferente. Haviam sorrido para ela, homens haviam aberto a porta para ela, jovens trabalhadoras passando apressadas pelas duas haviam olhado para ela com inveja nos olhos. E Philippa havia saboreado cada momento.

— Ah, não sei — disse Fleur, de repente. — É tudo tão difícil. Por que a vida não pode ser simples? — Ela suspirou. — Vamos tomar um drinque.

Ela fez um sinal para o jovem garçom, que se aproximou.

— Um Manhattan — disse Fleur, sorrindo para ele.

— Dois — disse Philippa.

O garçom retribuiu o sorriso. Ele era, Philippa pensou, extremamente bonito. Na verdade, todo mundo que trabalhava em lojas caras parecia ser lindo.

— Com licença, senhoritas. — Outro garçom se aproximou da mesa. Carregava uma bandeja de prata, na qual equilibrava uma garrafa de champanhe. — Isso foi pedido e pré-pago para vocês.

— Não! — Fleur começou a rir. — Champanhe! — Ela olhou para a garrafa. — Champanhe de ótima qualidade, na verdade. Quem fez esse pedido para nós? — Ela olhou ao redor. — Podemos saber?

— Isso está parecendo a cena de um filme — disse Philippa, animada.

— Há um cartão com uma mensagem para a Sra. Daxeny — disse o garçom.

— Arrá! — disse Fleur. — Então eles sabem nossos nomes!

— Leia! — pediu Philippa.

Fleur abriu o cartãozinho.

— "Bom almoço, minhas queridas" — ela leu. — "Gostaria de estar aí com vocês. Richard". — Fleur ergueu o olhar. — É do seu pai — disse ela. Fleur parecia surpresa. — Seu pai nos mandou champanhe.

— Pensei que fosse de um príncipe anônimo — disse Philippa, desapontada. — Como o papai sabia que estaríamos aqui?

— Eu devo ter dito a ele — disse Fleur, devagar. — E ele deve ter se lembrado e telefonado para cá para fazer esse pedido, torcendo para que não mudássemos de restaurante. E nesse tempo todo ele não disse nada a respeito.

— Posso abrir? — perguntou o garçom.

— Ah, sim! — disse Philippa.

— Sim, por favor — disse Fleur. Ela pegou o cartãozinho e ficou olhando para ele por alguns segundos. — Que homem extraordinariamente atencioso seu pai é.

— Na verdade, acho que ainda vou querer meu Manhattan — disse Philippa. — E, depois, champanhe. Afinal, não estou dirigindo! — Ela olhou para Fleur. — Você está bem?

— Estou — disse Fleur, franzindo a testa de leve. — Eu estava só... pensando.

As duas observaram quando, com um estalido muito discreto, o garçom abriu o champanhe e encheu uma taça. Ele a entregou de modo cerimonioso a Fleur.

— Sabe, os homens geralmente não costumam me surpreender — disse ela, como se falasse sozinha. — Mas hoje... — Tomou um gole. — Que delícia.

— Hoje você foi surpreendida — disse Philippa de maneira triunfante.

— Hoje eu fui surpreendida — concordou Fleur. Ela tomou mais um gole e olhou para a taça, pensativa. — Duas vezes.

O barulho da chave da faxineira na porta de entrada da casa fez Lambert dar um pulo de susto. Todo atrapalhado com as mãos, ele colocou os extratos bancários no armário arquivo, saiu correndo do escritório e desceu a escada. Abriu um sorriso simpático para a faxineira ao passar por ela no hall de entrada, mas seu coração batia forte, e um calafrio percorria a sua espinha.

Valor líquido de dez milhões. Só podia ser o dinheiro do fundo fiduciário. Mas não estava no fundo, e sim na conta de Richard. O que estava acontecendo? Ele chegou ao carro e parou, um pouco ofegante, tentando não deixar que o pânico tomasse conta. O dinheiro não estava no fundo fiduciário. O que significava que Philippa não era a milionária que ele pensou que fosse. E ele tinha uma dívida enorme no banco, sem nenhum meio para pagá-la além de Philippa.

Ele abriu a porta do carro, entrou e encostou a testa suada no volante. Não fazia o menor sentido. Será que Emily havia mentido para ele? Ela havia prometido a ele que Philippa ficaria rica. Tinha dito que eles resolveriam isso imediatamente. Ela havia falado que o dinheiro seria transferido para o nome de Philippa; que assim que ela completasse trinta anos, o dinheiro seria dela. E, no entanto, onde estava? Ainda no nome de Richard. Pelo visto, Richard vinha liquidando seus ativos havia meses. Estava claro que ele planejava fazer algo com o dinheiro. Mas o quê? Dá-lo a Philippa? Ou jogá-los aos malditos pássaros? Nada mais surpreenderia Lambert. E o pior era que não havia absolutamente nada que ele pudesse fazer a respeito.

Quando as sobremesas chegaram, Philippa se inclinou sobre a mesa e olhou bem nos olhos de Fleur. Fleur a encarou. Philippa havia bebido dois Manhattans e pelo menos metade da garrafa de champanhe, e estava cada vez mais falante e cada vez menos compreensível. Suas bochechas estavam coradas e seus cabelos, despenteados; ela parecia ter algo importante a dizer.

— Eu menti para você. — As palavras saíram confusas, e Fleur olhou para ela surpresa.

— Perdão?

— Não. Eu é que tenho que pedir perdão. Quer dizer, você é a minha melhor amiga, e eu menti para você. Você é a minha melhor amiga — repetiu Philippa, enfaticamente. — E eu menti para você. — Ela segurou a mão de Fleur e conteve as lágrimas. — Em relação ao Lambert.

— É mesmo? O que me disse sobre o Lambert? — Fleur desvencilhou sua mão e pegou a colher. — Coma a sobremesa.

Obedientemente, Philippa pegou a colher e a enfiou na crosta superficial do crème brûlée. Em seguida, ergueu o olhar.

— Eu disse que amo o Lambert.

Sem pressa, Fleur engoliu a colherada de mousse de chocolate.

— Você não ama o Lambert?

— Às vezes acho que sim... mas... — Philippa estremeceu. — Não amo, na verdade.

— Não te culpo.

— Estou presa em um casamento sem amor. — Philippa olhou para Fleur com olhos vermelhos.

— Bem, então saia desse casamento. — Fleur comeu mais uma colherada de mousse de chocolate.

— Você acha que eu deveria deixar o Lambert?

— Se ele não faz você feliz, sim.

— Você não acha que eu talvez devesse arranjar um amante? — perguntou Philippa, esperançosa.

— Não — respondeu Fleur com firmeza. — De jeito nenhum.

Philippa deu uma colherada no crème brûlée, mastigou sem muita vontade, e pegou outra colherada em seguida. Uma lágrima escorreu por seu rosto.

— Mas e se eu deixar o Lambert e depois... e depois me der conta de que eu o amo, na verdade?

— Bem, nesse caso, você vai saber.

— Mas e se ele não me aceitar de volta? Vou ficar sozinha!

Fleur deu de ombros.

— E daí?

— E daí? Eu não suportaria ficar sozinha! — A voz de Philippa saiu mais alta que o barulho do restaurante. — Você tem ideia de como é difícil conhecer pessoas hoje em dia?

— Tenho — disse Fleur. Ela abriu um sorrisinho. — Você tem que procurar nos lugares certos.

— Eu não suportaria ficar sozinha — repetiu Philippa, obstinadamente.

Fleur suspirou, sem paciência.

— Bem, nesse caso, fique com ele. Philippa, você bebeu muito...

— Não, você tem razão — interrompeu Philippa. — Vou me separar dele. — Ela estremeceu. — Ele é nojento.

— Tenho que concordar com você nesse ponto — disse Fleur.

— Eu não queria me casar com ele — disse Philippa. Mais lágrimas caíram na mesa.

— E agora você vai se separar dele — disse Fleur, contendo um bocejo. — E vai ficar tudo bem. Vamos pedir a conta?

— E você vai me ajudar a passar por isso?

— Claro. — Fleur levantou a mão e dois garçons loiros com cortes de cabelo idênticos surgiram imediatamente. — A conta, por favor — disse ela.

Philippa olhou para o relógio.

— Você precisa ir à sua missa, não precisa? — perguntou ela, anuviada. — À sua missa fúnebre.

— Bem, sabe, talvez eu acabe não indo à missa fúnebre, no fim das contas — disse Fleur, lentamente. — Não sei bem... — Fez uma pausa. — Hattie não era tão minha amiga assim. E não estou muito a fim, na verdade. É... é uma situação um pouco difícil.

Philippa não estava prestando atenção.

— Fleur? — disse ela, secando os olhos. — Eu gosto muito de você.

— Gosta, querida? — Fleur abriu um sorriso simpático para ela. Como raios, Fleur se perguntou, alguém como Richard podia ter gerado uma pilha de autopiedade sem personalidade como aquela?

— Você vai se casar com o papai? — fungou Philippa.

— Ele não me pediu em casamento — respondeu Fleur depressa, abrindo um sorriso arrebatador para Philippa.

A conta chegou em uma pastinha de couro; sem olhar, Fleur colocou o cartão Gold dentro. As duas observaram em silêncio enquanto ele era levado por um dos garçons idênticos.

— Mas se ele pedir — disse Philippa —, você vai aceitar?

— Bem... — respondeu Fleur, lentamente. Recostou-se na cadeira. Dez milhões, pensou. Aquele pensamento não parava de girar em sua mente como as reluzentes esferas de um rolamento. Dez milhões de libras. Uma fortuna, sem dúvida, sob qualquer ponto de vista. — Quem sabe? — disse ela, por fim, e virou a taça.

— Então, você acha que sua mãe vai se casar com meu pai? — perguntou Antony, caindo na grama imaculada do campo.

— Não sei — disse Zara irritada. — Para de me perguntar isso. Não consigo me concentrar. — Ela enrugou o nariz, respirou fundo e bateu na bola de golfe com o taco. Ela avançou alguns centímetros em direção ao buraco, e parou. — Pronto. Olha o que você me fez fazer. Que lixo.

— Não foi ruim, não — disse Antony. — Você está indo muito bem.

— Não estou, não. Que jogo idiota. — Ela bateu o taco no chão com raiva, e Antony olhou ao redor, nervosamente, para ter certeza de que ninguém tinha visto aquilo. Mas havia poucas pessoas por lá. Estavam na área para iniciantes, um espaço fora da área usada pelos experientes, protegido por pinheiros e que normalmente ficava vazia. Antony passara metade da manhã praticando suas tacadas, preparando-se para a Copa do Clube, o maior evento de golfe do verão. A outra metade, passara pegando as bolas que Zara parecia não conseguir evitar que saíssem voando por cima dos arbustos a cada poucos minutos.

— As tacadas devem ser, tipo, bem controladas — disse ele. — Você precisa imaginar...

— Não preciso imaginar nada — retrucou Zara. — Sei o que tenho que fazer. Enfiar a maldita bola no buraco. Só que não consigo. — Ela jogou o taco no chão e se sentou ao lado de Antony. — Não sei como você consegue jogar esse jogo idiota. Não chega nem a queimar calorias.

— A gente meio que vicia — disse Antony. — De qualquer forma, você não precisa perder peso.

Zara o ignorou e encurvou os ombros. Por alguns instantes, nenhum dos dois disse nada.

— Qual é — disse Antony, por fim. — Por que você está tão mal-humorada?

— Não estou.

— Está, sim. Está de péssimo humor o dia todo. Desde que sua mãe saiu de casa hoje cedo. — Ele fez uma pausa. — Foi porque... — Ele se interrompeu, sem jeito.

— O quê?

— Bem, eu fiquei me perguntando se talvez você conhecesse a pessoa homenageada na missa fúnebre à qual ela foi. E que talvez fosse por isso que você estivesse um pouco...

— Não — interrompeu Zara. — Não, não é isso. — Ela virou o corpo ligeiramente para o outro lado; a expressão em seu rosto estava mais feroz que nunca.

— Vai ser ótimo quando você for para Nova York — disse Antony, animado.

— Se eu for.

— Claro que vai! Seu amigo Johnny vai te levar!

Zara deu de ombros.

— Tenho a sensação de que isso não vai acontecer.

— Por que não?

Ela deu de ombros de novo.

— Simplesmente acho que não vai.

— Você só está meio chateada — disse Antony, mostrando-se compreensivo.

— Não estou chateada. Eu só queria...

— O quê? — perguntou Antony, interessado. — O que você quer?

— Queria saber o que vai acontecer. Tá? Só queria saber.

— Entre sua mãe e meu pai?

— É. — Sua resposta saiu quase inaudível.

— Acho que eles vão se casar. — A voz de Antony estava tomada pelo entusiasmo. — Aposto que meu pai vai pedir Fleur em casamento logo. E aí, toda aquela história do cartão Gold... — Ele passou a falar mais baixo. — Bem, não vai mais importar, né? Afinal, ela vai ser a esposa dele! Eles vão compartilhar todos os bens materiais!

Zara olhou para Antony.

— Você já resolveu tudo na sua cabeça, né?

— Bem... — Ele corou e puxou um pouco da grama.

— Antony, você é tão decente.

— Não sou nada! — respondeu ele, com raiva.

Zara soltou uma risada repentina.

— Não é ruim ser decente.

— Você me faz parecer muito careta — protestou ele. — Mas não sou. Já fiz um monte de... coisas.

— O que você fez? — perguntou Zara, provocando. — Já roubou alguma coisa em loja?

— Não. Claro que não!

— Jogos de azar, então? — perguntou ela. — E sexo? — Antony corou e Zara se aproximou dele. — Já fez sexo, Antony?

— Você já? — perguntou ele.

— Não seja bobo. Só tenho treze anos.

Antony sentiu uma repentina onda de alívio.

— Bem, como vou saber? — perguntou ele, ríspido. — Pode ser que você tenha feito. Tipo, você fuma beck, não fuma?

— Isso é diferente — disse ela. — Bem, quem faz sexo muito cedo pode ter câncer cervical.

— Câncer cervical? — perguntou Antony, confuso. — Onde é isso?

— No colo do útero, seu burro! Sabe o que é colo de útero? Fica bem aqui. — Ela apontou para uma região acima do botão de sua calça jeans. — Bem aqui dentro.

Antony acompanhou o dedo dela com o olhar; ao fazer isso, sentiu o sangue subir à sua cabeça. Levou a mão à marca de nascença, confuso.

— Não cubra — disse Zara.

— O quê? — A voz dele saiu abafada.

— Sua marca de nascença. Eu gosto dela. Não cubra.

— Você gosta dela?

— Claro. Você não?

Antony desviou o olhar, sem saber bem o que dizer. Ninguém nunca falava de sua marca de nascença; ele havia se acostumado a fingir que ela não existia.

— É sexy. — Ela passou a falar mais baixo, a voz suave e rouca nos ouvidos dele. Antony sentiu a respiração acelerada. Ninguém nunca o havia chamado de sexy.

— Minha mãe odiava essa marca — disse ele, sem querer.

— Aposto que não — disse Zara para animá-lo.

— Odiava, sim! Ela... — Ele parou de falar. — Deixa para lá.

— Não deixo, não.

Durante alguns segundos de silêncio, Antony ficou olhando para baixo. Anos de lealdade à mãe entravam em conflito com um desejo inesperado e desesperado de desabafar.

— Ela queria que eu usasse um tapa-olho para esconder minha marca de nascença — disse ele, de repente.

— Um tapa-olho?

Antony se virou e viu a expressão incrédula de Zara.

— Quando eu tinha uns sete anos. Ela me perguntou se eu não achava que seria divertido usar um tapa-olho. Tipo um pirata, segundo ela. E ela pegou uma... uma coisa horrorosa de plástico preto com um elástico.

— O que você fez?

Antony fechou os olhos e se lembrou da mãe o encarando com uma expressão de desgosto meio mascarada por um sorriso aberto e falso. Sentiu uma pontada de dor no peito e respirou fundo, estremecido.

— Eu meio que fiquei olhando para aquela coisa e disse: "Mas não vou conseguir enxergar direito usando um tapa-olho." E então, ela riu, e fingiu que estava só brincando. Mas... — Ele engoliu em seco. — Eu sabia que ela não estava. Mesmo naquela época, eu sabia. Ela queria que eu cobrisse o olho para que ninguém visse minha marca de nascença.

— Jesus. Que vaca.

— Ela não era uma vaca! — A voz de Antony falhou. — Ela era só... — Ele mordeu o lábio.

— Bem, sabe de uma coisa? Eu acho essa marca sexy. — Zara se aproximou ainda mais. — Muito sexy. — Fez uma brevíssima pausa; olhou nos olhos dele.

— Beijar... beijar causa câncer no colo do útero? — perguntou Antony, por fim. Sua voz soou rouca; o coração batia ruidosamente no peito.

— Acho que não — disse Zara.

— Ótimo — disse Antony.

Lentamente, com movimentos calculados, ele passou o braço pelos ombros magros dela e a puxou para si. Os lábios de Zara tinham gosto de menta e Coca diet; sua língua encontrou a dele imediatamente. Ela já foi beijada antes, pensou ele, meio entorpecido. Ela já foi beijada muitas vezes. Mais do que eu, provavelmente. E, quando eles se separaram, Antony olhou para ela, hesitante, meio esperando que ela risse para ele, meio esperando que ela o humilhasse com algum comentário ácido e experiente.

Mas, para sua surpresa e horror, ela olhava ao longe e uma lágrima escorria por seu rosto. Imagens de acusações e negações inúteis invadiram sua mente.

— Zara, me desculpa! — disse ele. — Eu não queria...

— Não se preocupe — disse ela, a voz baixa. — Não é você. Não tem nada a ver com você.

— Então, você não ligou... — Ele olhou para ela, um pouco ofegante.

— Claro que não liguei — disse ela. — Eu queria que você me beijasse. Você sabia disso. — Ela secou a lágrima, olhou para ele e sorriu. — E quer saber de uma coisa? Agora quero que você me beije de novo.

Ao chegar em casa, Philippa estava com uma dor de cabeça latejante. Depois que Fleur foi embora de táxi em direção à estação de Waterloo, ela havia continuado fazendo compras sozinha, entrando nas lojas mais baratas, que Fleur ignorara, mas que ela preferia e não dizia. Agora, seus sapatos pareciam apertados demais, e os cabelos estavam desgrenhados, e ela se sentia suja e suada das ruas de Londres. Porém, assim que entrou, ouviu uma voz desconhecida no escritório, e seu coração se acelerou. Talvez Lambert tivesse convidado alguém à casa deles. Talvez fosse acontecer um jantarzinho de última hora. Que bom que ela estava com seu tailleur rosa; eles pensariam que ela usava roupas como aquela todos os dias. Ela atravessou o corredor depressa, verificando o reflexo no espelho, adotando uma postura sofisticada, mas também simpática, e abriu a porta do escritório.

Mas Lambert estava sozinho. Estava refestelado na poltrona ao lado da lareira, ouvindo uma mensagem na secretária eletrônica. Uma mulher cuja voz Philippa não reconheceu estava dizendo: "Nós precisamos nos encontrar urgentemente para discutir a sua situação."

— Que situação? — perguntou Philippa.

— Nenhuma — rebateu Lambert.

Philippa olhou para a luz vermelha da máquina.

— Ela está na linha agora? Por que não atende e fala com ela?

— Por que você não cala a boca? — vociferou Lambert.

Philippa olhou para ele. No decorrer da tarde, ela havia começado a pensar que talvez seu casamento não fosse tão sem amor quanto ela havia descrito; que talvez houvesse esperança nele. Sua determinação de deixar Lambert havia enfraquecido, deixando para trás apenas uma decepção tênue e familiar de que a vida não havia se desenrolado como ela havia imaginado.

Mas agora, de repente, ela sentiu a determinação voltar. Respirou fundo e cerrou os punhos.

— Você é sempre tão grosseiro comigo! — exclamou ela.

— O quê? — Lambert virou a cabeça devagar até estar olhando para ela com o que parecia ser uma expressão de perplexidade genuína.

— Estou cansada disso! — Philippa adentrou o ambiente, percebeu que ainda estava segurando as duas sacolas, e as colocou no chão. — Estou cansada do jeito como você me trata. Como se eu fosse sua criada! Como uma imbecil! Eu quero um pouco de respeito! — Ela bateu o pé triunfantemente e desejou ter uma plateia maior. Frases chegavam em abundância à sua boca; cenas de confrontos de mil romances tomavam sua mente. Ela se sentia uma heroína romântica e irascível. — Eu me casei com você por amor, Lambert — continuou ela, falando baixo, a voz trêmula. — Queria compartilhar a sua vida. Suas esperanças, seus sonhos. E, apesar disso, você me deixa de lado, você me ignora...

— Eu não ignoro você! — disse Lambert. — Do que você está falando?

— Você me trata como se eu fosse um monte de merda — disse Philippa, jogando os cabelos para trás. — Bem, eu cansei. Quero me separar.

— Você quer o quê? — Lambert gritou sem acreditar. — Philippa, qual é a porra do seu problema?

— Faça essa pergunta a si mesmo — disse Philippa. — Vou deixar você, Lambert. — Ela ergueu o queixo, pegou as sacolas e seguiu em direção à porta. — Vou te deixar e não há nada que você possa fazer a respeito.

CATORZE

Fleur voltou de Londres e encontrou Geoffrey Forrester, capitão do Clube de Golfe de Greyworth, apertando a mão de Richard no hall de entrada da casa.

— Arrá! — disse Geoffrey assim que viu Fleur. — Você chegou a tempo de ouvir as novidades. Posso contar para a Fleur, Richard, ou você mesmo quer falar?

— O que foi? — perguntou Fleur.

— Geoffrey acabou de me informar que, se eu quiser, serei nomeado capitão do clube — disse Richard.

Fleur olhou para ele. Estava claro que Richard tentava manter a cara séria, mas já esboçava um sorriso e os olhos brilhavam de satisfação.

— Como eu contei ao Richard, o comitê votou nele por unanimidade — disse Geoffrey. — O que, posso garantir, nem sempre acontece.

— Muito bem, querido! — disse Fleur. — Estou tão feliz.

— Bem, preciso ir — disse Geoffrey, olhando para o relógio. — Então, Richard, você vai me comunicar sobre a sua decisão pela manhã?

— Sem dúvida — disse Richard. — Boa noite, Geoffrey.

— E espero que vejamos vocês dois na Copa do Clube — disse Geoffrey. — Sem desculpas agora, Richard! — Ele abriu um sorriso jovial para Fleur. — Cá entre nós, Fleur, já não está na hora de você começar a jogar?

— Não sei se consigo jogar golfe — disse Fleur, sorrindo para ele.

— Nunca é tarde demais para começar! — Geoffrey riu. — Ainda vamos convencer você, Fleur. Não é, Richard?

— Espero que sim — disse Richard. Ele pegou a mão de Fleur e a apertou. — Espero realmente que sim.

Eles ficaram olhando o carro sair do acesso a veículos em frente à casa, e então voltaram para dentro.

— De qual decisão ele estava falando? — perguntou Fleur.

— Eu disse ao Geoffrey que não podia concordar com essa indicação sem consultá-la — disse Richard.

— O quê? — Fleur o encarou. — Mas por quê? Você quer ser capitão, não quer?

Richard suspirou.

— Claro que quero, por um lado. Mas não é tão simples assim. Ser capitão, além de ser uma honra enorme, é um compromisso enorme também. — Ele pegou uma mecha de cabelo de Fleur e a passou nos lábios. — Se eu aceitar, terei que ficar mais tempo no clube do que tenho ficado ultimamente. Terei que jogar mais, aprimorar minhas habilidades de novo, participar de reuniões... — Ele espalmou as mãos. — Tem muita coisa envolvida. E, com isso, terei menos tempo para ficar com você.

— Mas você vai ser o capitão! Não vale a pena? — Fleur estreitou os olhos. — Ser o capitão de Greyworth não é o que você sempre quis?

— É engraçado — disse Richard. — Por anos, pensei que fosse exatamente o que eu queria. Ser o capitão de Greyworth era... bem, era o meu objetivo. E agora que tenho o meu objetivo ao meu alcance, não consigo me lembrar por que queria isso. Meu objetivo mudou. A trave do gol mudou de lugar, digamos assim. — Ele começou a enrugar o nariz. — Ou talvez eu deva dizer que a bandeira do décimo oitavo buraco mudou de lugar. — Ele abafou uma risadinha.

Fleur franziu a testa, encucada.

— Você não pode simplesmente desistir do seu objetivo — disse ela, de repente. — Se é algo que você quis a vida inteira.

— Não vejo por que não. A questão é: por que eu queria isso? — disse Richard. — E se eu não der mais tanta importância a essa posição? — Ele deu de ombros. — E se eu preferir passar meu tempo com você, em vez de ficar num campo com algum chato de um clube de golfe?

— Richard, você não pode desistir assim! — exclamou Fleur. — Não pode simplesmente se conformar com... uma vida pacata! Você sempre quis ser capitão de Greyworth e agora tem a sua chance. As pessoas devem agarrar as oportunidades que a vida lhes dá. Ainda que isso signifique... — Ela parou de falar, ofegante.

— Ainda que isso signifique que seremos infelizes? — Richard riu.

— Talvez! Melhor aproveitar a oportunidade e ser infeliz do que deixar passar e se arrepender.

— Fleur. — Ele pegou as mãos dela e as beijou. — Você é extraordinária, absolutamente extraordinária! Não consigo imaginar uma esposa mais incentivadora e que dê mais apoio...

O silêncio dominou o ambiente.

— Mas eu não sou sua esposa — disse Fleur lentamente.

Richard olhou para baixo. Respirou fundo, e então ergueu o olhar, diretamente para ela.

— Fleur — começou ele.

— Richard, preciso tomar banho — disse Fleur, antes que ele pudesse continuar. — Estou imunda desde que voltei de Londres. — Ela se desvencilhou das mãos dele e seguiu rapidamente até a escada.

— Claro — disse Richard, baixinho. Em seguida, sorriu para ela. — Você deve estar exausta. E ainda nem perguntei como foi a missa fúnebre.

— Acabei não indo — disse Fleur. — Estava ocupada demais me divertindo com a Philippa.

— Ah, que bom! Fico feliz por vocês duas estarem ficando amigas.

— E obrigada pelo champanhe — acrescentou ela, no meio da escada. — Ficamos tão surpresas.

— Sim — disse Richard. — Imaginei que ficariam.

* * *

Fleur foi direto para o banheiro, abriu as duas torneiras da banheira e trancou a porta. Sua mente parecia confusa; ela precisava pensar. Suspirando, sentou-se numa cadeira que havia no banheiro — uma coisa estofada medonha — e encarou seu reflexo no espelho.

Qual era seu próprio objetivo na vida? A resposta veio imediatamente, sem que ela nem parasse para pensar. Seu objetivo era adquirir uma quantidade enorme de dinheiro. Quanto era uma quantidade enorme de dinheiro? Dez milhões de libras era uma quantidade enorme de dinheiro. Se ela se casasse com Richard, teria uma quantidade enorme de dinheiro.

— Mas não nos meus próprios termos — disse Fleur em voz alta para seu reflexo. Suspirou e tirou os sapatos. Seus pés doíam um pouco por ter caminhado pelas ruas de Londres, apesar do couro caro e macio dos calçados; apesar dos muitos táxis.

Ela poderia se tornar a esposa de Richard? A Sra. Richard Favour, de Greyworth. Fleur teve um leve calafrio; só de pensar, ela se sentia sufocada. Os homens mudavam depois do casamento. Richard compraria roupas de golfe para ela, esperando que ela começasse a jogar. Daria uma mesada a ela. Estaria ao seu lado todo dia de manhã quando ela acordasse, abrindo aquele sorriso inocente e carente. Se ela planejasse uma viagem ao exterior, ele iria junto.

Mas, ao mesmo tempo... Fleur mordeu o lábio. Ao mesmo tempo, ele tinha muito dinheiro. Ele era uma oportunidade que talvez não voltasse a aparecer para ela. Tirou o blazer e o jogou sobre o toalheiro. Ao ver a seda preta, de repente ela se lembrou da missa fúnebre à qual não tinha ido naquela tarde. Uma chance perdida. Quem poderia ter ido àquela cerimônia? Que encontro feliz poderia ter ocorrido se ela tivesse ido?

— Decida-se — disse Fleur para seu reflexo, tirando a saia, abrindo o sutiã. — É pegar ou largar.

Ela tirou a meia-calça, caminhou até a banheira e se sentou na beirada, colocando os pés para o lado de dentro. Ao descê-los na água quente e cheia de espuma, sentiu o corpo todo começar a relaxar e parou de pensar.

Uma batida na porta a sobressaltou.

— Sou eu! — Ela ouviu a voz de Richard. — Trouxe uma taça de vinho.

— Obrigada, querido! — respondeu ela. — Vou pegar num segundo.

— E a Philippa está ao telefone. Quer falar com você.

Fleur revirou os olhos. Já aguentara Philippa o suficiente por um dia.

— Diga a ela que retornarei a ligação.

— Direi. Vou deixar a taça aqui — disse a voz de Richard. — Em frente à porta.

Ela o imaginou se abaixando, cuidadosamente deixando a taça no carpete em frente à porta do banheiro, olhando para ela, se perguntando se Fleur a derrubaria sem querer, e então voltando a se abaixar para afastar a taça alguns centímetros e, depois disso, indo embora na ponta dos pés. Um homem prudente e cuidadoso. Será que ele permitiria que ela gastasse todo o seu dinheiro? Muito provavelmente não. E, nesse caso, ela teria se casado com ele por nada.

Philippa botou o fone no gancho e mordeu o lábio. Mais lágrimas desceram por seu rosto vermelho; ela sentia como se suas entranhas estivessem sendo arrancadas. Não havia mais ninguém para quem ela pudesse ligar. Ninguém mais com quem ela pudesse se abrir. Ela tinha que falar com Fleur, mas Fleur estava na banheira.

— Ai, meu Deus — disse ela, falando sozinha. — Ai, meu Deus, me ajude.

Ela deslizou do sofá para o chão e começou a chorar desesperadamente, com as mãos na barriga, balançando para a frente e para trás. Seu tailleur rosa estava amassado e molhado de lágrimas, mas ela não se importava com a aparência agora; não havia ninguém para vê-la. Ninguém para ouvi-la.

Lambert havia batido a porta meia hora antes, deixando-a mortificada, sem conseguir falar. Por um tempo, ela tinha permanecido encolhida no sofá, incapaz de se mexer sem sentir dor no estômago e sem chorar. E, então, quando sua respiração se acalmou, ela conseguiu pegar o telefone e ligar para o número da Maples e pedir para falar com Fleur, adotando uma voz que parecia normal. Fleur, ela havia pensado, desesperada. Fleur. Se eu ao menos pudesse falar com a Fleur.

Mas Fleur estava na banheira e não podia falar com ela. E, depois de se despedir do pai, as lágrimas tinham começado a rolar de novo, e ela havia caído no chão, e se perguntado como um dia que tinha começado tão perfeito poderia terminar em tamanha humilhação.

Ele havia rido dela. Para começar, Lambert havia rido dela. Uma risada sórdida e zombeteira que a fez endireitar os ombros, olhar nos olhos dele e dizer, com um tom de voz ainda mais agressivo que antes:

— Estou deixando você!

Uma vigorosa adrenalina havia começado a percorrer seu corpo, e ela sorrira, concluindo que deveria ter feito aquilo anos antes.

— Acho que vou para a casa do meu pai — dissera, num tom formal. — Até eu conseguir uma casa para mim.

E Lambert olhara para ela de cima a baixo e dissera:

— Philippa, cale a boca, pode ser?

— Lambert, você não entendeu? Estou me separando de você!

— Não está, não.

— Estou, sim!

— Não está, porra.

— Estou! Você não me ama, então qual é o sentido de continuarmos juntos?

— A questão é que somos casados, caralho. Entendeu?

— Bem, talvez eu não queira mais ser casada, caralho!

— Mas talvez eu queira!

E Lambert se levantara, se aproximara de Philippa e segurara o pulso dela.

— Você não vai me deixar, Philippa — disse ele, com uma voz que ela quase não reconheceu; uma voz que quase a assustou. Ele estava vermelho e trêmulo. Parecia possuído. — Não vai me deixar porra nenhuma, tá?

E ela se sentira lisonjeada. Olhara para o rosto desesperado dele e pensara: isso é amor. Ele me ama de verdade. Estava prestes a sucumbir, a acariciar seu rosto e chamá-lo de querido. Quando ele se movimentara em direção a ela, Philippa sentira a chegada de um sorriso e se preparara para um abraço apaixonado e de reconciliação. Mas, de repente, as mãos dele estavam apertando seu pescoço de forma bruta.

— Diga que você não vai me deixar! — sibilou ele. — Você nunca vai me deixar!

Ele apertou o pescoço dela até que ela mal conseguia respirar, até Philippa sentir ânsia de vômito por causa da pressão na garganta.

— Diga que não vai me deixar! Diga!

— Não vou te deixar! — Philippa conseguira dizer com a voz rouca.

— Assim está melhor.

Do nada, ele a soltara, jogando-a no sofá como uma criança largando um brinquedo que não queria mais. Ela não erguera o olhar enquanto ele saía; não lhe perguntara aonde ele ia. Seu corpo todo estava paralisado de tristeza. Quando ouvira a porta sendo batida, sentira lágrimas de alívio descerem por seu rosto. Por fim, ela havia andado até o telefone, trêmula, discado o número da Maples e pedido para falar com a única pessoa para quem podia contar tudo aquilo. De alguma forma, ela havia conseguido falar com o pai com uma voz aparentemente normal, sem deixar transparecer nada. De alguma forma, ela havia conseguido dizer que é claro que não tinha problema, até mais, papai, tchau. Mas tão logo havia botado o fone no gancho, Philippa desabara no carpete, chorando sem parar. Porque Fleur não podia atendê-la, e não havia mais ninguém a quem ela pudesse recorrer.

Richard botou o fone no gancho e olhou para ele com ternura. Gostou muito do fato de Philippa ter ligado querendo falar com Fleur e não com ele. Isso só comprovava, pensou ele, que Fleur estava se tornando, cada vez mais, um integrante da família: ligada não só a ele, mas a todos eles. Gillian certamente gostava muito de Fleur. Antony parecia adorar a companhia dela, e, Richard sorriu sozinho, era certo que o filho gostava da jovem Zara.

No decorrer de um verão, Fleur havia se tornado uma parte tão importante da vida de todos eles que Richard achava difícil lembrar como eles tinham vivido antes dela. No começo, Fleur parecera uma criatura estranha e exótica, cheia de ideias esquisitas, totalmente fora de sintonia com a vida que ele levava; com a vida que todos eles levavam. Mas, agora... Richard franziu o cenho. Agora, ela parecia totalmente normal. Era Fleur, simplesmente. Ele não tinha certeza se ela tinha mudado ou se eles tinham mudado.

E não foi só dentro da família que a transformação ocorreu, pensou Richard, servindo-se de uma taça de vinho. Todos aqueles olhares de reprovação na sede do clube tinham, em algum momento, desaparecido. Toda a fofoca havia passado. Agora, Fleur era tão respeitada em Greyworth quanto ele. Sua nomeação como capitão trazia tantas honrarias a ela quanto a ele.

Richard mordeu o lábio. Era hora de ele mesmo honrá-la também. Estava na hora de ele colocar seus assuntos em ordem; hora de comprar um anel de noivado; hora de ele pedir a Fleur — do jeito apropriado — para ser sua esposa.

Até a hora do almoço, no dia seguinte, Fleur ainda não tinha tido a oportunidade de retornar o telefonema de Philippa.

— Ela ligou de novo — disse Gillian, cortando tomates para o almoço na cozinha. — Enquanto você estava fazendo sua avaliação física. Ela parecia muito chateada por não ter conseguido falar com você pela terceira vez.

— Tenho uma resistência muito boa — disse Fleur, olhando o papel em sua mão. — Mas minha capacidade pulmonar está terrível. — Ela ergueu o olhar. — Por que será?

— Muito cigarro — disse Zara.

— Eu não fumo!

— Mas fumava.

— Só fumei por pouco tempo — respondeu Fleur. — E morei nos Alpes Suíços por seis meses. Isso deveria ter curado qualquer dano pulmonar, não deveria?

— Você também recebeu outro telefonema do seu amigo Johnny — disse Gillian, olhando para o bloco de notas perto do telefone da cozinha. — Sabe, foi a quarta vez que ele ligou essa semana.

— Jesus! — disse Zara. — Vocês dois não se falaram ainda?

— Ele foi enfático quando disse que precisava falar com você — acrescentou Gillian. — Eu prometi que a convenceria a ligar para ele.

— Não estou a fim de falar com o Johnny — disse Fleur, franzindo a testa. — Vou ligar para ele mais tarde.

— Ligue para ele agora! — exclamou Zara. — Se ele quer que você ligue, deve ter um bom motivo. E se for urgente?

— Nada na vida do Johnny é urgente — disse Fleur, sarcasticamente. — Ele não tem preocupação nenhuma na vida.

— E você tem, por acaso? — rebateu Zara.

— Zara — interrompeu Gillian, de modo diplomático —, por que não vai colher uns morangos para mim no jardim?

Um breve silêncio se seguiu. Zara lançou um olhar fulminante para Fleur.

— OK — disse ela, por fim, e se levantou.

— E talvez eu encontre um tempo para falar com o Johnny mais tarde — disse Fleur, examinando as unhas. — Mas só talvez.

Lambert se aproximava do ponto crítico. Ele estava sentado em seu escritório, rasgando papéis, olhando pela janela, incapaz de se concentrar. Nos últimos dias, ele havia recebido nada menos que três mensagens de Erica Fortescue, do First Bank, exortando-o a entrar em contato com ela urgentemente. Atē aquele momento, ele havia conseguido evitar falar com ela. Mas ele não poderia fugir para sempre. E se ela fosse ao escritório dele? E se ela telefonasse para Richard?

Seu saldo negativo agora somava trezentos e trinta mil libras. Lambert sentiu um suor frio invadir sua testa. Como o negativo havia aumentado tanto? Como havia gastado tanto? O que ele tinha que justificasse tudo aquilo? Tinha um carro, algumas roupas, alguns relógios. Tinha alguns amigos; uns caras e suas esposas que ele comprara com garrafas de conhaque no clube, ingressos para a ópera, camarotes nos jogos de críquete. Ele sempre fingiu estar distribuindo brindes; seus amigos sempre acreditaram nele. Se eles alguma vez acreditassem que Lambert estava pagando tudo do próprio bolso, teriam ficado constrangidos; provavelmente teriam rido dele. Agora, o rosto de Lambert estava vermelho de humilhação e raiva. Quem eram aqueles amigos? Idiotas estúpidos cujos nomes ele mal lembrava. E tinha sido para proporcionar diversão a eles que Lambert havia se metido naquela encrenca.

Qual tinha sido a jogada da Emily, dizendo que ele seria rico? Qual tinha sido a porra da jogada dela? Uma ira contida tomou conta de Lambert e ele amaldiçoou Emily por estar morta, a amaldiçoou por ter saído desse mundo deixando pontas soltas pairando ao vento. Qual era a verdade? Philippa ficaria rica? Aquele dinheiro seria dela? Ou será que Richard tinha mudado de ideia? Será que a história toda do fundo fiduciário tinha sido invenção da Emily? Ele nunca teria imaginado que ela seria capaz disso, aquela vaca manipuladora. Ela o havia incentivado a pensar que era rico; ela o havia incentivado a começar a gastar mais do que ele gastava antes. E agora ele estava afundado em dívidas e todas as dicas e promessas dela não tinham dado em nada.

Porém — Lambert mordeu o lábio —, ele não tinha como ter certeza de que não dariam em nada. Ainda era possível que Richard fosse cumprir sua parte. Talvez ele ainda fosse colocar parte daquele dinheiro no fundo para Philippa. Talvez, quando ela completasse trinta anos, ela se tornasse uma milionária, como Emily prometera. Ou talvez Richard tenha decidido agora esperar um pouco mais até ela completar trinta e cinco, talvez, ou quarenta.

Era uma tortura não saber. E ele não tinha como descobrir. Richard era um desgraçado reservado — nunca contaria nada a Lambert —, e claro que Philippa não sabia de nada. Philippa não sabia nada de coisa nenhuma. Uma memória repentina invadiu a mente de Lambert: o rosto vermelho e contorcido de Philippa na noite anterior. Ela ficara chorando no sofá quando ele saíra de casa furioso; ele não a tinha visto desde então.

Ele havia exagerado na reação à ridícula ameaça dela de deixá-lo; conseguia ver isso agora. Claro que ela não estava falando sério; Philippa nunca o deixaria. Mas, naquele momento, ela o havia tirado do sério. Ele sentira um pânico incandescente se espalhando pelo corpo e uma convicção de que deveria, a todo custo, detê-la. Ele tinha que continuar casado com Philippa; tinha que manter a engrenagem funcionando, pelo menos até saber onde estava pisando. E então ele a havia atacado. Talvez tenha exagerado um pouco, talvez a tenha deixado mais transtornada que o necessário. Mas, pelo menos, aquilo a manteria calada por um tempo; assim, ele teria tempo para resolver suas coisas.

O telefone tocou, e ele sentiu um espasmo de medo percorrer suas veias. Talvez fosse Erica Fortescue, do First Bank, ele pensou; um pensamento absurdo. Ela estava na recepção; estava subindo...

Tocou de novo, e ele atendeu.

— Alô? — vociferou, tentando disfarçar o nervosismo.

— Lambert? — Era a secretária dele, Lucy. — Só queria dizer que marquei aquela reunião para você.

— Ótimo — disse Lambert, e desligou o telefone.

Não podia enfrentar nenhuma reunião naquele momento; não podia enfrentar ninguém. Tinha que reservar um tempo para pensar no que faria.

Será que ele deveria simplesmente ir até Richard, explicar a situação e pedir ajuda financeira? Será que Richard entregaria aquela quantia a ele de bom grado? Ele voltou a pensar na cifra toda e estremeceu. O número que parecera tão ínfimo quando comparado com a futura fortuna de Philippa agora parecia uma extravagância. Ele fechou os olhos e se imaginou contando a Richard; pedindo humildemente por ajuda; sentado em silêncio enquanto Richard lhe passava um sermão. Sua vida seria um martírio. Que pesadelo infernal.

Aquilo era tudo culpa de Larry Collins, pensou Lambert, de repente. Larry, seu amigo no banco. Larry, que havia *convidado* Lambert a entrar no cheque especial. Ele havia se deixado impressionar pelas garantias de Lambert de que, em breve, Philippa receberia milhões. Ele tinha dito a Lambert que ele era um cliente de valor. Dissera que a papelada não importava; ele havia aumentado o limite sem questionar nada. Se ele não tivesse sido um idiota tão irresponsável; se seus chefes não tivessem sido tão *cegos* — então Lambert nunca teria um limite tão alto no cheque especial, para começo de conversa, e o problema todo nunca teria surgido. Mas ninguém pensou em checar, a dívida de Lambert havia aumentado exponencialmente — e só então Larry foi demitido. Larry estava fora de cena, para sorte dele, e fora Lambert quem tinha sido deixado sozinho para juntar os cacos.

O que deveria fazer? Se se ativesse ao plano original — se pegasse cinquenta mil da conta de dez milhões e entregasse esse valor ao banco para deixá-los felizes —, então teria que encontrar uma maneira de devolver o dinheiro a Richard antes do fim do ano. Não poderia deixar por isso mesmo; Richard notaria um déficit de cinquenta mil. Assim, precisaria aumentar ainda mais o negativo. Mas quem autorizaria o aumento do limite para ele, agora que Larry não estava mais no banco? Quem faria isso sem qualquer prova de que o fundo fiduciário de Philippa estava estabelecido? Lambert cerrou os punhos, frustrado. Se ao menos tivesse provas. Alguma evidência, por menor que fosse. Algo que convencesse algum idiota em algum lugar a deixá-lo manter a dívida. Um documento ou uma carta. Algo assinado por Richard. Qualquer coisa serviria.

QUINZE

Duas semanas depois, Richard estava sentado no escritório de Oliver Sterndale, assinando seu nome repetidas vezes em vários papéis. Depois da última assinatura, ele tampou a caneta tinteiro de Oliver, olhou para seu velho amigo e sorriu.

— Pronto — disse ele. — Acabei.

— Acabou para você, isso sim — disse Oliver, rabugento. — Você tem noção de que agora está praticamente pobre?

Richard riu.

— Oliver, para alguém que acabou de dizer adeus a dez milhões de libras, tenho uma quantidade de dinheiro indecentemente grande sobrando para chamar de minha. Como você bem sabe.

— Não sei de nada — disse Oliver. Ele olhou nos olhos de Richard, mudando de atitude de repente. — Mas já que você fez tudo com tanta determinação, posso parabenizá-lo pela conclusão bem-sucedida do seu esquema?

— Pode.

— Então, parabéns.

Os dois olharam para os contratos que estavam sobre pilhas grandes em cima da mesa.

— Os dois serão jovens muito ricos — disse Oliver. — Você decidiu quando vai contar para eles?

— Não — disse Richard. — Tenho muito tempo ainda.

— Você tem algum tempo, sim — disse Oliver. — Mas precisa avisar a eles com alguma antecedência. Principalmente Philippa. Você não vai querer se dar conta de que faltam poucos dias para ela completar trinta anos, e, de repente, você vai ter que encontrar uma forma de dizer a ela que está prestes a se tornar multimilionária. Revelações como essas têm o péssimo hábito de ser um tiro que sai pela culatra.

— Ah, tenho consciência disso — disse Richard. — Na verdade, pensei em trazer Philippa e Antony aqui, daqui a algumas semanas, e aí nós dois poderemos explicar as coisas para eles. Já que você é o consignatário do fundo.

— Boa ideia — disse Oliver. — Uma esplêndida ideia.

— Sabe, eu me sinto livre — disse Richard, de repente. — Esse era um peso maior do que eu imaginava. Agora, eu me sinto capaz de... — Ele parou de falar, e corou de leve.

— De cuidar do seu recomeço?

— Exatamente.

Oliver pigarreou.

— Richard, tem alguma coisa que... eu, como seu advogado, deva saber?

— Acho que não.

— Mas você me diria se houvesse... alguma coisa.

— Claro que sim. — Richard esboçou um sorriso, e Oliver olhou para ele com seriedade.

— E com isso não estou me referindo a um fax enviado de Las Vegas com a notícia "Adivinha? Juntamos as escovas de dentes".

Richard começou a gargalhar.

— Oliver, quem você acha que eu sou?

— Acho que você é um homem decente e um bom amigo. — Oliver encarou Richard. — E acho que pode ser que você precise se proteger.

— Me proteger de quem, posso saber?

— De você mesmo. De sua própria generosidade.

— Oliver, o que você está dizendo?

— Não estou dizendo nada. Só prometa que não vai se casar sem me contar primeiro. Por favor.

— Sinceramente, Oliver, eu nem sonharia com isso. E, de qualquer modo, quem disse que vou me casar?

Oliver abriu um sorriso amarelo.

— Você quer mesmo que eu responda? Posso te dar uma lista de nomes, se quiser. A começar pelo da minha esposa.

— Acho melhor não. — Richard riu. — Sabe de uma coisa? Não me importo mais com o que dizem sobre mim. Deixo as pessoas fofocarem o quanto quiserem.

— Você se importava antes?

Richard pensou por um segundo.

— Não sei bem se me importava. Mas Emily se preocupava demais. E, assim, claro que eu também sempre me preocupava, por causa dela.

— Sim — disse Oliver. — Consigo imaginar. — Ele sorriu para Richard. — Você mudou bastante, não foi?

— Mudei? — perguntou Richard inocentemente.

— Você sabe que mudou. — Oliver fez uma pausa. — E muito. Fico feliz por saber que as coisas estão indo tão bem. Você merece.

— Não sei bem se mereço — disse Richard. — Mas obrigado de qualquer maneira, Oliver. — Por um momento, os dois homens se entreolharam; em seguida, Richard desviou o olhar. — E obrigado por ter vindo em um sábado de manhã — disse ele. — Na manhã da Copa do Clube, ainda por cima!

— Não foi nada. — Oliver se recostou à vontade na cadeira. — Só jogo ao meio-dia. E você?

— Meio-dia e meia. Tempo suficiente para treinar umas tacadas. Certamente preciso disso. Sabe, mal joguei nesse verão.

— Eu sei — disse Oliver. — Foi o que eu disse. Você mudou.

Às onze horas, Philippa estava finalmente pronta para sair do apartamento. Ela olhou para seu reflexo no espelho e ajeitou os cabelos uma última vez.

— Vamos — disse Lambert. — Eu jogo à uma da tarde, lembra?

— Temos tempo de sobra — disse Philippa sem alterar o tom de voz. Sem olhar nos olhos dele, ela o seguiu escada abaixo.

Como isso havia acontecido?, ela se perguntou pela centésima vez, enquanto os dois entravam no carro. Como ela havia deixado Lambert voltar para sua vida sem protestar; sem qualquer contestação? Ele havia voltado ao apartamento três dias depois da briga, com uma garrafa de vinho e umas flores.

"São para você", dissera ele, sem emoção, da entrada da sala de estar, e ela desviara o olhar da televisão e o vira, chocada. Pensara que nunca mais veria Lambert. Em determinado momento, havia pensado em trocar as fechaduras da casa; depois, descobriu quanto custaria e decidiu gastar o dinheiro em uma caixa de Baileys. Quando Lambert voltou, ela já estava na quarta garrafa.

O álcool deve ter prejudicado suas faculdades mentais, ela pensou. Porque, ao olhar para ele, de pé na porta, sem demonstrar arrogância ou zombaria, mas tampouco arrependimento, ela se sentiu totalmente desprovida de emoção. Ela havia tentado o máximo que pôde conjurar a raiva e o ódio que sabia que deveriam estar consumindo-a por dentro; tentou pensar em algum insulto adequado ao momento. Mas nada lhe ocorreu além de "Seu cretino". E, quando disse isso, foi num tom de voz tão fraco que talvez tivesse sido melhor nem ter se dado ao trabalho.

Ele havia lhe dado as flores, e ela se pegara olhando para elas e pensando que eram bonitas. Em seguida, ele tinha aberto o vinho e servido uma taça para ela, que, apesar de estar meio enjoada, acabou bebendo. E, depois de ela ter aceitado as flores e bebido o vinho, parecia ter ficado tacitamente acordado entre eles que Lambert estava de volta, que tinha sido perdoado, que a briga entre eles estava resolvida.

Era como se a coisa toda não tivesse acontecido. Como se ela nunca tivesse ameaçado deixá-lo, como se ele nunca a tivesse agredido. Como se os gritos e o choro não tivessem acontecido. Ele não tocou no assunto, nem ela. Sempre que ela abria a boca para falar sobre o ocorrido, começava a se sentir enjoada e o coração disparava, e parecia muito mais fácil não dizer nada. E, quanto mais dias passavam, mais distante e confusa a coisa toda parecia, e menos convencida ela se sentia de sua capacidade de abordar o assunto.

Mas, ainda assim, era o que queria. Uma parte dela queria gritar com ele de novo; dar um escândalo e gritar até Lambert se encolher de culpa. Uma outra parte dela queria reviver o confronto todo, dessa vez como heroína, a vitoriosa. E ainda uma última parte dela queria achar a energia para contar ao mundo o que havia acontecido.

Porque ninguém sabia. Fleur não sabia; seu pai não sabia; nenhuma de suas amigas sabia. Ela havia atravessado a pior crise de sua vida, havia saído dela de alguma forma, e ninguém sabia. Fleur ainda não tinha retornado suas ligações. Já fazia mais de duas semanas e ela ainda não tinha ligado de volta.

Philippa sentiu lágrimas de raiva surgirem em seus olhos, e olhou pela janela do carro. Num primeiro momento, ela havia ligado insistentemente para a Maples, louca para conversar com Fleur; desesperada em busca de ajuda e conselhos. Depois, Lambert havia voltado, e os dois tinham aparentemente resolvido as coisas — e Philippa se vira querendo relatar tudo a Fleur, não tanto pela ajuda, mas pela admiração perplexa que com certeza provocaria. Toda vez que o telefone havia tocado, ela tinha corrido para atender, pensando que fosse Fleur, pronta para contar, em voz baixa, o que vinha acontecendo com ela; pronta para saborear a reação do outro lado da linha. Mas Fleur não havia ligado, e Philippa acabara desistindo de esperar que ela fizesse isso. Talvez Fleur fosse um fracasso com telefones, ela racionalizou. Talvez não tivesse recebido nenhum dos recados de Philippa. Talvez ela tivesse tentado telefonar sempre que Philippa estava na linha com outra pessoa.

Mas hoje seria diferente; hoje, elas não precisavam de telefones. Ela teria Fleur só para si, e contaria a história toda. Ao pensar nisso, Philippa sentiu uma expectativa eletrizante começar a borbulhar dentro dela. Contaria a Fleur todos os detalhes do ocorrido. E Fleur ficaria abismada por Philippa ter passado por tamanho trauma sozinha; abismada e consumida pela culpa.

— Eu não tinha ninguém — Philippa já se ouvia dizendo a Fleur, com seriedade. — Quando você não ligou de volta... — Ela daria de ombros. — Eu fiquei desesperada. E, claro, recorri à bebida.

— Ah, querida. Você não fez isso. Eu me sinto péssima! — Fleur seguraria as mãos dela suplicando perdão. Philippa simplesmente daria de ombros de novo.

— Eu enfrentei isso — diria ela, despreocupadamente. — De alguma forma, eu dei um jeito de enfrentar isso. Jesus, mas como foi difícil.

— O quê? — disse Lambert, de repente. — Está falando comigo?

— Ah! — disse Philippa, e sentiu o rosto corar. — Não, não estou.

— Falando sozinha — disse Lambert. — Não é à toa que todo mundo acha que você é maluca.

— Ninguém acha que eu sou maluca — disse Philippa.

— Tanto faz — disse Lambert.

Philippa olhou zangada para ele e tentou pensar em uma resposta inteligente à altura. Mas sua mente parecia enevoada no mundo real; suas palavras não se combinavam e se desfaziam em sua boca. Ela já estava feliz pensando mais uma vez em Fleur, que ouviria sua história, perplexa, e que seguraria a mão de Philippa, prometendo nunca a decepcionar de novo.

— Legal — disse Zara, quando ela e Antony se aproximaram da sede do clube. — Olha aquelas coisinhas penduradas balançando.

— Bandeirinhas.

— O quê?

— Bandeirinhas. É como são chamadas. — Zara olhou para ele, meio incrédula, por um instante. — Bem, enfim, eles sempre decoram a sede no dia da Copa do Clube — continuou Antony. — E uma banda toca no jardim. É bem divertido. A gente toma chá com leite mais tarde.

— Mas precisamos percorrer o campo de golfe todo primeiro?

— É meio que esse o objetivo.

Zara suspirou de modo melodramático e desabou nos degraus da sede do clube.

— Olha — disse Antony, ansioso, sentando-se ao lado dela. — Eu vou entender se você não quiser ser minha *caddie*. Quer dizer, o dia está quente e tal.

— Está tentando me demitir?

— Não! Claro que não!

— Bem, então, tudo bem. — Zara estreitou os olhos para Antony. — Está nervoso?

— Não.

— Quem vai se sair melhor? Você ou seu pai?

— Meu pai, acho. Ele sempre se sai melhor.

— Mas ele não praticou a semana inteira, como você.

Antony deu de ombros de um jeito esquisito.

— Mesmo assim. Ele é um puta jogador.

Os dois ficaram sentados em silêncio por um tempo.

— E você é um puta beijador — disse Zara, de repente.

Antony ergueu a cabeça, surpreso.

— O quê?

— Você ouviu. — Ela sorriu. — Preciso dizer de novo?

— Não! Alguém pode ouvir!

— E daí? É a mais pura verdade.

Antony ficou muito vermelho. Um grupo de mulheres começou a subir a escada da sede do clube, conversando, e ele desviou o olhar.

— E você... — disse ele. — Tipo...

— Não se sinta obrigado a retribuir o elogio — disse Zara. — Eu sei que sou boa. Aprendi com alguém que era especialista.

— Quem? — perguntou Antony, sentindo ciúme.

— Cara.

— Quem é Cara, meu Deus?

— Uma garota italiana. Não te contei sobre ela? Moramos na casa dela no verão passado. Ela também tinha um pai rico. Da máfia, acho.

— Uma garota? — Antony a encarou com os olhos arregalados.

— É. Mas bem mais velha. Tinha dezessete anos. Ela já tinha beijado, tipo, um monte de gente.

— Como ela te ensinou?

— Como você acha? — Zara sorriu para ele.

— Jesus. — O rosto de Antony ficou ainda mais vermelho.

— Ela tinha um irmão mais novo — disse Zara. — Mas ele só queria saber do computador idiota dele. Quer um chiclete? — Ela olhou para o rosto de Antony e riu. — Está chocado, não está?

— Bem, quer dizer... Você só tinha doze anos!

Zara deu de ombros.

— Acho que as pessoas começam cedo lá. — Ela abriu o chiclete e começou a mascar. Antony a observou em silêncio por alguns minutos.

— E aí? O que aconteceu? — perguntou ele, por fim.

— Como assim, o que aconteceu?

— Por que vocês não ficaram morando com eles?

Zara desviou o olhar.

— Porque não.

— Sua mãe e o italiano brigaram?

— Não exatamente — disse ela. Olhou ao redor e passou a falar mais baixo. — Fleur cansou de morar na Itália. Então, uma noite, demos no pé.

— Como assim? Vocês simplesmente foram embora?

— Isso. Fizemos as malas e fomos.

Antony a encarou por um instante, pensando.

— Vocês não vão... — Ele engoliu em seco e arrastou o tênis pelo degrau. — Vocês não vão dar no pé dessa vez, vão?

Fez-se um silêncio demorado.

— Espero que não — disse Zara, por fim. — Espero muito que não. — Ela encurvou os ombros e desviou o olhar. — Mas, com a Fleur, nunca se sabe.

Fleur estava sentada no bar do clube, observando os competidores e suas esposas passarem e cumprimentarem uns aos outros; elogiando o desempenho, interrompendo conversas no meio para receber efusivamente quem chegava. Ela se sentia à vontade ali, pensou tranquilamente, recostando-se e dando um gole na bebida. O clima do lugar fazia com que ela se lembrasse de sua infância, do clube de expatriados em Dubai. Aquelas mulheres estridentes de Surrey poderiam muito bem ter sido as esposas dos expatriados que costumavam se reunir no bar, bebendo gin, admirando os sapatos umas das outras e reclamando baixinho dos chefes dos maridos. Aqueles caras jovens com copo de cerveja na mão poderiam muito bem ter sido os conhecidos de seu pai: bem-sucedidos, queimados de sol, obsessivamente competitivos. Em Dubai, os campos de golfe eram cor de areia, não verdes, mas essa era a única diferença. Aquela era a atmosfera na qual ela havia crescido; era a atmosfera que mais a fazia se sentir em casa.

— Fleur! — Uma voz interrompeu seus pensamentos, e, quando ergueu a cabeça, Fleur viu Philippa.

Ela usava um terninho branco e olhava para Fleur com uma expressão intensa, quase assustadora.

— Philippa — disse Fleur delicadamente. — Que bom te ver de novo. Lambert vai competir na Copa do Clube?

— Vai, sim. — Philippa começou a mexer na bolsa, puxando o zíper de um jeito esquisito até que ele emperrou. — E eu queria falar com você.

— Ótimo — disse Fleur. — Vai ser bom. Mas, primeiro, deixe-me pegar uma bebida para você.

— Bebida! — disse Philippa de um jeito misterioso. — Meu Deus, se você soubesse. — Ela se sentou, suspirando. — Se você soubesse.

— Sim — disse Fleur, meio cabreira. — Bem, fique sentadinha aí, e eu volto já, já.

No bar, ela encontrou Lambert abrindo caminho até o início da fila.

— Oi — disse ele, sem entusiasmo.

— Vim pegar uma bebida para a sua esposa — disse Fleur. — Ou será que você estava pensando em comprar uma bebida para ela?

Lambert suspirou.

— O que ela quer?

— Não faço ideia. Uma taça de vinho branco, imagino. Ou um Manhattan.

— Ela pode beber vinho.

— Ótimo.

Fleur olhou para Philippa, que estava freneticamente procurando alguma coisa na bolsa; um lenço, a julgar pela vermelhidão do nariz. Será que a moça não podia investir em um pó facial decente? Fleur encolheu os ombros e se virou para o bar de novo. De repente, ocorreu a ela que, se voltasse para a mesa de Philippa, provavelmente ficaria presa com ela a tarde toda.

— Certo — disse ela, lentamente. — Bem, acho que vou procurar o Richard para desejar boa sorte a ele. Philippa está ali perto da janela.

Ela esperou Lambert resmungar uma resposta, e então se afastou depressa, embrenhando-se entre as pessoas, mantendo o rosto virado na direção oposta à de Philippa até conseguir sair do bar.

Nos degraus da escada da sede do clube, encontrou Richard, Antony e Zara.

— Tudo pronto? — perguntou ela, alegremente. — Quem joga primeiro?

— Meu pai — disse Antony. — E eu sou logo depois.

— *Nós* somos logo depois — corrigiu Zara. — Sou a *caddie* do Antony — disse Zara a Richard. — Digo a ele qual taco usar. O grande ou o pequeno.

— Até parece — disse Antony. — Você nem sabe o nome dos tacos.

— Claro que sei!

Richard olhou nos olhos de Fleur e sorriu.

— E, hoje à noite, teremos um jantar de comemoração — disse ele.

— Pode ser que não tenha nada para comemorar — disse Antony.

— Ah, espero que tenha — disse Richard.

— Eu também espero — disse Zara, olhando para Antony. — Não quero andar por aí com um perdedor. — Fleur riu.

— Essa é a minha garota!

— Certo — disse Richard. — Bem, é melhor eu começar a me aprontar.

— Quem é aquele? — perguntou Antony, interrompendo o pai.
— Aquele homem. Ele está acenando para nós!

— Onde? — perguntou Fleur.

— Ele acabou de entrar pelo portão. Não faço ideia de quem seja.

— É sócio do clube? — perguntou Richard, e todos se viraram para olhar, semicerrando os olhos à luz do sol.

O homem era elegante, queimado de sol e tinha cabelos castanhos. Usava um terno impecável de linho claro e olhava com certo espanto para a saia-calça rosa da mulher que andava à sua frente. Enquanto todos o encaravam, ele ergueu o olhar e acenou de novo. Fleur e Zara reagiram com um arquejo em uníssono. Em seguida, Zara deu um grito e saiu correndo em direção a ele.

— Quem raios é esse homem? — exclamou Richard, observando o desconhecido envolver Zara em um abraço forte. — É seu amigo?

— Não acredito — disse Fleur, sem ânimo. — É o Johnny.

DEZESSEIS

— Eu devia ter ligado — disse Fleur. Ela esticou as pernas no gramado em declive onde ela e Johnny estavam sentados. Ao longe, via-se o décimo quarto buraco; um homem de camisa vermelha se preparava para dar uma tacada. — Perdão. Achei que você ainda estivesse bravo comigo.

— Eu estava. E estou ainda mais bravo agora! — exclamou Johnny. — Consegue imaginar o esforço que fiz para vir até aqui? Você sabe que nunca saio de Londres, se puder evitar.

— Eu sei — disse Fleur. — Mas você está aqui agora. Estou tão feliz por ainda sermos amigos...

— Eu tive que *lutar* para descobrir a que horas o trem saía. E, então, me dei conta de que não fazia a menor ideia de em qual estação eu deveria pegá-lo e precisei ligar de novo e a pessoa com quem eu tinha falado antes estava na pausa do chá! — Johnny balançou a cabeça. — Que sistema ineficiente! E quanto ao trem em si...

— Bem, é maravilhoso ver você — disse Fleur de modo carinhoso. — Quanto tempo vai ficar?

— Não vou ficar! Santo Deus, há limite para tudo!

— Não invoque o santo nome em vão — disse Fleur distraidamente.

Ela se recostou e sentiu o sol iluminar seu rosto. Seria bom estar de volta em Londres com Johnny e Felix, ela pensou. Compras, fofocas, um funeral aqui, outro ali...

— Você parece bem à vontade aqui — disse Johnny, olhando ao redor. — A perfeita esposa de Surrey. Já está jogando golfe?

— Claro que não.

— Fico feliz em saber. É um jogo tão excêntrico.

— Não é tão ruim assim — disse Fleur, na defensiva. — Zara está aprendendo a jogar, sabia?

— Ah, bem — disse Johnny de modo carinhoso. — Zara nunca teve bom gosto.

— Uma pena que ela teve que ir para ser *caddie*.

— Bem, era com você que eu queria falar — disse Johnny. — Foi por isso que vim aqui. Como você não retornou meus telefonemas, não me deu outra opção.

— Sobre o que você quer falar comigo? — perguntou Fleur. Johnny ficou em silêncio. Fleur se sentou de repente. — Johnny, essa conversa não vai ser sobre o Hal Winters, vai?

— Sim, vai.

— Mas você ia se livrar dele por mim!

— Não ia, não! Fleur, ele não é, tipo, uma praga doméstica. Ele é o pai da sua filha. Você me disse que prepararia a Zara para conhecê-lo. O que obviamente você não fez.

— A Zara não precisa de um pai — disse Fleur, incomodada.

— Claro que precisa.

— Ela tem você.

— Querida, não é a mesma coisa, não é mesmo? — disse Johnny. Fleur deu de ombros, sentindo que esboçava um sorriso mesmo sem querer.

— Talvez não — disse ela.

— Zara merece um pai de verdade — disse Johnny. — E posso dizer que ela vai ter o que merece.

— Como assim?

— Hal Winters virá até aqui no sábado que vem. Para conhecer a Zara, estando ela pronta ou não.

— O quê? — Fleur sentiu-se empalidecer, em choque. — Ele vai fazer o quê?

— Está tudo combinado.

— Como vocês ousam combinar alguma coisa! Isso não tem nada a ver com vocês!

— Isso tem tudo a ver conosco! Se você abre mão da responsabilidade, alguém precisa assumi-la. Vou te dizer uma coisa: o Felix era a favor de eu trazê-lo hoje direto de táxi! Mas eu disse que não, que o justo seria alertar a Fleur. — Johnny tirou um lenço do bolso e secou a testa. — Acredite ou não, estou do seu lado, Fleur.

— Bem, muito obrigada! — gritou Fleur. Ela se sentiu ligeiramente em pânico e fora de controle. — Não quero vê-lo! — ela se viu dizendo. — Eu não quero vê-lo.

— Você não precisa vê-lo. Isso é entre ele e Zara.

— O quê? Então eu não tenho nada a ver com isso?

— Claro que tem. Mas você não precisa dele. A Zara precisa.

— Ela está bem!

— Ela não está bem! Ela vive falando sobre os Estados Unidos comigo ao telefone; sobre o pai dela. Fleur, ela está obcecada!

Por um instante, Fleur o encarou, o rosto tenso, os lábios contraídos. E então, de repente, relaxou.

— Tá bem — disse ela. — Tudo bem. Você tem toda razão. Traga o Sr. Winters no próximo sábado. Mas não conte para a Zara ainda. Vou prepará-la eu mesma.

— Fleur...

— Prometo! Dessa vez, vou fazer isso, de verdade.

Johnny olhou para ela, desconfiado.

— E você vai fazer com que ela esteja aqui para conhecê-lo?

— Claro que sim, querido — disse Fleur com delicadeza e, fechando os olhos, recostou-se de novo ao sol.

Philippa estava sentada sozinha a uma mesa no jardim. À sua frente, havia um bule de chá, vários *scones* enormes e uma garrafa de vinho que ela havia ganhado na tômbola. No canto do jardim, a banda tocava "Strangers in the Night", e várias crianças tentavam dançar umas com as outras na frente do palco. Uma lágrima caiu do olho de Philippa dentro do chá. Ela estava sozinha. Fleur a havia abandonado totalmente. Gillian estava do outro lado do jardim, conversando animadamente com uma mulher que Philippa nunca tinha visto antes. Ninguém havia nem perguntado como ela estava nem por que estava tão pálida; ninguém estava interessado nela. Ela tomou um gole de chá e olhou ao redor. Mas todo mundo estava rindo, conversando ou se divertindo com a música.

De repente, ela viu Zara e Antony andando em direção a sua mesa. Olhou fixamente para um ponto a meia distância e empurrou um pouco o prato de *scones* para indicar sua perda de apetite.

— Oi, Philippa! — A voz de Antony estava alegre. — Tem chá aí suficiente para nós dois?

— Mais que suficiente — sussurrou Philippa.

— Legal — disse Zara. Ela sorriu para Philippa. — Você nem imagina como o Antony jogou bem. Conte para ela, Antony.

— Eu completei o circuito em sessenta e oito minutos — disse Antony, corando. Ele abriu um sorriso enorme.

— Sessenta e oito! — repetiu Zara.

— Isso é bom? — perguntou Philippa.

— Claro que é bom! É fantástico!

— Por causa do meu handicap — disse ele depressa. — Meu handicap ainda é bem alto, por isso devo ir bem.

— Você deve vencer, melhor dizendo — disse Zara. — O Antony é o campeão!

— Ssh! — disse Antony sem jeito. — Não sou! Ainda não.

— Espere até a gente encontrar seu pai! Você foi melhor que ele, sabia?

— Eu sei — disse Antony. — Eu me sinto um pouco mal por isso.

Zara revirou os olhos.

— Isso é tão típico. Se algum dia eu derrotasse a Fleur em alguma coisa, jamais a deixaria esquecer.

— Cadê a Fleur? — perguntou Philippa com uma voz estridente.

— Com Johnny, acho.

— Johnny?

— Um amigo nosso — disse Zara de modo casual. — Ele veio visitar a gente de surpresa. Ele é, tipo, o melhor amigo dela.

— Entendo — disse Philippa.

— Ah, e você não sabe! — disse Antony. — A Xanthe Forrester convidou a gente para ir à casa dos pais dela na Cornualha. Só por alguns poucos dias. Você acha que papai vai deixar a gente ir?

— Não faço ideia — disse Philippa, sem ânimo.

O ciúme fervia de maneira nauseante dentro dela. O melhor amigo de Fleur era um homem chamado Johnny; um homem sobre quem Philippa nunca ouvira falar. Fleur havia corrido para ficar com ele sem dar a mínima para ela.

— Espero muito que ele deixe — disse Antony. Virou-se para Zara. — Vamos dar uma olhadinha no placar?

— Com certeza — disse Zara, sorrindo para ele. — Vamos ver a pontuação de todos aqueles perdedores e tirar onda com eles.

— Não! — protestou Antony. — Só olhar.

— Você pode só olhar, se quiser — disse Zara. — Eu vou tirar onda.

Às seis da tarde, a pontuação final foi calculada, e Antony foi oficialmente declarado o vencedor da Copa do Clube. Quando o resultado foi anunciado, todos aplaudiram e Antony ficou muito vermelho.

— Muito bem! — exclamou Richard. — Antony, estou tão orgulhoso de você! — Ele deu um tapinha no ombro de Antony, que corou ainda mais.

— Eu sabia que ele ia ganhar! — Zara disse a Richard. — Eu sabia!

— Eu também sabia — disse Gillian, sorrindo. — Fiz pavlova especialmente para ele.

— Legal — disse Antony.

— Que incrível! — disse Fleur. — Eu já te dei os parabéns? Dê os parabéns a ele, Johnny.

— Parabéns, garoto — disse Johnny. — Detesto golfe e tudo relacionado a ele, mas meus parabéns mesmo assim.

— Você vai ficar para jantar? — perguntou Gillian.

— Não, não — disse Johnny. — Londres me chama. Mas espero voltar daqui a uma semana. Você já vai ter voltado da Cornualha? — perguntou ele a Zara.

— Já.

— Ótimo — disse Johnny. — Porque vou te trazer um presente.

Philippa e Lambert se uniram ao grupo, e o clima ficou um pouco pesado.

— Você está começando cedo, Lambert — disse Fleur, de um jeito alegre, olhando para o copo de conhaque na mão de Lambert.

— Muito bem, Antony — disse Lambert, ignorando Fleur e apertando a mão de Antony um pouco forte demais. — Eu joguei muito mal. — Ele tomou um gole do copo. — Mal demais.

— Eu não fazia ideia de que você era bom no golfe, Antony — disse Philippa, baixinho. Tentou se aproximar de Fleur. — Você sabia, Fleur?

— Claro que eu sabia — disse Fleur com simpatia.

— Bem, claro, eu ando meio distraída ultimamente — começou Philippa, com a voz baixa. Mas foi interrompida por Johnny.

— Meu trem! Ele parte em quinze minutos! Preciso chamar um táxi.

— Alguém vai levar você — disse Fleur. — Quem tem carro? Lambert. Você se incomodaria em levar o Johnny até a estação?

— Creio que não — disse Lambert meio resmungando.

— Sim, leve ele, Lambert — disse Philippa, de pronto. — Vamos esperar você na casa, depois.

— Excelente — disse Fleur. — E vai ter espaço para mim também no seu carrão.

Antes que Philippa pudesse dizer alguma coisa, os três partiram. Ela olhou para eles desanimada, e sentiu uma raiva dolorosa crescendo no peito. Fleur estava agindo como se Philippa não estivesse ali. Como se ela não existisse. Como se ela não tivesse nenhuma importância.

— Você está bem, Philippa? — perguntou Gillian.

— Estou bem — rebateu Philippa, e virou-se. Não queria a atenção de Gillian, que não servia para nada. Tinha que ter a Fleur.

Enquanto os outros andavam de volta para a Maples, Zara se aproximou de Richard.

— Antony jogou tão bem hoje — disse ela. — Você deve estar muito orgulhoso dele.

— Estou — disse Richard, sorrindo para ela.

— Ele estava muito... — Zara enrugou a testa para pensar na palavra. — Muito confiante — disse por fim. — Foi muito habilidoso. Você tinha que ter visto.

— Ele praticou muito neste verão — disse Richard.

— E, tipo, parece que ele se esqueceu daquela história da marca de nascença. Só jogou.

— O que você disse? — Richard franziu a testa olhando para ela.

— Você sabe. Aquela chateação com a marca de nascença.

— Do que você está falando, exatamente? — perguntou Richard com cuidado.

Zara baixou o tom de voz.

— Ele me contou que a mãe dele detestava aquela marca. — Ela deu de ombros. — Você sabe, a história do tapa-olho e tudo mais. Mas acho que agora ele superou isso, o que acho que fez a maior diferença.

— Zara, o que... — Richard mal conseguia falar. Ele engoliu em seco e respirou fundo. — Que história é essa de tapa-olho?

— Ah. — Zara olhou para ele e mordeu o lábio. — Você não sabe? Acho que nenhum deles contou para você.

No carro, voltando para casa da estação, Fleur pegou um espelho compacto. Ignorando Lambert, ela começou a pintar os lábios com um pincel comprido e dourado. Pelo canto do olho, Lambert observava, hipnotizado, enquanto ela passava o gloss. Porque não estava olhando para a frente, ele desviou erraticamente algumas vezes para a pista do lado, e o carro de trás buzinou forte.

— Lambert! — exclamou Fleur. — Você está bem para dirigir? — Ela se inclinou para ele e fungou. — Quantos conhaques você tomou no clube?

— Estou bem — disse Lambert, curto e grosso.

Ele parou diante do semáforo e o carro começou a balançar de leve. Ele sentia o cheiro de Fleur. Via as pernas dela, esticadas à sua frente. Pernas compridas, alvas, caras.

— Então, Fleur — disse ele. — Está gostando de morar com o Richard?

— Claro — disse Fleur. — O Richard é um homem tão maravilhoso.

— E rico também — disse Lambert.

— É mesmo? — disse ela, de modo inocente.

— Ele é rico para caralho — disse Lambert. Ele se virou para olhar para Fleur, e ela deu de ombros. — Não me diga que você não sabia que ele era rico — falou ele, carrancudo.

— Eu não tinha parado para pensar nisso.

— Ah, por favor!

— Lambert, só vamos para casa, tudo bem?

— Casa — disse Lambert, divertindo-se. — É, suponho que agora seja a sua casa, não é? Dama consorte do Sr. Rico para Caralho.

— Lambert — disse Fleur, séria. — Você está bêbado. Não deveria estar dirigindo.

— Porra nenhuma.

O semáforo ficou amarelo e Lambert pisou fundo no acelerador.

— Então você não liga para dinheiro, é isso? — perguntou ele, mais alto que o barulho do motor. — Você deve ser a única pessoa na porra da face da Terra que não liga.

— Você é um homem sórdido, não é mesmo? — perguntou Fleur, em voz baixa.

— Como é?

— Você é sórdido! Um homem sórdido e desagradável!

— Eu vivo no mundo real, está bem? — Lambert estava ofegante, o rosto ficando vermelho.

— Todos vivemos no mundo real.

— Quem, você? Não me faça rir! Em que tipo de mundo real você vive? Não tem emprego, não tem preocupações, só relaxa e gasta dinheiro.

Fleur comprimiu a mandíbula; ela não disse nada.

— Imagino que você tenha achado que Richard seria uma boa aposta, não? — continuou Lambert, a voz arrastada. — Você ficou de olho nele a quilômetros de distância. Provavelmente foi à missa fúnebre da esposa dele de propósito para fisgá-lo.

— Estamos quase em casa — disse Fleur. — Graças a Deus. — Ela olhou para Lambert. — Você poderia ter nos matado. E ao Johnny.

— Gostaria de ter feito isso. Uma bicha a menos na face da Terra.

Eles ficaram em silêncio por um instante.

— Não vou bater em você — disse Fleur com a voz trêmula —, porque está dirigindo e não quero causar um acidente. Mas se disser algo assim de novo...

— Você vai me encher de porrada? Nossa, estou morrendo de medo.

— Não — disse Fleur. — Mas alguns amigos do Johnny poderiam fazer isso.

Eles entraram pelo acesso de veículos da Maples, e Fleur abriu a porta imediatamente. Lançou um olhar fulminante para Lambert.

— Você me dá nojo — disse ela, e bateu a porta.

Lambert ficou olhando para ela, sentindo o sangue pulsando por sua cabeça e uma ligeira confusão em seu cérebro. Ele a odiava ou a desejava? Ela estava muito brava com ele, de qualquer forma.

Ele pegou a garrafinha de bolso e bebeu um pouco de conhaque. Sórdido, ele? Ela deveria experimentar ter a porra de uma dívida de trezentas mil libras. Uma sensação familiar de pânico tomou conta dele, e ele deu mais um gole na bebida. Tinha que fazer alguma coisa em relação à dívida. Tinha que dar um jeito nisso agora, antes que todo mundo começasse a se reunir para jantar e a querer saber onde ele estava. Ele olhou para a porta da casa, entreaberta. Fleur provavelmente tinha corrido até Richard, para reclamar dele. Como qualquer mulher. Lambert sorriu. Que ela reclamasse; que dissesse o que quisesse. Pelo menos, isso tiraria Richard do caminho por um tempo.

Quando chegaram de volta à casa, Richard parou.

— Eu acho que gostaria de conversar com o Antony, só nós dois — disse ele a Zara. — Se você não se incomodar.

— Claro que não me incomodo — disse Zara. — Acho que ele deve estar no jardim. Nós íamos jogar badminton. — Ela ergueu o olhar para Richard, o rosto franzido pela incerteza. — Você não ficou chateado de eu ter te contado sobre o tapa-olho, ficou?

— Não! — Richard engoliu em seco. — Claro que não. Você fez a coisa certa.

Ele encontrou Antony sentado perto da trave de badminton, soltando a rede pacientemente. Por um instante, ele ficou só olhando para o filho; seu filho alto, gentil e talentoso. Seu filho perfeito.

— Venha aqui — disse ele, quando Antony se virou. — Quero te parabenizar direito.

Ele puxou Antony junto ao peito e o abraçou com força.

— Meu garoto — disse ele com os lábios nos cabelos do filho, e de repente, se viu lutando para conter as lágrimas. — Meu garoto. — Ele piscou algumas vezes, e então soltou Antony. — Estou extremamente orgulhoso de você.

— Que bom — disse Antony, abrindo um sorriso involuntário. Olhou para a rede de badminton. — Então você não... Você não liga para eu ter vencido?

— Se eu ligo? — Richard olhou para ele. — Claro que não! Está na hora de você começar a me vencer. Você já é um homem!

Um rubor leve de vergonha se espalhou pelo pescoço de Antony, e Richard sorriu.

— Mas, Antony, eu não sinto orgulho só do seu talento no golfe — continuou ele. — Sinto orgulho de você por inteiro. De cada pedacinho seu. — Ele fez uma pausa. — E sei que a sua mãe também tinha orgulho de você.

Antony não disse nada. Ele apertou a rede embaraçada de badminton com força.

— Talvez ela nem sempre demonstrasse — disse Richard devagar. — Era... difícil para ela, às vezes. Mas ela sentia muito orgulho de você. E ela te amava mais que tudo no mundo.

— Sério? — perguntou Antony com a voz embargada, sem olhar para o pai.

— Ela te amava mais que tudo no mundo — repetiu Richard.

Por alguns minutos, eles ficaram em silêncio. Richard observou o rosto de Antony relaxar gradualmente; suas mãos afrouxarem o aperto na rede. Um pequeno sorriso apareceu no rosto do garoto e, de repente, ele respirou fundo, quase como se para recomeçar a vida.

Você acredita em mim, pensou Richard; você acredita em mim sem questionar. Deus abençoe sua alma crédula.

Zara havia decidido se juntar à Gillian na cozinha, esvaziando a lava-louças enquanto Gillian tirava folhas de salada de dentro dos sacos plásticos e as colocava dentro de uma enorme tigela de madeira. Ela ouvia pacientemente enquanto Gillian tagarelava sobre alguma viagem que planejava fazer, o tempo todo tentando imaginar o que o pai do Antony estava dizendo a ele.

— Que coincidência! — dizia Gillian animada. — Eleanor sempre quis ir ao Egito também. Parece que Geoffrey se recusa a viajar nas férias para um lugar onde não haja campo de golfe.

— Então você vai ver as pirâmides?

— Claro! E vamos fazer um cruzeiro pelo Nilo.

— E depois você vai ser assassinada — disse Zara. — Como no livro da Agatha Christie.

Gillian gargalhou.

— Sabe, foi exatamente isso que a Eleanor disse.

— Acho que todo mundo diz isso. — Zara pegou uma panela e olhou para ela. — Que merda é essa?

— É uma panela para cozinhar aspargos no vapor — disse Gillian de modo seco. — E não fale palavrão.

Zara revirou os olhos.

— Você é chata igual ao Felix. Ele faz todo mundo colocar uma libra numa caixa a cada palavrão.

— É uma ótima ideia. Fazíamos a mesma coisa na escola.

— Sim, bem... — disse Zara. — Estamos nos anos noventa, ou você não reparou?

— Eu já tinha reparado — disse Gillian. — Mas obrigada por me lembrar disso. — Ela pegou dois vidros de molho de salada. — Vamos de alho ou manjericão?

— Ambos — sugeriu Zara. — Misture os dois.

— Está bem — disse Gillian. — Mas, se der errado, a culpa é sua.

As duas ergueram o olhar quando Fleur entrou na cozinha.

— Ah, oi — disse Zara. — Johnny conseguiu chegar a tempo de pegar o trem?

— Chegou em cima da hora, mas deu tempo — disse Fleur. — Graças a Deus não acabamos os dois mortos. O Lambert estava bêbado! Não parava de ziguezaguear com o carro!

— Puta merda! — disse Zara. Ela olhou para Gillian. — Quer dizer, minha nossa!

— Sente-se aqui — disse Gillian, aproximando-se de Fleur. — Coitadinha! — Ela franziu o cenho. — Sabe, não é a primeira vez que isso acontece. O Lambert tinha que ser processado!

— Vamos chamar a polícia — disse Zara, animada.

— Coloque a chaleira no fogo, Zara — disse Gillian —, e faça uma boa xícara de chá para a sua mãe.

— Não, obrigada — disse Fleur. — Acho que vou subir e tomar um banho de banheira.

— Experimente alguns chapéus — disse Zara. — Isso deve te animar.

— Já chega, Zara — disse Gillian. Ela olhou para Fleur. — Richard já soube disso?

— Ainda não.

— Pois deveria.

— Sim — falou Fleur. — Ele vai saber.

Ela foi até o hall e começou a subir a escada para o andar de cima. Enquanto fazia isso, uma voz se fez ouvir lá de baixo.

— Fleur! Aí está você! Venho te procurando o dia todo!

Fleur olhou ao redor. Philippa corria em direção a ela, o rosto vermelho, meio ofegante.

— Fleur, nós precisamos conversar — dizia ela. — Tenho tanta coisa para te contar. Sobre... — Ela engoliu em seco e secou uma lágrima do olho. — Sobre Lambert. Você simplesmente não vai acreditar...

— Philippa — interrompeu Fleur na mesma hora —, agora não, querida. Não estou bem para conversar agora. E, se quiser saber o motivo, pode perguntar ao seu marido. — E antes que Philippa pudesse responder, ela correu para cima.

Philippa ficou olhando fixamente para Fleur, sentindo-se magoada, com lágrimas de indignação surgindo em seus olhos. Fleur não queria falar com ela. Fleur a havia abandonado. Ela se sentiu nauseada pela tristeza e pela raiva. Agora, ela não tinha amigos; não tinha plateia; ninguém a quem contar sua história. E tudo por causa de Lambert. De alguma forma, ele havia deixado Fleur irritada. Ele estragava tudo. Philippa cerrou os punhos e sentiu o coração começar a bater mais rápido. Lambert havia arruinado sua vida, ela pensou, furiosa. Ele havia arruinado sua vida toda, e ninguém fazia a menor ideia. Ele merecia uma punição. Ele merecia que todo mundo soubesse quem ele era de verdade. Ele merecia vingança.

DEZESSETE

Meia hora depois, o jantar estava pronto.

— Onde raios está todo mundo? — perguntou Gillian, erguendo o olhar do forno. — Onde está a Philippa?

— Não sei — disse Antony, abrindo uma garrafa de vinho.

— E o Lambert?

— Quem liga para ele? — perguntou Zara. — Vamos começar a comer logo.

— Na verdade, acho que vi Philippa no jardim — disse Antony. — Quando estávamos jogando badminton.

— Vou buscá-la — disse Gillian. — E você pode avisar a todo mundo que o jantar está pronto, por favor?

— Posso — disse Antony.

Quando Gillian saiu, ele foi até a porta da cozinha para fazer o que ela pediu.

— O jantar está pronto! — Em seguida, olhou para Zara e deu de ombros. — Não é minha culpa se eles não conseguem ouvir. — Ele encheu uma taça de vinho e tomou um gole.

— Ei — disse Zara. — E eu? Não ganho?

Antony ergueu o olhar, surpreso.

— Você nunca bebe vinho!

— Para tudo existe uma primeira vez — disse Zara, pegando a taça dele. Ela deu um gole hesitante e enrugou o nariz. — Imagino que se passe a gostar com o tempo. Acho que vou ficar na Coca diet.

— Tem refrigerante na despensa — disse Antony.

Ele olhou para Zara e ficou de pé.

— Tem na geladeira também — disse Zara, rindo.

Mas ela se levantou e o seguiu até a despensa. Antony fechou a porta quando eles entraram e abraçou Zara. Seus lábios se encontraram com a facilidade do hábito; a porta rangeu um pouco quando eles se encostaram nela.

— Você é muito sexy — disse Antony com a voz arrastada quando eles se separaram.

— Você também — murmurou Zara.

Sentindo-se incentivado, a mão dele começou a descer devagar pelas costas dela.

— Acho que não tem nenhuma chance...

— Não — disse Zara, achando graça. — Absolutamente nenhuma.

Lambert ouviu Antony chamando do andar de baixo e sentiu uma onda de pânico invadi-lo. Tinha que se apressar; tinha que sair do escritório de Richard antes que todo mundo começasse a se perguntar onde ele estava. Franzindo o cenho, recomeçou a datilografar, olhando de poucos em poucos segundos para a porta, tentando desesperadamente formular as palavras certas em sua mente.

Ele havia encontrado um maço de papel de carta personalizado de Richard e uma máquina de datilografia antiga. Ele tinha os dados bancários de Richard à sua frente, o nome do advogado dele e uma cópia de sua assinatura. Deveria ter sido fácil escrever uma carta atestando que Richard estava em vias de deixar sua filha — e consequentemente, Lambert — bem rica.

Deveria ter sido fácil. Mas a visão de Lambert não parava de ficar embaçada; sua mente estava lenta e anuviada; seus pensamentos eram distraídos de tempos em tempos pela lembrança repentina das pernas de Fleur. Ele datilografava freneticamente, tentando se apressar, falando um palavrão sempre que cometia um erro. Já tinha estragado cinco folhas; já as havia rasgado e jogado no chão. A coisa toda era um pesadelo.

Tomou um gole grande de conhaque e tentou focar a mente. Só precisava se concentrar; apressar-se e terminar a maldita tarefa, e então descer; agir normalmente. E então, esperaria que o First Bank ligasse. "Ah, vocês querem uma garantia, certo?", ele diria, em tom de surpresa. "Deveriam ter dito antes. O que acham de uma carta de intenção de doação de bens endereçada ao advogado do Sr. Favour?" Isso faria com que eles parassem. Não questionariam a porra do Richard Favour, não é mesmo?

— Valor total — disse ele em voz alta, teclando cada letra cuidadosamente — de c-i-n-c-o milhões. Ponto final.

Cinco milhões. Deus, se fosse verdade, Lambert pensou meio zonzo, se fosse verdade...

— Lambert? — Uma voz interrompeu seus pensamentos, e o coração dele parou de bater. Lentamente, ele levantou a cabeça. Richard estava de pé na porta, olhando para ele, sem acreditar. — O que você acha que está fazendo?

Enquanto caminhava até o jardim, Gillian não parava de pensar no Egito. Havia uma leveza dentro dela; uma leveza que dava energia a seus pés, que fazia com que ela sorrisse para si mesma e murmurasse trechinhos de canções populares. Férias com Eleanor Forrester. Com Eleanor Forrester, quem diria! No passado, ela teria dito "não" automaticamente; teria desconsiderado o plano totalmente. Mas, agora, ela pensava: por que não? Por que não viajar a um lugar exótico e distante? Por que não dar uma chance a Eleanor de ser sua companheira de viagem? Ela se imaginou vagando por caminhos empoeirados e arenosos, contemplando com admiração os resquícios de uma civilização distante e fascinante. Sentindo o sol de um continente diferente em seus ombros; ouvindo os sons balbuciantes de uma língua desconhecida. Procurando presentes em um mercado de rua repleto de cores.

De repente, um rangido sob seus pés a trouxe de volta para o mundo real. Ela olhou para a grama. Um pote de vidro tinha sido deixado no gramado.

— Que perigo! — disse Gillian em voz alta, ao pegá-lo.

Ela o examinou. Era um frasco de aspirina e estava vazio. Alguém devia tê-lo deixado do lado de fora sem querer. Haveria uma explicação razoável para sua presença ali. Mesmo assim, algo lhe disse que alguma coisa estava errada, e ela apressou o passo.

— Philippa! — gritou ela. — O jantar está pronto. Você está no jardim?

Silêncio. E, então, Gillian ouviu um gemido baixo.

— Philippa! — chamou ela de novo, mais alto. — É você?

Gillian começou a andar em direção ao som; de repente, se viu correndo.

Atrás das roseiras, nos fundos do jardim, Philippa estava deitada na grama, os braços estendidos para os lados e o queixo sujo de vômito. Presa em seu peito, havia uma carta que começava com "A todos que conheço". E ao lado dela, no chão, havia mais um frasco de aspirina vazio.

— É melhor você ter uma explicação — disse Richard, baixinho, e olhou para a folha de papel em sua mão. — Se isso for o que acho que é, você tem muito o que explicar.

— Era... era uma brincadeira — disse Lambert. Ele encarava Richard desesperado, tentando respirar devagar; tentando reprimir o terrível latejar em sua cabeça. Ele engoliu em seco; sua garganta parecia uma lixa. — Uma pegadinha.

— Não, Lambert — disse Richard. — Isso não é uma pegadinha. Isso é fraude.

Lambert lambeu os lábios.

— Olha, Richard — disse ele. — Isso é só uma carta. Sabe... Eu não ia usá-la.

— É mesmo? — perguntou Richard, de pronto. — E para qual propósito você não pretendia usá-la?

— Você não entende! — Lambert tentou dar uma risadinha.

— Não, não entendo! — A voz de Richard estalou no ar. — Não entendo como você pode achar que é permitido entrar nesse escritório sem o meu consentimento, mexer nas minhas coisas e escrever uma carta se passando por mim para o meu advogado. Quanto ao teor da carta... — Ele balançou o papel. — Isso é o que eu acho mais desconcertante.

— Quer dizer que... — Lambert olhou para Richard e se sentiu enojado.

Então Emily tinha mentido para ele. Ela o havia feito de bobo. Aquele dinheiro não seria de Philippa, no fim das contas. Uma fúria incandescente tomou conta de Lambert, empurrando a prudência para longe; eliminando o medo.

— Para você, está tudo bem! — ele se pegou gritando de repente. — Você tem milhões!

— Lambert, você está perdendo a cabeça.

— A Emily me disse que eu ficaria rico! A Emily disse que a Philippa entraria em um fundo fiduciário. Disse que eu poderia comprar o que quisesse! Mas ela estava mentindo, não estava?

Richard o encarou, incapaz de falar.

— A Emily disse isso? — perguntou ele, por fim, a voz meio trêmula.

— Ela disse que eu havia me casado com uma milionária. E eu acreditei nela!

Richard entendeu tudo enquanto olhava para Lambert.

— Você está devendo dinheiro, é isso?

— É claro que é isso. Eu devo dinheiro. Como todas as outras pessoas no mundo. Todo mundo menos você, claro. — Lambert fechou a cara. — Tenho trezentas mil libras de saldo negativo no banco. — Ele ergueu a cabeça e encontrou os olhos incrédulos de Richard. — Nada comparado a dez milhões, não é? Você poderia pagar isso amanhã.

Richard ficou olhando fixamente para Lambert, tentando controlar sua repulsa; lembrando que Lambert ainda era seu genro.

— A Philippa sabe disso? — perguntou ele, por fim.

— Claro que não.

— Graças a Deus — murmurou Richard. Ele olhou para o papel em sua mão mais uma vez. — E o que exatamente você estava pretendendo fazer com isso?

— Mostrar ao banco — disse Lambert. — Pensei que faria com que eles se calassem por um tempo.

— Então você é um desmiolado, além de desonesto!

Lambert se encolheu. Por alguns minutos, os dois se encararam, com antipatia mútua.

— Eu... eu vou ter que pensar no assunto — disse Richard, por fim. — Enquanto isso, posso pedir para não contar nada a Philippa... nem para mais ninguém?

— Por mim, tudo bem — disse Lambert, e sorriu de um jeito convencido para Richard.

Algo dentro de Richard deu um estalo.

— Não ouse sorrir para mim! — gritou ele. — Não há nenhum motivo para sorrir! Você é um fraudador desonesto e sem princípios! Meu Deus, como a Philippa conseguiu se apaixonar por você?

— Foi por causa do meu charme natural, imagino — disse Lambert, passando a mão pelos cabelos.

— Saia daqui! — disse Richard, tremendo de ódio. — Saia do meu escritório, antes que eu... antes que eu... — Ele parou, sem conseguir achar as palavras certas, e a boca de Lambert se contorceu em um sorriso de escárnio.

Mas, antes que um dos dois pudesse dizer qualquer outra coisa, foram interrompidos pela voz de Gillian, gritando do hall no andar inferior.

— Richard! Venha aqui depressa! É a Philippa!

Gillian havia arrastado Philippa para dentro da casa e chamado uma ambulância. Quando os dois chegaram ao andar de baixo, Philippa estava sentada e gemia baixinho.

— Acho que ela vomitou a maior parte dos comprimidos — disse Gillian. Ela franziu o cenho, e secou bruscamente uma lágrima do olho. — Menina boba, boba!

Richard olhava fixamente para a filha, em estado de choque, sem palavras; para aquela figura mal-ajambrada e infeliz.

— Com certeza ela não queria de fato... — começou Richard, e parou, incapaz de formular as palavras.

— Claro que não — disse Gillian. — Foi um… — sua voz falhou — pedido de socorro.

— Mas ela sempre pareceu... — disse Richard, e parou.

Ele estava prestes a dizer que Philippa sempre tinha parecido feliz. Mas, de repente, se deu conta de que não era verdade. Richard se tocou para o fato de que desde que Philippa havia deixado de ser criança, ele raramente a vira feliz de verdade. Ela sempre parecera ansiosa ou emburrada; quando estava animada, sempre tinha algo de histérico em seu comportamento.

Mas Richard havia presumido que estivesse tudo mais ou menos bem com ela. Agora, uma culpa implacável mergulhava o invadia. Eu deveria ter trazido felicidade para a vida dela, Richard se pegou pensando. Deveria ter feito tudo para que ela se sentisse feliz, estável e satisfeita. Mas eu a deixei com a mãe e, depois, com o marido. E os dois falharam com ela. Todos nós falhamos com ela.

— Philippa — disse Lambert, curvando-se. — Você consegue me ouvir?

Os olhos de Philippa se abriram e ela gemeu mais alto.

— Lambert — disse Gillian. — Acho melhor você ficar longe dela.

— Por quê? — perguntou Lambert de modo truculento. — Eu sou o marido dela.

— Ela escreveu uma carta — disse Gillian.

Gillian entregou a carta para Richard; enquanto ele a examinava, sua expressão ficou sombria. Uma veia começou a latejar em sua testa.

— Me dê isso — disse Lambert. — Tenho todo o direito...

— Você não tem direito algum! — rebateu Richard. — Direito nenhum!

— A ambulância chegou — disse Gillian, de repente, olhando pela janela. — Quem vai com ela?

— Eu vou — disse Lambert.

— Não — disse Richard de pronto —, você não. Quem vai sou eu.

A caminho do hospital, Richard ficou olhando fixamente para baixo, para o rosto da filha; segurou sua cabeça enquanto ela vomitava em um recipiente de papelão, e alisou seus cabelos para trás.

— Eu não queria me casar com ele — murmurou ela, lágrimas descendo pelo rosto inchado. — Ele me dá nojo!

— Tudo bem, querida — disse Richard com delicadeza. — Chegaremos logo ao hospital. Você vai ficar bem.

— Foi a mamãe — chorou Philippa. — Ela me fez casar com o Lambert! Ela dizia que eu era feia e que não era... — Ela parou de falar e olhou para ele com os olhos vermelhos. — Você odiava mesmo o Jim?

— Quem é Jim? — perguntou Richard, sem entender.

Mas Philippa voltou a vomitar. Richard olhou para ela em silêncio. Uma depressão pesada e sombria estava se apoderando dele; era como se as pedras preciosas reluzentes que formavam sua família estivessem sendo viradas, uma a uma, revelando um monte de vermes horripilantes. O que mais ele não sabia? O que mais não tinham contado a ele?

— Cadê a Fleur? — perguntou Philippa, assim que conseguiu se sentar de novo. — Ela sabe?

— Não sei — disse Richard com calma. — Não precisamos contar para ela se você não quiser.

— Mas eu quero que ela saiba! — gritou Philippa, histérica. — Quero ela comigo!

— Sim, querida — disse Richard, sentindo-se à beira das lágrimas, de repente. — Sim, eu também.

Muito mais tarde, Richard chegou em casa, cansado e deprimido, e encontrou todo mundo à sua espera no hall.

— O que aconteceu? — perguntou Fleur. Ela correu e segurou a mão dele. — Querido, fiquei tão chocada quando soube.

— Ela vai passar a noite no hospital — disse Richard. — Eles acham que não aconteceu nada mais grave. Eles vão... — Ele engoliu em seco. — Eles vão encaminhá-la ao atendimento psicológico.

— Podemos, tipo, ir lá e visitá-la? — perguntou Antony, sem saber como agir.

Richard olhou para ele, sentado na escada com Zara, e sorriu.

— Ela volta para casa amanhã. Sinceramente, não há motivo para preocupação. Foi só um susto.

— Mas por que ela fez isso? — perguntou Antony. — Ela não

se deu conta? Não pensou em como todos ficaríamos assustados?

— Acho que ela não pensou muito no assunto — disse Richard, delicadamente. — Está um pouco confusa no momento. — De repente, ele olhou ao redor. — Onde está o Lambert?

— Foi embora — disse Gillian. — Eu o mandei para um hotel para passar a noite. — Ela contraiu os lábios. — Ele estava bêbado demais para dirigir.

— Muito bem, Gillian. — Richard a encarou. — E obrigado. Se você não tivesse saído para procurar a Philippa...

— Sim, bem... — Gillian desviou o olhar. — Não vamos pensar nisso. — Ela olhou no relógio. — Está tarde. Hora de irmos para a cama. Antony, Zara, vocês precisam dormir.

— Sim — disse Antony com a voz baixa. — Bem, boa noite para vocês.

— Boa noite — disse Zara.

— Antony, sinto muito por não termos conseguido comemorar sua vitória direito — disse Richard, lembrando-se de repente. — Mas faremos isso. Outro dia.

— Claro, pai. Boa noite.

— Acho que também vou dormir — disse Gillian. Ela olhou para Richard. — Você está com fome?

— Não — disse ele. — Sem fome. — Então olhou para Fleur. — Mas acho que vou beber um copo de uísque.

Fleur sorriu.

— Vou pegar — disse ela, e foi para a sala de estar.

Richard olhou para Gillian.

— Gillian — disse ele, baixinho. — Você fazia alguma ideia de que isso poderia acontecer? Você tinha notado que a Philippa estava tão infeliz assim?

— Não — disse Gillian. — Eu não fazia ideia. — Ela mordeu o lábio. — Mas, ao mesmo tempo, quando penso nisso, fico me perguntando se não era óbvio. Se eu deveria ter notado alguma coisa.

— Exatamente — disse Richard. — É exatamente assim que estou me sentindo.

— Sinto que eu a deixei na mão — disse Gillian.

— Você não fez isso — disse Richard com firmeza. — Você não a deixou na mão! Se alguém fez isso, foi a mãe dela.

— O quê? — Gillian olhou para ele com os olhos arregalados.

— Emily a deixou na mão! Emily era uma... — Ele se interrompeu, a respiração pesada, e Gillian olhou para ele, desolada.

Por alguns instantes, nenhum deles disse nada.

— Eu sempre soube que havia um lado obscuro em Emily — disse Richard. — Eu estava desesperado para descobrir mais sobre a personalidade dela. — Ele ergueu o olhar triste. — E agora parece que a Emily doce e inocente que eu conhecia era só... uma fachada! Eu não conhecia a verdadeira Emily! Eu não ia *querer* conhecer a verdadeira Emily!

— Ah, Richard. — Lágrimas marejaram os olhos de Gillian. — A Emily não era só ruim, você sabe.

— Sei que não era. — Richard esfregou o rosto. — Mas sempre pensei que ela fosse perfeita.

— Ninguém é perfeito — disse Gillian em voz baixa. — Ninguém no mundo é perfeito.

— Eu sei — disse Richard. — Eu fui uma besta. Uma grande besta.

— Você não é uma besta — disse Gillian. Ela se levantou. — Vá beber seu uísque. E esqueça a Emily. — Ela olhou fundo nos olhos dele. — Está na hora de seguir com a vida.

— Sim — disse Richard lentamente. — Está, não está?

Fleur estava sentada no sofá na sala de estar, com dois copos de uísque ao seu lado.

— Coitadinho de você — murmurou ela quando Richard entrou na sala. — Que noite horrenda.

— Você não sabe da missa a metade — disse Richard. Ele pegou o copo de uísque e bebeu tudo de uma vez. — Às vezes, Fleur, fico me perguntando se ainda existem pessoas decentes no mundo.

— Como assim? — perguntou Fleur, levantando-se e voltando a encher o copo dele. — Aconteceu alguma outra coisa hoje?

— É quase vil demais para contar — disse ele. — Você vai ficar enojada quando souber.

— O que foi? — Ela se recostou no sofá e olhou para Richard, ansiosa.

Ele suspirou e tirou os sapatos.

— Mais cedo, eu encontrei Lambert no meu escritório, tentando forjar uma carta minha para um de meus advogados. Ele está com dificuldades financeiras, e acreditou que meu nome o ajudaria a tirar os credores da cola dele. — Richard tomou mais um gole de uísque e balançou a cabeça. — A história toda é deplorável.

— Ele está com sérios problemas financeiros?

— Receio que sim. — Richard franziu o cenho.

— Não me conte mais se não quiser — disse Fleur depressa.

Richard segurou a mão dela e sorriu delicadamente.

— Obrigado, querida, por ser tão sensível. Mas não tenho segredos com você. Na verdade, é um alívio conversar com alguém sobre isso. — Ele suspirou. — A Lambert foi dada a impressão por... por alguém... de que Philippa logo teria acesso a muito dinheiro. E, baseado nisso, ele começou a gastar muito mais do que podia.

— Ai, minha nossa — disse Fleur. Ela franziu a testa. — Foi por isso que a Philippa...

— Não, a Philippa não sabe sobre o dinheiro. Mas eles brigaram. Philippa ameaçou se separar do Lambert e as coisas ficaram bem feias. Parece que vocês duas conversaram longamente sobre isso em Londres.

— Não tão longamente — disse Fleur, franzindo o cenho.

— Mesmo assim, ela achou seu conselho muito útil. Está desesperada para ver você. — Richard acariciou os cabelos de Fleur. — Acho que ela está começando a te ver como uma figura materna.

— Não tenho certeza disso — disse Fleur, dando uma risadinha.

— Quanto ao Lambert... — Richard deu de ombros. — Não faço ideia se ele e Philippa conseguirão consertar as coisas ou se ele deveria fazer as malas e ir embora.

— Fazer as malas e ir embora — disse Fleur, estremecendo. — Ele é detestável.

— E desonesto — disse Richard. — Agora acho difícil acreditar que ele não se casou com Philippa pelo dinheiro dela, para começo de conversa!

— Então ela é rica? — perguntou Fleur casualmente.

— Ela vai ser — disse Richard. — Quando completar trinta anos. — Ele tomou mais um gole de uísque. — A ironia nisso é que eu só assinei os papéis hoje cedo.

Por um momento, Fleur ficou parada, e então ergueu o olhar e perguntou:

— Que papéis?

— Hoje cedo, eu transferi uma enorme quantidade de dinheiro para um fundo fiduciário para o Antony e a Philippa. — Ele sorriu para ela. — Cinco milhões para cada, na verdade.

Fleur encarou Richard por alguns segundos.

— Cinco milhões para cada — disse ela lentamente. — Que somados dão dez milhões. — Ela fez uma pausa, parecendo ouvir o que dizia.

— Sei que parece ser muito dinheiro — disse ele. — Mas eu queria dar independência financeira aos dois. E, ainda assim, viverei com muito conforto.

— Você acabou de abrir mão desse dinheiro todo... — disse Fleur baixinho. — Para os seus filhos.

— Eles ainda não sabem — disse Richard. — Mas sei que posso confiar em você para guardar segredo.

— Claro — murmurou Fleur. Ela bebeu todo o líquido do copo e ergueu o olhar. — Você poderia... acha que poderia me dar mais um copo, por favor?

Richard se levantou, encheu o copo de Fleur de novo com o líquido âmbar e voltou para perto dela. De repente, parou.

— Fleur, o que estou esperando? — perguntou ele. — Há muito tempo venho querendo te perguntar uma coisa. Sei que a noite foi difícil, mas talvez... talvez isso me dê mais motivo para fazer o que pretendo fazer.

Ajoelhando-se no carpete, ainda segurando o copo de uísque, Richard ergueu o olhar para Fleur.

— Fleur — disse ele, a voz embargada. — Fleur, minha querida, você quer se casar comigo?

DEZOITO

Bem cedo na manhã seguinte, um Jeep branco parou na frente da Maples e buzinou alto, acordando Richard. Esfregando os olhos, ele foi até a janela do quarto e olhou para fora.

— São os amigos do Antony — disse ele à Fleur. — Devem estar indo cedo para a Cornualha.

De repente, alguém bateu à porta e a voz de Antony foi ouvida.

— Pai? Nós estamos indo!

Richard abriu a porta e olhou para Antony e para Zara, de pé no patamar da escada. Eles estavam vestidos de modo idêntico, com calça jeans e boné, e os dois carregavam bolsas de viagem enormes e cheias.

— Certo — disse Richard. — Rumo à Cornualha. Vocês vão se comportar, não vão?

— Claro que vamos — disse Antony, impaciente. — E, de qualquer modo, a mãe da Xanthe vai estar lá.

— Eu sei — disse Richard. — Conversei com ela ontem. E falei sobre algumas regras básicas.

— Pai! O que você disse?

— Nada de mais — disse Richard, sorrindo. — Só que vocês tinham que tomar um banho de banheira gelado todo dia pela manhã, e depois ler Shakespeare por uma hora...

— Pai!

— Tenho certeza de que vocês vão se divertir muito — disse Richard, baixando a guarda. — E nós nos veremos aqui de novo na sexta.

Lá fora, o Jeep buzinou mais uma vez.

— Tudo bem — disse Antony. Ele olhou para Zara. — Bem, é melhor a gente ir.

— Espero que Philippa fique bem — disse Zara.

— É. — Antony ergueu o olhar para Richard e mordeu o lábio. — Espero que ela...

— Ela vai ficar bem — disse Richard de modo tranquilizador. — Não se preocupem. Agora, andem, antes que a Xanthe comece aquele barulho infernal de novo.

Ele observou os dois descerem a escada. Zara estava quase dobrando o corpo todo para a frente com o peso da bolsa, e ele se perguntou por um instante o que ela podia estar carregando. E, então, quando ouviu a porta da casa se fechar, virou-se para Fleur.

— Eram o Antony e a Zara — disse ele, sem precisar. — Saindo a caminho da Cornualha.

— Mmm. — Fleur, sonolenta, se virou, enrolando-se no edredom.

Richard ficou olhando para ela por algum tempo, e então respirou fundo.

— Não sei a que horas você quer sair de casa — disse ele. — Levarei você à estação. Me avise quando quiser.

— Está bem — disse Fleur. Ela abriu os olhos. — Você não se importa, não é, Richard? Só preciso de um tempo para pensar.

— Claro que precisa — disse ele, forçando a voz para parecer animado. — Entendo totalmente. Eu não esperaria que você tomasse uma decisão sem pensar com calma.

Richard se sentou na cama e olhou para Fleur. Os braços dela estavam repousados no travesseiro acima da cabeça; braços bonitos, como os de uma bailarina. Ela havia fechado os olhos de novo, retornando ao doce sono da manhã. Pela mente dele, passou a possibilidade de que ela o rejeitasse. E, com essa ideia, surgiu uma pontada de dor, tão forte e aguda que quase o deixou em pânico.

No andar de baixo, Gillian preparava um chá. Ela levantou a cabeça quando Richard entrou na cozinha.

— Eu vi os dois saindo — disse ela. — Aquele rapaz, o Mex, estava dirigindo. Espero que ele seja responsável.

— Tenho certeza de que é — disse Richard. Ele se sentou à mesa da cozinha e olhou ao redor. — A casa fica muito silenciosa — disse ele. — Já sinto falta da música alta.

Gillian sorriu e colocou uma caneca de chá na frente dele.

— O que vai acontecer com a Philippa? -- perguntou ela. — Ela vai sair do hospital hoje?

— Vai — disse Richard. — A menos que alguma coisa tenha acontecido de ontem para hoje. Vou buscá-la agora de manhã.

— Vou com você — disse Gillian. — Se não tiver problema.

— Claro que não tem problema — disse Richard. — Aposto que ela adoraria ver você. — Ele tomou um gole de chá, organizando os pensamentos, e então ergueu o olhar. — Há outra coisa que preciso te contar. Fleur vai a Londres passar uns dias lá.

— Entendo — disse Gillian. Ela olhou para o rosto pálido e sério de Richard. — Você não vai junto? - perguntou, hesitante.

— Não — disse ele. — Dessa vez, não. A Fleur... — Ele passou a mão no rosto. — A Fleur precisa de um tempo sozinha. Para... pensar em algumas coisas.

— Entendo — repetiu ela.

— Ela estará de volta no sábado — disse Richard.

— Ah, que bom — disse Gillian, animada. — Vai passar muito rápido. — Richard sorriu sem energia e bebeu todo o chá. Gillian olhou para ele ansiosamente. — Você acha que a Fleur gostaria de beber um pouco de chá? — perguntou ela. — Vou subir daqui a pouco.

— Ela não quer chá — disse Richard, lembrando-se de repente. — Mas perguntou se eu poderia levar o jornal *The Times* lá em cima para ela.

— *The Times* — disse Gillian, olhando ao redor. — Aqui está. Posso levar para ela, se você quiser. — Ela pegou o jornal dobrado e olhou para ele com curiosidade. — Fleur não costuma ler o jornal — disse ela. — Por que será que ela o quer?

— Não sei — disse Richard, servindo-se de mais chá. — Não perguntei.

Às dez da manhã, Fleur estava pronta para sair.

— Vamos deixar você na estação — disse Richard, levando a mala dela escada abaixo —, e então iremos ao hospital. — Ele fez uma pausa. — A Philippa vai ficar triste por não te ver lá — acrescentou ele.

— É uma pena — disse Fleur. Ela olhou nos olhos de Richard. — Mas realmente acho que não consigo...

— Não — disse ele, apressado. — Claro que não. Eu não deveria ter dito nada.

— Você é um doce de homem — disse Fleur, e passou a mão pelo braço dele. — E espero mesmo que a Philippa supere isso.

— Ela vai ficar bem — disse Gillian, entrando no hall. — Vamos mantê-la em casa por um tempo; cuidar dela direito. Quando você voltar, ela provavelmente estará novinha em folha. — Ela olhou para Fleur. — Você está muito elegante — disse ela — toda de preto.

— É uma cor muito útil para se usar em Londres — murmurou Fleur. — Não mostra a sujeira da cidade.

— Você vai ficar na casa do seu amigo Johnny? — perguntou Gillian. — Poderemos contatar você lá se houver alguma emergência com a Zara?

— Provavelmente não ficarei lá, não — disse Fleur. — Devo me hospedar em um hotel. — Franziu o cenho de leve. — Ligo quando chegar e deixo o número do telefone.

— Ótimo — disse Richard. Ele olhou para Gillian com hesitação. — Bem, acho melhor irmos.

Ao saírem pela porta e começarem a andar pelo acesso de veículos, Fleur olhou para trás, para a casa, admirando-a.

— É uma casa acolhedora, essa, não é? — disse ela, de repente. — Uma casa aconchegante.

— Sim — disse Richard, animado. — Muito aconchegante. É... bem, acho que é uma casa ótima para se ter como lar.

Fleur olhou nos olhos dele.

— Sim — disse ela, com delicadeza, e abriu a porta do carro. — Sim, Richard, tenho certeza que sim.

***

Philippa estava sentada em seu leito quando Richard e Gillian chegaram. Ela os observou atravessando a enfermaria e, automaticamente, tentou abrir um sorriso largo para eles. Mas sua boca estava esquisita, e as bochechas, rígidas. A sensação era de que nunca mais conseguiria sorrir; como se a vergonha congelante que tomava seu corpo tivesse feito com que sua reação natural fosse ficar paralisada.

Ela não achou que seria assim. Achou que estivesse cometendo o maior ato romântico que existe; e que, quando acordasse, encontraria todo mundo reunido ao redor do seu leito, contendo as lágrimas, acariciando sua mão e prometendo tornar sua vida melhor. Em vez disso, acordou com uma série de ataques humilhantes contra seu corpo, administrados por enfermeiras com frases educadas nos lábios e desprezo nos olhos. Quando vira o rosto arrasado do pai, algo dentro dela tinha se dobrado, e ela sentira vontade de chorar. Exceto que, de repente, ela não conseguia mais chorar. A fonte das lágrimas eternas que havia dentro dela tinha secado; o pano de fundo de fantasia romântica havia caído, e só havia sobrado algo frio e seco, como pedra.

Ela lambeu os lábios quando o pai e Gillian se aproximaram, respirou fundo e disse um "oi" hesitante. Sua voz soou estranha e metálica.

— Oi, querida!

— Oi, Philippa. — Gillian sorriu alegre para ela. — Como você está?

— Muito melhor — disse Philippa devagar. A sensação era de que estava falando outra língua.

— Você pode ir para casa hoje — disse seu pai. — A papelada da alta está pronta.

— Que bom — disse Philippa. De repente, um pensamento lhe ocorreu. — A Fleur está em casa?

— Não — respondeu seu pai. — A Fleur foi passar uns dias em Londres.

— Entendi — disse Philippa. Um lampejo surdo de decepção percorreu seu corpo, mas logo morreu. — Ela vai voltar? — perguntou, educadamente.

— Sim — respondeu Gillian, antes que Richard pudesse dizer alguma coisa. — Sim, claro que ela vai voltar.

No carro, muito pouco foi dito. Quando chegaram à casa, Gillian levou tigelas de canja de galinha ao solário, e Richard se sentou em frente à Philippa.

— Precisamos conversar sobre Lambert — disse ele, com cautela.

— Sim. — A voz de Philippa soou monótona.

— Você...

— Nunca mais quero ver a cara dele na minha frente.

Richard olhou para Philippa por muito tempo, e então para Gillian.

— Tudo bem — disse ele. — Bem, desde que você tenha certeza disso.

— Quero o divórcio — disse Philippa. — Está tudo acabado entre mim e Lambert. — Ela tomou uma colherada de canja. — Que delícia.

— Caldo de galinha de verdade — disse Gillian. — Com certeza não usam isso naquelas comidas prontas de caixinha.

— E você tem certeza de que não vai mudar de ideia? — insistiu Richard.

— Sim — disse Philippa com calma. — Tenho certeza. — Ela se sentiu libertada, como se estivesse jogando fora um monte de tralha indesejada. Sua mente estava limpa e leve; sua vida estava livre; ela poderia começar de novo.

Mais tarde, naquele mesmo dia, Lambert chegou de táxi à Maples, levando um buquê de cravos cor-de-rosa. Richard o recebeu à porta da casa e o levou para a sala de estar.

— Philippa está descansando lá em cima — disse Richard. — Ela não quer ver você.

— É uma pena — disse Lambert. — Trouxe isso para ela. — Ele colocou as flores em uma mesa de canto, sentou-se no sofá e começou a limpar o mostrador do relógio com a manga da camisa. — Imagino que ainda esteja meio chateada — acrescentou.

— Ela está mais do que meio chateada — disse Richard, tentando manter a voz firme. — Devo te dizer logo que ela vai pedir o divórcio.

— Divórcio? — Sem erguer o olhar, Lambert passou a mão pelos cabelos, hesitante. — Você está brincando, não está?

— Não estou brincando — disse Richard. — Isso não é assunto para brincadeiras.

Lambert ergueu o olhar e foi pego de surpresa pelos lábios contraídos de Richard, pela hostilidade em seus olhos. Bem, Lambert, ele pensou, você estragou tudo dessa vez, não foi? O que vai fazer agora? Pensou por um momento e se levantou abruptamente.

— Richard, eu gostaria de pedir desculpas — disse ele, olhando para Richard da forma mais sincera que conseguiu. — Não sei o que deu em mim ontem. Bebi demais, provavelmente. — Ele arriscou um sorrisinho. — Nunca foi minha intenção abusar da sua confiança, senhor.

— Lambert — começou Richard, irritado.

— A Philippa é uma garota muito nervosa — continuou Lambert. — Já brigamos antes, mas tudo sempre passou. E tenho certeza de que dessa vez também vai passar, se você nos der uma chance...

— Você teve sua chance! — rebateu Richard. — Você teve sua chance quando entrou na igreja e prometeu amar e respeitar minha filha! — Sua voz aumentou de volume. — Você amou a Philippa? Você a respeitou? Ou você sempre a viu simplesmente como uma fonte de riqueza?

Ele parou de falar, a respiração pesada, e Lambert o encarou ligeiramente em pânico, pesando as respostas em sua mente. Será que Richard acreditaria se ele declarasse amor eterno por Philippa?

— Serei sincero com você, Richard — disse ele, por fim. — Sou apenas humano. E um homem não consegue viver só de pão.

— Como ousa citar a Bíblia para cima de mim! — gritou Richard. — Como ousa usar minha filha!

— Eu não a usei! — exclamou Lambert. — Tivemos um casamento muito feliz!

— Você a desonrou, você a explorou, você a transformou de uma jovem feliz em uma mulher emocionalmente desequilibrada.

— Pelo amor de Deus, ela sempre foi emocionalmente desequilibrada! — respondeu Lambert, sentindo-se repentinamente injustiçado. — A Philippa era problemática muito antes de eu conhecê-la! Então, não jogue essa culpa para cima de mim também.

Por um instante, Richard olhou para ele sem palavras, e, de repente, se virou.

— Nunca mais quero ver você — disse ele, baixinho. — Seu emprego está rescindido sob os termos do seu contrato.

— Que termos?

— Improbidade grave — disse Richard com frieza. — Abuso de confiança e falsificação de documentos.

— Vou me defender dessas acusações na Justiça!

— Se você se defender, com certeza vai perder; entretanto, é você quem sabe. No que diz respeito ao divórcio — continuou Richard —, o advogado de Philippa entrará em contato no momento oportuno. — Ele fez uma pausa. — Quanto ao dinheiro...

Houve um momento de silêncio. Lambert se pegou inclinando-se um pouco para a frente, tomado por uma esperança repentina.

— Vou reembolsar sua dívida num total de duzentos e cinquenta mil libras. Não mais que isso. Em troca, você vai me garantir por escrito que não vai tentar entrar em contato com a Philippa, exceto por meio de seu advogado, e que vai considerar essa quantia um acordo total e final do divórcio.

— Duzentos e cinquenta? — disse Lambert. — E o resto da minha dívida?

— O resto da sua dívida, Lambert — disse Richard, com uma voz levemente trêmula —, é problema seu.

— Duzentos e setenta e cinco — disse Lambert.

— Duzentos e cinquenta. Não mais que isso.

Houve uma longa pausa.

— Tudo bem — disse Lambert, por fim. — Certo, eu aceito. Fechado. — Ele estendeu a mão, e, então, como Richard não aceitou apertar sua mão, ele voltou a baixá-la. Ele olhou admirado para Richard. — Você é um homem duro na queda, não é?

— Pedi que seu táxi aguardasse na frente da casa — disse Richard. Ele olhou para o relógio. — Um trem sai às três. — Ele enfiou a mão no bolso. — Aqui está o dinheiro da passagem. — Ele entregou um envelope a Lambert, que hesitou, deu de ombros e o pegou.

Eles caminharam em silêncio até a porta de entrada da casa.

— Eu também sugiro — disse Richard, abrindo a porta —, que você abdique da condição de sócio de Greyworth. Antes que seja convidado a sair.

— Você está planejando arruinar a minha vida! — disse Lambert com raiva. — Você vai me destruir!

— Duvido — disse Richard. — Pessoas como você nunca ficam destruídas. São os outros que ficam. Aqueles que têm o azar de encontrar você pelo caminho, aqueles que aceitam você em suas vidas; que são tolos o suficiente para confiar em você.

Lambert olhou para ele em silêncio por um minuto, e então entrou no táxi e se recostou. O taxista deu a partida.

— Me diga uma coisa — disse Richard, de repente. — Você algum dia se importou de verdade com a Philippa? Ou foi tudo uma farsa?

Lambert franziu o rosto, pensativo.

— Às vezes eu até me sentia atraído por ela — disse Lambert. — Quando ela se embonecava toda.

— Entendi — disse Richard. Ele respirou fundo. — Por favor, saia daqui. Imediatamente.

Ele observou o táxi sair pelo acesso de veículos e desaparecer.

— Então ele foi embora? — Richard se virou e viu Gillian de pé na porta de entrada. — Eu ouvi sua conversa com ele — continuou ela. — Se serve de consolo, eu achei que você se saiu maravilhosamente bem.

— Nem tanto — disse Richard. Ele passou a mão no rosto, cansado. — Sabe, ele nem se arrependeu do comportamento dele.

— Não faz sentido esperar que pessoas assim se arrependam — disse Gillian, surpreendentemente. — Temos que tirá-las de nossa vida o mais rápido que pudermos e nos esquecermos dela. Sem ficar remoendo muito.

— Imagino que você tenha razão — disse Richard. — Mas, no momento, não consigo não ficar remoendo. Estou muito amargurado. — Ele balançou a cabeça e caminhou devagar de volta para dentro de casa. — Como está a Philippa?

— Ah, está bem — disse Gillian, dando uns passos em direção a ele. — Ela vai ficar bem.

Gillian colocou a mão no braço dele e, por alguns instantes, os dois ficaram em silêncio.

— Sinto falta da Fleur — disse Richard. — Estou com saudade dela. — Suspirou. — Ela viajou hoje de manhã, e já estou com saudade.

— Eu também — disse Gillian. Ela apertou o braço dele para demonstrar apoio. — Mas Fleur logo vai estar de volta. Talvez ela telefone hoje à noite.

— Ela não vai telefonar — disse Richard. Ele engoliu em seco. — Pedi a Fleur em casamento ontem à noite. Por isso ela foi para Londres. Ela quis pensar a respeito.

— Entendi — disse Gillian.

— Agora, pensando bem, como eu queria não ter dito nada — falou Richard. Ele levantou a cabeça. — Gillian, e se ela disser não?

— Ela não vai dizer não — disse Gillian. — Tenho certeza de que não vai dizer não.

— Mas pode ser que diga!

— E pode ser que diga sim — disse Gillian. — Pense nisso apenas. Pode ser que ela diga sim.

Naquela noite, quando Philippa foi dormir, e os dois ficaram na sala de estar tomando café, Gillian disse a Richard de repente:

— Não coloque a Fleur num pedestal.

— O quê? — Richard olhou para Gillian, surpreso, e ela corou.

— Perdão — disse ela. — Eu não deveria falar coisas assim para você.

— Bobagem — disse Richard. — Você pode dizer o que quiser para mim. — Ele franziu a testa, pensativo. — Mas não sei bem o que quer dizer.

— Deixa para lá — disse Gillian.

— Não! Gillian, já nos conhecemos há tempo suficiente para sermos sinceros. — Ele se inclinou para a frente e olhou para ela com seriedade. — Diga o que está pensando. O que quer dizer com pedestal?

— Você achava que a Emily era perfeita — disse Gillian, sendo bem direta. — Agora, acha que a Fleur é perfeita.

Richard riu.

— Eu não acho a Fleur perfeita... — Ele hesitou e corou de leve.

— Acha, sim! — disse Gillian. — Você acha que ela é perfeita! Mas ninguém é perfeito. — Ela pensou por um segundo. — Um dia, você vai descobrir algo sobre a Fleur que não sabia. Ou que não percebeu. Assim como aconteceu com a Emily. — Ela mordeu o lábio. — E pode ser que não seja uma coisa boa. Mas não quer dizer que Fleur não seja uma boa pessoa.

Richard ficou olhando para ela.

— Gillian, você está tentando me contar alguma coisa? Alguma coisa sobre a Fleur?

— Não! — disse Gillian. — Não seja bobo. — Ela olhou seriamente para Richard. — É só que não quero ver você se decepcionar de novo. E se começar com expectativas realistas, talvez... — Ela pigarreou, sem jeito. — Talvez tenha mais chance de ser feliz.

— Você está dizendo que eu idealizo as coisas — disse Richard, devagar.

— Bem, sim, acho que estou. — Gillian franziu o cenho, envergonhada. — Mas, quem sou eu, certo? — Ela pousou a xícara de café fazendo barulho e se levantou. — O dia foi longo.

— Você tem razão — disse Richard, de repente. — Gillian, você me entende totalmente.

— É que conheço você há muito tempo — disse ela.

— Mas nunca conversamos desse jeito antes! Você nunca tinha me dado conselhos!

— Eu não achava apropriado. — Gillian corou.

Richard a observou caminhar até a porta.

— Queria que tivesse achado.

— As coisas eram diferentes antes. Tudo era diferente.

— Antes da Fleur.

Gillian assentiu, sorrindo discretamente.

— Isso mesmo.

Na sexta-feira, Fleur ainda não tinha telefonado. Gillian e Richard andavam de um lado para o outro da casa como dois cães nervosos enquanto, do lado de fora, o céu pairava acima deles em uma massa úmida e cinzenta. No meio da manhã, começou a chover; alguns minutos depois, o Jeep branco parou na frente da casa, descarregando Antony e Zara numa onda de gritinhos e risadas.

— Contem tudo! — exclamou Richard, desejando ser distraído de seus pensamentos. — Vocês se divertiram?

— Foi excelente — disse Zara. — Apesar de a Xanthe Forrester ter aproximadamente um neurônio apenas.

— Fomos fazer trilha — disse Antony —, e acabamos perdidos... — Ele olhou nos olhos de Zara e os dois começaram a rir.

— E bebemos cidra — disse Zara, quando conseguiu parar de rir.

— Você bebeu cidra — retrucou Antony. — O resto de nós bebeu cerveja. — Ele começou a rir de novo. — Zara, imita o sotaque da Cornualha!

— Não consigo!

— Consegue, sim!

— Não tenho contexto — disse Zara. — Preciso de contexto.

Richard olhou para Gillian.

— Bem, parece que foi tudo ótimo — disse Richard. — Mas acho que vou ter uma conversinha com a Sra. Forrester mais tarde.

— Onde está a Fleur? — perguntou Zara, largando a mochila no chão, fazendo barulho.

— Foi passar uns dias em Londres — disse Richard. — Mas deve voltar amanhã.

— Londres? — perguntou Zara. — O que ela foi fazer em Londres?

— Ah, nada de mais. Não sei bem, para ser sincero.

— Ela não te contou?

— Não entrou em detalhes. — Richard sorriu para ela. — Agora, o que acham de tomarmos chocolate quente?

— Tá — disse Zara, distraidamente. — Só vou ver uma coisinha.

Sem olhar para trás, ela saiu correndo escada acima, atravessou o corredor e entrou no quarto de Fleur. Ali, ela parou, respirou fundo e, com o coração aos pulos, abriu as portas do guarda-roupa.

Todos os tailleurs pretos de Fleur tinham sido levados.

— Ai, não — disse Zara, em voz alta. — Ah, não, por favor. — Uma dor atingiu seu peito como uma martelada. — Por favor, não. — Suas pernas começaram a tremer e ela se sentou no chão. — Não, por favor — murmurou, cobrindo a cabeça com as mãos. — Por favor, não. Por favor, não. Não dessa vez. Fleur, por favor, não. Por favor.

Na hora do jantar, a tensão na casa já tinha alcançado níveis estratosféricos. Zara encarava seu prato, sem comer; Richard tentava esconder o nervosismo com uma série de piadas das quais ninguém ria; Gillian batia os pratos e repreendeu Antony quando ele derrubou uma colher no chão. Philippa deu três garfadas, e avisou que terminaria de comer no quarto.

Depois, os outros se sentaram na sala de estar para assistir a um filme na televisão que todos já tinham visto. Quando terminou, ninguém disse nada; ninguém foi dormir. O programa seguinte começou e os olhos de todos permaneceram grudados na tela. Não queremos deixar uns aos outros, pensou Zara. Não queremos ir para a cama. Não queremos ficar sozinhos. Quando Antony bocejou e começou a mexer as pernas na poltrona, ela sentiu uma onda de pânico.

— Vou dormir — disse ele, por fim. — Boa noite, pessoal.

— Também vou — disse Zara, e o acompanhou.

Na escada, ela o puxou para perto de seu corpo.

— Me deixa dormir na sua cama hoje? — sussurrou ela.

— Como assim? Você quer trocar de cama comigo? — perguntou ele, confuso.

— Não — disse Zara, insistente. — Quero dormir com você. Só quero... — Ela hesitou. — Só não quero ficar sozinha, tá?

— Ah, tudo bem — disse Antony, devagar. — Tudo bem! — Seus olhos brilharam. — Mas e se alguém descobrir?

— Não se preocupe — disse Zara. — Ninguém vai chegar nem perto da gente.

DEZENOVE

— Zara! Zara! — Uma voz sussurrava sem parar no ouvido de Zara.

Por fim, ela pensou em mandar aquela voz se catar e ir importunar outra pessoa. Sonolenta, ela esfregou os olhos, então os abriu e tomou um susto.

— É para se assustar mesmo! — Fleur estava de pé ao lado da cama, elegante num tailleur vermelho que Zara nunca tinha visto, olhando para ela com uma mistura de triunfo e raiva no rosto. — O que você pensa que está fazendo?

Zara ficou olhando fixamente para ela, boquiaberta, sob a iluminação fraca do quarto cortinado. De repente, se deu conta de que estava deitada na cama ao lado de Antony; que o braço nu dele se estendia sobre o peito dela.

— Não é o que parece, tá? — disse ela, depressa.

— Querida, você está na cama com um garoto de quinze anos. Não venha fingir que veio parar aqui por acaso

— Não foi por acaso! Mas eu não estava... quer dizer, ele não estava...

— Não tenho tempo para isso — Fleur a interrompeu. — Levante-se e vista-se. Nós vamos agora.

Zara olhou para ela sem entender, e em seu peito começou uma batida sinistra.

— Como assim, vamos agora? — perguntou ela.

— Vamos partir agora, querida. Tem um carro esperando por nós lá embaixo. Conheci um homem muito interessante essa semana. O nome dele é Ernest. Vamos nos juntar a ele em sua Quinta.

— Nós não podemos ir embora daqui — interrompeu Zara. — Eu não vou!

— Não seja boba, Zara. — Havia um quê de impaciência na voz de Fleur. — Vamos partir e ponto final.

— Eu vou gritar! — disse Zara. — Vou acordar todo mundo.

— E todo mundo virá correndo — disse Fleur. — E aí vão descobrir exatamente o que você e o jovem Sr. Favour andam fazendo. O que o pai dele vai pensar?

— Não fizemos nada! — sibilou Zara. — Não estávamos *dormindo* juntos! Estávamos só... dormindo juntos.

— Acho muito difícil de acreditar nisso — disse Fleur. — Agora, levante-se!

O edredom levantou e a cabeça de Antony apareceu por baixo. Ele espiou Fleur com os olhos embaçados, e, quando viu quem era, empalideceu.

— Fleur! — disse ele. — Ai, meu Deus! Foi mal! A gente não queria... — Ele olhou para Zara, temeroso, e então para Fleur de novo. — Sério.

— Ssh... — disse Fleur. — Não quer que o seu pai entre aqui, quer?

— Não conte para o meu pai — Antony implorou. — Ele não vai entender.

— Bem, se não quer que seu pai fique sabendo disso, sugiro que fique de boca fechada — disse Fleur. Ela olhou para Zara. — E sugiro que você venha comigo agora mesmo.

— Eu não vou embora — disse Zara, desesperada.

— Melhor você ir — disse Antony, preocupado. — A qualquer momento, meu pai vai ouvir alguma coisa e entrar aqui.

— Garoto sensato — disse Fleur. — Vamos, Zara.

— A gente se vê depois — disse Antony, aconchegando-se sob o edredom de novo.

— A gente se vê depois — sussurrou Zara. Ela encostou a mão na cabeça dele com delicadeza. — A gente... — Mas as lágrimas começaram a escorrer pelo rosto, e ela não conseguiu terminar.

O carro esperava posicionado discretamente na esquina da Maples. Era um Rolls-Royce grande e azul-marinho, com bancos de couro e um motorista uniformizado que saiu assim que viu Fleur e Zara se aproximando, para abrir a porta.

— Eu não posso ir — disse Zara, parando. — Não posso ir. Quero morar aqui.

— Não quer, não — disse Fleur.

— Quero sim! Aqui é muito legal! E eu adoro o Richard, a Gillian e o Antony...

— Em breve estaremos em uma Quinta no Algarve — rebateu Fleur. — Fazendo coisas incrivelmente divertidas; conhecendo pessoas interessantes. E a vida que temos aqui vai parecer entediante em comparação.

— Não vai! — Zara chutou a lateral do Rolls-Royce, e o motorista se retraiu discretamente.

— Não faça isso! — Fleur empurrou Zara com raiva para dentro do carro. — Sente-se e comporte-se!

— Por que temos que ir embora? Me dê um motivo!

— Você sabe exatamente quais são os motivos, querida.

— Me dê um só! — gritou Zara, e olhou para Fleur, esperando um confronto; um tapa, até.

Mas Fleur olhava fixamente pela janela do carro e seu rosto tremia um pouco. Ela não parecia ter uma resposta.

Às oito da manhã, eles já tinham procurado por toda parte.

— Já olhei no jardim — disse Gillian, entrando na cozinha. — Nem sinal dela. — Ela olhou para Antony de novo. — Tem certeza de que ela não disse nada para você?

— Nada — murmurou Antony, sem olhar nos olhos dela. — Não sei o que aconteceu. Eu não a vejo desde ontem à noite.

— Zara não é de fazer isso... — disse Richard. Franziu o cenho. — Bem, acho que ela vai aparecer.

— Não acha que deveríamos chamar a polícia? — perguntou Gillian.

— Acho que seria um exagero — disse Richard. — Afinal, são só oito da manhã. Pode ser que ela tenha saído para caminhar. Ela provavelmente vai chegar em casa a qualquer momento. Não é, Antony?

— É — disse Antony, e desviou o olhar.

Meia hora depois, Gillian entrou correndo na cozinha.

— Tem um carro chegando! — disse ela. — Talvez seja alguém com a Zara!

— Pronto — disse Richard, sorrindo para ela. — Eu sabia que estávamos em pânico sem motivo. — Ele se levantou. — Antony, por que não faz um café fresco? E tome o café da manhã! Parece que você nem dormiu à noite.

— Dormi, sim — disse Antony. — E dormi muito bem, na verdade.

— Ótimo — disse Richard, olhando para ele de um jeito curioso. — Bem, vá fazer café, e eu vou ver se foi a Zara que chegou.

— Não é a Zara — disse Gillian, voltando para a cozinha. — É o amigo da Fleur, Johnny. E um desconhecido.

— Richard ama você — disse Zara, em tom de acusação. — Você sabe que ele ama você.

Fleur não disse nada. Elas tinham parado na primeira cidadezinha pelo caminho, e agora esperavam no carro, que estava em frente ao banco, até que a agência fosse aberta. Na mão de Fleur, pronto para ser usado, estava o cartão Gold que Richard tinha lhe dado.

— Ele quer se casar com você — persistiu Zara. — Você poderia ser muito feliz com ele.

— Querida, você diz isso todas as vezes.

— Dessa vez é verdade! Dessa vez é diferente! — Zara franziu o cenho. — Você está diferente. Fleur, você mudou.

— Besteira — disse Fleur, asperamente.

— Johnny também acha. Ele disse que achava que você estava pronta para sossegar.

— Sossegar! — repetiu Fleur de um jeito debochado. — Sossegar e me tornar uma esposa! Ter uma vida "confortável"!

— O que tem de errado em uma vida confortável? — perguntou Zara. — Melhor do que desconfortável, não é? Você gostava de lá! Eu sei! — Ela olhou para a mãe. — Fleur, por que estamos indo embora?

— Ah, querida. — Fleur se virou e Zara ficou chocada ao ver que os olhos dela estavam marejados de lágrimas. — Eu não poderia me tornar uma dona de casa sem graça de Surrey, poderia?

— Você não seria uma dona de casa sem graça de Surrey! Seria você mesma!

— Eu mesma! E como é isso?

— Não sei — disse Zara, sentindo-se impotente. — É o que quer que o Richard acha que você é.

Fleur riu.

— Richard acha que sou uma criatura adorável e dedicada que não liga a mínima para dinheiro. — Ela segurou o cartão Gold com mais força. — Se eu me casasse com ele, querida, acabaria me divorciando.

— Talvez não!

— Sim, lindinha. Eu não conseguiria me controlar. — Fleur olhou para as próprias unhas. — Eu me conheço muito bem — disse ela. — E Richard merece alguém melhor que eu.

— Ele não quer alguém melhor! — disse Zara. — Ele quer você!

— Você não sabe nada sobre isso — disse Fleur, e virou-se para a janela. — Vamos — murmurou para si mesma. — Vamos pegar o dinheiro e ir embora.

Hal Winters era um homem alto, de ombros estreitos, com o rosto queimado de sol e óculos com armação de metal. Estava sentado ao lado de Johnny à mesa da cozinha bebendo café em goles grandes, enquanto Richard, Gillian e Antony olhavam para ele em silêncio.

— Nos perdoem — disse Richard, por fim. — Isso foi um choque, de certo modo. Primeiro, Zara desapareceu, e agora...

— Entendo que vocês estejam um pouco surpresos — disse Hal Winters. Ele falava devagar, com um sotaque forte do centro-oeste norte-americano que fez Antony sorrir. — Afinal, Fleur disse que eu estava morto, e coisa e tal.

— Na verdade, pensando bem... Não tenho certeza de ela ter dito isso, exatamente — falou Richard, franzindo o cenho. — Disse?

— Foi algum mal-entendido, obviamente — disse Gillian depressa. — Que pena ela não estar aqui.

— Sim, sim — disse Johnny, olhando para Richard. — E Zara também. Que estranha coincidência.

— Zara estava aqui ontem à noite — disse Richard, franzindo a testa. — Não faço ideia do que pode ter acontecido.

— Volto para os Estados Unidos hoje à tarde — disse Hal Winters, olhando para todos com tristeza. — Se eu não vir minha filhinha...

— Tenho certeza de que ela vai voltar logo — falou Gillian.

— Minha esposa, Beth-Ann, estava me perguntando sobre isso ontem — acrescentou Hal Winters, inconsolável. Ele passou a mão no rosto. — Quando contei a ela que tinha... — Ele hesitou. — Bem, quando contei a ela que podia ser que eu tivesse outro filho, ela ficou muito chateada comigo. Chorou até não poder mais. Mas, vocês sabem, ela se acostumou com a ideia. Agora, quer que eu leve Zara para casa para conhecer a família. Mas não posso levá-la comigo se ela não estiver aqui, posso?

Houve uma pausa.

— Mais café? — perguntou Richard, ansioso.

— Acho que seria bom — respondeu Hal Winters.

— Vou chamar a polícia — disse Gillian. — Acho que já esperamos demais.

— Finalmente! — disse Fleur. Ela se ajeitou, e o tecido do paletó raspou contra o couro macio do assento. — Veja! O banco está abrindo.

— Então, quanto você vai sacar? — perguntou Zara, abrindo um chiclete.

— Ainda não decidi — disse Fleur.

— Dez mil? Vinte mil?

— Não sei! — respondeu Fleur, impaciente.

— Você poderia ser feliz com o Richard — gritou Zara. — Mas você troca tudo isso por, tipo... uma porcaria de vinte mil dólares.

— Libras.

— Jesus — disse Zara. — Como se isso importasse! Como se significasse alguma coisa! O dinheiro só vai para o banco e fica lá. Quer dizer, você faz tudo isso para poder olhar para um monte de números todos os meses e se sentir segura.

— Dinheiro é segurança, querida.

— As pessoas são segurança! — disse Zara. — O dinheiro acaba! Mas as pessoas ficam.

— Não ficam, não — disse Fleur com desdém. — As pessoas não ficam.

— Ficam! — rebateu Zara. — É só você que não fica! Nunca dá uma chance para ninguém!

— Querida, você é uma criança; não sabe o que está dizendo — disse Fleur.

Sua voz tremia um pouco, e ela batia o cartão Gold contra as unhas pintadas de vermelho.

— Tá, então eu sou uma criança — disse Zara. — Não tenho direito a dar opinião. — Ela olhou pela janela. — O banco está aberto. Siga em frente, então. Pegue o dinheiro. Jogue o Richard no lixo. Jogue fora o homem mais legal do mundo. — Ela apertou um botão e o vidro da janela desceu emitindo um zunido. — Vá! Depressa, o que está esperando? Vá e destrua a vida dele! Destrua a vida de todos nós!

— Cale a boca! — gritou Fleur. — Só cale a boca! Preciso pensar. — Ela ergueu uma mão trêmula e a levou à testa. — Só preciso pensar!

— Então, Hal — disse Gillian, educadamente. — Você é do ramo farmacêutico?

— Meu negócio é analgésico — disse Hal Winters, um pouco mais animado. — Represento uma empresa que fabrica um analgésico de alta qualidade em forma de comprimidos, atualmente a segunda maior empresa dos Estados Unidos.

— Que bacana — disse Gillian.

— A senhora tem dores de cabeça?

— Bem — disse Gillian. — Acho que sim, às vezes.

Hal Winters enfiou a mão no bolso e pegou uma cartela de comprimidos sem qualquer identificação.

— Você não vai encontrar um produto mais eficaz que esse — disse ele. — Veja, o que ele faz é ir fundo na *raiz* da dor. No *centro* da dor, se assim preferir. — Fechou os olhos e apontou a própria nuca. — Uma dor de cabeça causada por tensão normalmente começa aqui. E se espalha. — Ele abriu os olhos. — Bem, você precisa pegá-la antes que comece a se espalhar. E é o que essa belezinha faz.

— Entendo — disse Gillian, baixinho.

— Hal, sempre que você me fala sobre dores de cabeça, eu sinto o começo de uma — reclamou Johnny. — É assim que você consegue vender tantos comprimidos?

— Falei com a polícia — disse Richard, entrando na cozinha. — Não creio que tenham ajudado muito.

— Pai — disse Antony, baixinho. — Pai, preciso falar com você.

— O que foi?

— Não aqui — disse Antony. Ele engoliu em seco. — Vamos lá fora.

Eles seguiram pelo hall, saíram pela porta — deixando-a aberta, para o caso de Zara ter perdido a chave — e foram para o acesso de veículos. Tinha chovido durante a noite; o ar estava fresco e úmido. Antony seguiu em direção a um banco de madeira que ficava fora do alcance auditivo da casa. Ele o limpou e se sentou.

— Então — disse Richard, sentando-se ao lado dele e lançando um olhar curioso a Antony. — Qual é o problema?

— O problema é a Zara.

— Antony! Você sabe onde ela está?

— Não! — disse ele. — Não faço ideia. Mas... — Ele enrubesceu. — Aconteceu uma coisa hoje cedo.

— Hoje cedo?

— Bem, ontem à noite, na verdade.

— Antony, não estou gostando dessa conversa.

— Não é nada ruim! — disse Antony. — Bem, não muito. Só parece um pouco ruim. — Respirou fundo. — Zara estava se sentindo solitária ontem. Ela queria dormir comigo. Quer dizer, só... sabe como é. Dividir a cama comigo. Pela companhia.

Ele lançou um olhar suplicante para Richard, que exalou ruidosamente.

— Entendi — disse ele, baixinho. — Bem, agora tudo começa a fazer mais sentido.

— Não fizemos nada! Juro! Você precisa acreditar em mim. Mas a Fleur...

Richard levantou a cabeça, bruscamente.

— Fleur?

— Ela encontrou a gente. Na cama, juntos. Ela ficou... — Antony passou a língua pelos lábios, nervoso. — Ela ficou bem brava.

— A Fleur esteve aqui?

— Foi bem cedo hoje. Ela entrou e nos viu, e arrastou a Zara com ela.

— Claro que arrastou! — exclamou Richard, irritado. — Antony, como pôde fazer isso?

— Eu não fiz nada!

— Você não tem juízo?

— Não achei... Não pensei... — Antony olhou para o pai. — Pai, me perdoa. — Sua voz falhou. — Eu juro que nós não estávamos... não era...

Richard o interrompeu.

— Eu acredito em você — disse ele. — Mas você precisa entender o que a Fleur deve ter pensado. Ela deixou a filha dela sob nossos cuidados. Confiou em nós. — Ele apoiou a cabeça nas mãos. — Fico surpreso por ela não ter vindo até mim — disse ele, devagar.

— Ela meio que saiu correndo — disse Antony. Ele mordeu o lábio. — Acha que ela vai voltar?

— Não sei — disse Richard. E engoliu em seco. — Quero muito pensar que sim. Mas ela pode decidir... pode ter decidido... — Ele parou de falar, incapaz de continuar.

— Vai ser culpa minha se ela não voltar! — gritou Antony. — Fleur não vai voltar e a Zara não vai conhecer o pai dela! Meu Deus, eu estraguei tudo!

— Não estragou, não — disse Richard. — Não seja bobo. Há mais coisas por trás disso do que o que você sabe.

Por um tempo, os dois permaneceram sentados em silêncio, cada um perdido nos próprios pensamentos.

— Você amou a Fleur de verdade, não amou? — disse Antony, de repente.

— Sim — disse Richard. — Amei. — Ele olhou sério para o filho. — Ainda amo.

— Para onde você acha que ela foi?

— Não faço a menor ideia. — Richard estendeu as pernas, e então se levantou de repente. — Precisamos ir e contar ao Sr. Winters sobre isso.

— Pai! Não posso!

— Você vai ter que contar. Não é justo com ele. — Richard olhou severamente para Antony. — Ele me parece um homem muito decente e honrado, e devemos a verdade a ele.

— Mas ele vai me matar!

— Disso eu duvido. — Richard sorriu, sem conseguir se conter. — Não vivemos mais na era do casamento forçado, sabia?

— Casamento forçado? — Antony olhou para ele, boquiaberto. — Mas nós nem...

— Sei que não. Estou brincando! — Richard balançou a cabeça. — Vocês, jovens, crescem depressa demais. Pode ser divertido beber, fumar e dividir a cama. Mas essas coisas também trazem problemas, sabe. — Antony deu de ombros, sem jeito. — Quer dizer, veja você. Só tem quinze anos. E Zara tem apenas catorze!

Antony olhou para o pai.

— Na verdade, pai — disse ele —, preciso te contar algo mais. Sobre a idade de Zara. E sobre... outras coisas.

— O que tem a idade de Zara?

— Sobre o aniversário dela. Lembra? O aniversário de algumas semanas atrás.

— Claro que me lembro! — disse Richard, impaciente. — O que tem?

— Bem — disse Antony, remexendo os pés, sem graça. — É meio difícil de explicar... Mas é que...

— Espere — disse Richard, de repente. — O que... — Sua voz estava tomada pela incredulidade. — O que é aquilo?

Seguindo pelo acesso de veículos, como algo saído de um sonho, vinha um Rolls-Royce reluzente, enorme, azul-marinho. Parou com um ronco baixo diante da casa.

Lentamente, trocando olhares inquietos, Richard e Antony começaram a se aproximar dele.

— Será que eles vieram para a casa certa? — perguntou Antony. — Acha que é uma estrela de cinema?

Richard não disse nada. Ele mantinha os lábios contraídos e o pescoço tenso de esperança e nervosismo.

Do banco da frente apareceu um motorista uniformizado. Ignorando Richard e Antony, ele deu a volta no carro até a porta do carona mais próxima da casa, e a abriu.

— Veja! — disse Antony, gritando de animação. — Estão saindo!

Uma perna apareceu. Uma perna comprida de pele alva, seguida por um braço coberto por uma manga vermelha.

— É... — Antony olhou para o pai. — Não acredito!

— A Fleur — disse Richard com a voz mais calma que conseguiu.

Ela se virou ao ouvir a voz dele, hesitou e deu alguns passos para a frente, olhando para ele, os lábios tremendo de leve. Por um instante, ninguém disse nada.

— Eu voltei, veja — disse Fleur, por fim, com a voz embargada.

— Sim, estou vendo — disse Richard. — Você voltou. Você... — Ele olhou para o Rolls-Royce. — Você tem uma resposta para mim?

— Sim, tenho. — Fleur ergueu o queixo. — Richard, não vou me casar com você.

Uma pontada de dor tomou o peito de Richard; ele ouviu Antony reagir surpreso.

— Compreendo — ele se ouviu dizendo. — Bem, muito gentil de sua parte me dar uma resposta.

— Não vou me casar com você — disse Fleur, com ênfase. — Mas eu... vou ficar aqui por um tempo. — Os olhos dela brilharam de repente. — Vou ficar por aqui, se você deixar.

Richard olhou para ela sem palavras. Lentamente, a dor em seu peito passou. Aos poucos, a tensão da última semana começou a desaparecer. Uma felicidade cautelosa e esperançosa passou a tomar conta de seu corpo.

— Eu adoraria — disse ele. — Adoraria que você ficasse por aqui.

Ele deu alguns passos para a frente, até se aproximar o suficiente para segurar as mãos de Fleur, para levá-las ao rosto dele e passar sua bochecha na pele alva e macia dela.

— Pensei que você tivesse ido embora! — disse ele. De repente, ele se sentiu prestes a chorar; quase irado. — Pensei mesmo que você tivesse ido embora para sempre!

Fleur olhou para ele com sinceridade.

— Eu quase fui — disse ela.

— O que aconteceu, então? Por que você decidiu...

— Richard, não pergunte — interrompeu Fleur. Ela levantou um dedo e o encostou nos lábios dele. — Não faça perguntas a menos que tenha certeza de que quer saber a resposta... — Ela piscou e desviou o olhar. — A resposta pode não ser o que você quer ouvir.

Richard a encarou por alguns instantes.

— Gillian disse algo muito parecido para mim — falou ele, por fim.

— Gillian é uma mulher sábia — disse Fleur.

— Onde está a Zara? — perguntou Antony, entediado com a conversa confusa dos adultos. Ele olhou ao redor. — Zara?

— Zara, querida — disse Fleur sem paciência. — Saia do carro.

Lenta e cuidadosamente, Zara saiu do Rolls-Royce. Ficou parada por um instante como um felino hostil, olhando ao redor como se de repente não tivesse certeza do que estava acontecendo. Antony se lembrou da primeira vez em que a vira.

— Certo — disse ela, olhando nos olhos dele. — Bem, voltamos. — Ela remexeu o pé no chão. — Sabe. Se vocês nos quiserem.

— Claro que nós queremos vocês! — disse Antony. — Não é, pai?

— Claro que queremos — disse Richard.

Delicadamente, ele soltou as mãos de Fleur e se aproximou de Zara.

— Venha, Zara — disse ele, com gentileza. — Tem uma pessoa dentro da casa que quer muito conhecer você.

— Quem? — perguntou Fleur.

— Acho que você sabe quem é, Fleur — disse Richard, olhando diretamente para ela.

Por um instante, eles se entreolharam de um jeito desafiador. Então, como se admitisse a verdade, Fleur deu de ombros discretamente. Richard assentiu, uma expressão satisfeita no rosto, e se virou de novo para Zara.

— Vamos — disse ele. — Vamos, querida Zara. Já tivemos o nosso momento. Agora é a vez do seu momento.

E, passando o braço pelos ombros magros de Zara, ele a levou calmamente para dentro da casa.

Este livro foi composto na tipografia ITC Giovanni
Std, em corpo 11/15, e impresso em
papel off-white no Sistema Cameron da
Divisão Gráfica da Distribuidora Record.